大陸「十七年文學」初版本

（一九四九—一九六六）

李傳新　著

目次

十月北京城

——呂劍的第一本散文集

呂劍（一九一一九）原名王延覺、王聘之。山東萊蕪人。一九四四年加入中國民主同盟，一九四六年起分別任香港《華商報》副刊主編、《中國詩壇》編委、華北大學文藝研究室研究員、隨軍記者等，建國後任《人民文學》編輯部主任、詩歌組長，《詩刊》、《中國文學》編委等。

呂劍以詩名世，與先生相識多年，一直想要尋得他的第一部散文集《十月北京城》。呂夫人告訴我，先生因為沒有留存，曾經自己將影本裝訂成冊，還做了封面，「很漂亮」！後來我買到了《十月北京城》，請呂劍先生簽名，先生題小跋云「此書為北平解放前後我寫的第一部著作。當時年輕，激情是有，但藝術功力太差。傳新兄竟從網上以四十元購得，殊不值得收藏也。本人甚感惶愧。二〇〇六年十月／呂劍」。

簽名的這本《十月北京城》係天下圖書公司一九四九年十月初版，六十三頁，定價二角九分。凡六篇，從一九四九年一月三十一日人民解放軍開進北平到召開第一次政治協商會議、開國典禮，作者以前所未有的激情書寫了北京城翻天覆地的變化。從六篇篇目寫作的日期看，不僅能夠感受到詩人呂劍的激情，甚至可以撫摸到北京城跳動的心：《人民的狂歡》：一月三十一日；《戰士們在北平城外》：二月一日，進城之第二日；《國內外英雄們的會師》：未注明日期，當在二月三日或四日；《戰士過年板話》：二月五日，上午；《冬春之間》：二月七日；《十月北京城》：十月三日。

回顧北平歷史轉折時期社會變遷和政治事件的文學題裁專著並不多見，《十月北京城》是重要的一種。姜德明編的兩種書，一為三聯書店一九九二年出版的《北京乎——現代作家筆下的北京》收入《人民的狂歡》《十月北京城》兩篇，北京出版社一九九七年的《如夢令：名人筆下的舊京》收入了《十月北京城》一文。呂劍云，既處在歷史轉捩點，又寫於一九四九年十月，在編人集子中，遂作了「殿軍」。

呂劍在一九四八年冬與嚴辰、丁耶、白村等作為隨軍記者陸續寫了若干報導，並編就《十月北京城》，嚴辰看了說，葛一虹正在編輯《大眾文藝叢書》，書稿於是收入到這套叢書之中。《十月北京城》的封底印有《大眾文藝叢書》的二十八種書目。呂劍在《雙劍集》中談及是書「不久即於一九五一年由天下圖書公司出版」，不確。所說的這個版本其實是一九五〇年五月「在北京印造華北第二版」，姜德明編的《北京乎》一書收入《十月北京城》等兩篇依據的版本即為重印本。天下圖書公司一九四九年十月初版的《十月北京城》在《全國新書目》的試刊號中有明確的記載。

作為成就斐然的詩人、散文家，呂劍著作豐富。從抗戰時期的《大隊人馬回來了》到上世紀八十年代的《回答》，呂劍寫下許多充滿激情的詩篇。新世紀以來又陸續出版有《雙劍集》（嶽麓書社版）《燕石集》（湖南教育版）等散文新章。呂劍早期的著作殊難搜求，而《十月北京城》是其第一部散文集更為鳳毛麟角了。

原載《藏書報》二〇〇七年第三十八期

雞毛信

——華山的第一本書

華山（一九二〇至一九八五）原名楊華寧。廣西南寧人。十六歲開始發表作品。一九三八年在延安魯藝與羅工柳、彥涵等人組成了「魯藝木刻工作團」，此後一直從事新聞記者工作。建國後歷任新華通訊總社記者、《人民日報》編輯等。和彥涵創作了《狼牙山五壯士》木刻連環畫及近百幅木刻作品外，華山的文學作品還有報告文學、通訊、散文、小說、詩歌等等。短篇小說《雞毛信》是他的第一本書，和報告文學《英雄十月》分別選入小學和中學語文教材。

《雞毛信》分為十三個章節，故事發生在華北抗日根據地的龍門村。十四歲的兒童團長海娃看見平川的鬼子進山來搶糧，放倒「消息樹」通知村裏人。爸爸讓他趕著羊群去三王村，送給指揮部張連長一封「信角上插著三根雞毛的信」。西山頭的消息樹倒了，海娃馬上就要遇到川口鬼子，他急中生智把信綁在頭羊的尾巴底下。黑狗子偽軍在海娃身上搜到紅薯自己吃了，還要他留下羊群給鬼子吃。為了

「頂頂重要」的雞毛信，海娃跟著鬼子的隊伍來到一處小山莊。晚上，鬼子把血淋淋的羊肉扔到火堆燒來吃，海娃從屋角落輕輕繞過鬼子和偽軍，在羊圈解下老綿羊尾巴底下的雞毛信，一口氣跑到小山嘴。三王村就在眼前，信沒了！海娃順原路找到了雞毛信，卻又被鬼子逮住，只好把信重新綁在老綿羊尾巴底下。鬼子要海娃帶路去三王村，他專走崖畔小羊道，等敵人發現中了計，海娃大聲朝山上喊快打鬼子呀！張連長他們救下負傷的海娃，找到老綿羊尾巴底下的雞毛信，根據信上的情報，趁鬼子進山搶糧之機，攻打敵人的炮樓……

《雞毛信》創作於一九四五年七月，次年首刊張家口出版的《文藝月刊》第二期。一九四九年十一月，大連新華書店初版《雞毛信》，三十二開直排本，無定價，印數三千冊。封面紅底色，白書名，圖案是黑灰色的三支雞毛。書名右下注明「抗日童話」，可見當時的體裁分類還是比較模糊的。作者在大連新華書店初版的基礎上略加注解，工人出版社一九五〇年十月在北京初版，仍為三十二開直排本，定價舊幣二千五百元，印數五千冊。次年二月發行第二版，重新換過封面外，其他均同初版本。一九五四年上影廠把《雞毛信》搬上銀幕，海娃這個抗日小英雄的形象被幾代中國人所熟知。幾十年來，《雞毛信》被改編成連環畫、多家出版社收入各種兒童故事書籍，其版本之多和印數之大無法準確統計。《雞毛信》作為兒童文學的經典作品並被一代代小讀者繼續熟知是毫無疑問的。

平原老人
——郭小川的第一本書

郭小川（一九一九至一九七六）原名郭恩大。河北豐寧人。筆名郭蘇、偉倜、健風、湘雲、登雲、丁雲、曉船、袖春等。一九四一年在延安從事馬列主義政治理論和文藝理論的研究，抗戰勝利後參加並領導了清匪反霸和土改運動。建國後任作協黨組副書記、作協書記處書記兼秘書長、《詩刊》編委、《人民日報》特約記者等。

《平原老人》係長江文藝叢書之一，由中南新華書店出版發行，一九五〇年二月初版於武漢，發行五千冊。這本詩集收入郭小川詩作六首，即《平原老人》（一九四三年）、《我們歌唱黃河》（一九四〇年）、《瘋婦人》（一九四〇年）、《一個聲音》（一九四一年）、《草鞋》（一九四一年）以及《給一個瞎子》（一九四七年）。其中五首詩都寫於抗戰時期，黃鑄夫根據詩意，為每一首詩插圖一幅。這是郭小川的第一本詩集。

郭小川的成名詩作，一般認為是他創作於一九五五年的政治抒情詩《投入火熱的鬥爭》。郭以「當之無愧的可以兼有戰士和詩人兩種稱號的人」（馮牧語）著稱於世。其實，就詩作而言，郭小川早在二十一歲時已經顯露出不俗的抒情才華。收入《平原老人》一書的《我們歌唱黃河》是郭小川最早見之於出版物的詩作之一。

一九三七年，郭小川、康世恩等二十多位青年在王震、關向應、蕭克的帶領下到了八路軍一二〇師師部，被分配到三五九旅政治部「奮鬥詩社」工作，作為熱血青年的郭小川當時就吟出：「我帶著淚痕／投入紅軍士兵的行列／走上前線。」

一九四〇年五月四日，郭小川隨「奮鬥詩社」參加陝北綏德二百餘人的《黃河大合唱》演出，使詩人受到極大震撼，第二天寫就了抒情政治詩《我們歌唱黃河》，兩個多月之後，這首詩發表在《大眾文藝》第一卷第五期上。同年十二月初，在延安新詩歌會成立大會上，選出包括郭小川在內的十一人為執委。之後，郭小川的詩作一發而不可收，為抗戰時期利用文藝形式打擊敵人、鼓舞群眾起到了很好的宣傳作用。

郭小川這部詩集出版的緣由是：武漢在一九四九年五月十六日解放之後，新華書店華中區管理處經理室提出「建立堅定的文化出版事業的信念」，並在一九五〇年元月邀請在漢文化教育界人士座談出版發行工作，參加這個座談會的有白刃、宋之的、徐懋庸、郭小川、于黑丁、綠原、黃鑄夫等人。這次會議討論決定編印「長江文藝叢書」，而這套叢書在二月已經出版發行了包括《平原老人》在內的若干種作品。可見為了繁榮文化出版事業，這套叢書的出版在當時是十分迅速的。直到五十年代初期，郭小川的《投入火熱的鬥爭》、《向困難進軍》等政治抒情詩問世後，在青年一代中產生了巨大影響，詩人因此蜚聲國內。

人們是由《思想雜談》熟知郭小川的。是書由郭小川、陳笑雨、張鐵夫合作，以「馬鐵丁」筆名發表。《思想雜談》分別有中南人民版、武漢通俗版兩個版本，其中武漢通俗版共出二十集（包括《集外集》一種），從一九五〇年十一月至一九五二年八月出版一至十二集。十三集至十九集改由湖北人民出版社出版，在一九五三年元月至一九五四年十二月陸續出版，總印數達二百七十餘萬冊。政治通俗讀物能有如此大的發行量，現在仍然具有借鑒意義。其實，從《平原老人》這本詩集中可以看到，郭小川始終合著時代的脈搏，是以戰士的身份成為詩人的。《平原老人》所收的《我們歌唱黃河》、《草鞋》等又分別收入作者的其他詩集中，充分說明只要是代表時代的作品，始終具有強大的生命力。

《平原老人》已經出版半個多世紀之久，在各類文學辭典中，鮮見這本詩集書目，大抵是列出詩人主要在作家出版社、中國青年出版社的詩集。例如中國文聯版《中國新文藝大系》（一九三七至一九四九）詩集卷（一九九六年版）所收的《我們歌唱黃河》、《草鞋》兩詩就選自人民文學版的《郭小川詩選》（一九七七年）。其實與《平原老人》對比，可以看出初版與選本的異同。所以，由中南新華書店出版、發行的《平原老人》才是郭小川的早期版本，應該視為研究郭小川作品的重要史料。上世紀八十年代，上海《書訊報》辟有《我的第一本書》專欄，請活躍在文壇上的作家回顧自己第一本書的成書過程，所刊文章後來由湖南人民出版社結集成書，而當時郭小川已經去世多年，啟開歷史塵封，手撫郭小川的第一本詩集《平原老人》，其中蘊含多少歷史滄桑！

原載《出版史料》二〇〇四年第三期

柳堡的故事

——石言名作的成書版本

胡石言（一九二四至二〇〇二）原名胡慶坻。筆名石言。浙江平湖人。一九五〇年三月，南京的《文藝》雜誌第一卷第三期發表了署名石言的短篇小說《柳堡的故事》，這是他的成名作。改編為同名電影的主題歌《九九豔陽天》唱醉了一代代聽眾，讓柳堡的故事充滿許多情趣。

《柳堡的故事》根據一個真實的故事創作，小說以「指導員」的第一人稱敘述了副班長和房東女兒二妹子的愛情故事。抗日戰爭時期，新四軍進駐一個名叫小柳堡的村子，副班長李進看上了房東女兒二妹子，由此產生出一段戰爭年代特殊的愛情故事。發表不久，被《新華月報》轉載。賴少其、沈西蒙、黃宗江等人看了小說以後，感到是拍電影的好本子，最終由黃宗江與石言進行改編，改編過程歷經曲折，黃宗江執意故事情節應該回歸到小說，終於在長達七年的時間裏，精雕細琢，至一九五七年，八一電影製片廠攝製完成《柳堡的故事》，遂成經典。五十多年來，《柳堡的故事》描述的美麗愛情故事，長久蕩漾在人們心間，高如星譜曲的優美旋律《九九豔陽天》也與柳堡、石言的名字連到了一起。

《柳堡的故事》成書的版本主要有：《孫顏秀》，新華書店華東總分店列入「文藝創作叢書」，內收兩個短篇小說，一為沈默君的《孫顏秀》，一為石言的《柳堡的故事》。一九五〇年六月初版發行六千冊，次月重印四千冊，初版距南京《文藝》月刊首發《柳堡的故事》不到三個月，可見小說在當時產生的廣泛影響。華北軍區政治部一九五一年五月印行的《柳堡的故事》，書目見收於文聯資料室編輯的《全國文學作品目錄調查（一九四九年七月至一九五三年七月）》，屬於非正式出版物，現在極難見到。新文藝出版社一九五二年十一月印行《孫顏秀》新一版，均為繁體豎排本，定價舊幣四千四百元，各版次累計發行了一萬二千五百冊。《柳堡的故事》搬上銀幕的一九五七年，新文藝出版社十一月採用橫排再出《柳堡的故事》第一版，初版發行一萬八千五百冊，定價三角。是書收入石言以抗日戰爭、解放戰爭為題材的七個短篇小說，是以《柳堡的故事》為書名的唯一正式版本。

原載《藏書報》二〇一〇年第二十九期

我們的力量是無敵的

——碧野建國後的第一部長篇小說

碧野（一九一六至二〇〇八）原名黃潮洋。廣東大埔人。一九四二年曾任莽原出版社總編輯，創作有《肥沃的土地》、《風砂之戀》、《沒有花的春天》、《湛藍的海》等中長篇小說和短篇小說。建國後歷任中央文學研究所創作員、中國作協第三、四屆理事和湖北分會副主席等。《我們的力量是無敵的》是他建國後的第一部長篇小說，也是第一部反映太原戰役的長篇小說。

《我們的力量是無敵的》是一部戰火中誕生的作品。碧野參加了一九四八年的太原戰役，置身波瀾壯闊的人民革命戰爭，讓他目睹了一群個性鮮明的幹部戰士的戰鬥經歷，所以作品中才出現濃厚的生活氣息，通過一個英雄連隊戰鬥經歷的描寫，表現革命戰爭的勝利，記錄革命戰爭孕育的我軍幹部戰士的形象。戰士崔大寶被敵人打斷一條腿之後，另一條血淋淋的腿站著繼續打機關槍，這種不屈的精神正是書名的寓意所在，高陵、史德明、董二孩、王六娃、郭毛子、陳老漢……等一些人物的刻畫，既讓讀者震撼於不可戰勝的英雄群體，也挖掘出力量無敵的源泉，那就是只有與人民緊緊相連的軍隊，才能無往不勝，創造出英雄史詩。小說分為九章，跌宕起伏的情節展現了太原戰役的一個側面，概括了華北太原戰役的全局，是建國初期優秀的戰爭小說之一。

《我們的力量是無敵的》小說列入「中國人民文藝叢書」，中南新華書店一九五〇年七月初版，繁體豎排本，定價舊幣一千四百二十元，初版發行一萬五千冊。卷末附有創作時間，「一九四九年一月至十一月，正定─北京。」張致祥先生撰《寫在前面》係前言，時間為一九四九年十二月。小說命運十分不濟，問世不到一年，在全國範圍內就受到大張旗鼓地批判。一個很權威的文藝雜誌一九五一年二月在卷首刊登一組文章發難，批評小說的嚴厲程度，一時震驚文壇，甚至認為這部「粗糙」的小說列入「中國人民文藝叢書」也是不妥當的。這部長篇小說不但得不到重印的機會，也從此沉寂三十年。

一九八〇年十月，解放軍文藝出版社印行了《我們的力量是無敵的》第二版。兩年之後，筆者在湖北竹山縣第一次見到碧野，新華書店有銷售小說的重版本，碧野十分感慨，買下數冊分贈讀者。湖北省人民政府二〇〇八年授予碧野「終身成就藝術家」，碧野逝世後，武漢市在石門峰文化名人公園用自然石打造了碧野紀念碑，碑文鐫刻有碧野生前的吶喊「我謳歌的是光明與希望」，紀念碑前的碧野代表作書樣，其中就有《我們的力量是無敵的》。

原載《藏書報》二〇一〇年第二十二期

決鬥

——陸柱國的第一本書

陸柱國（一九二八）原名陸雲卿。河南宜陽人。一九四八年入伍後歷任新華通訊社兵團分社記者、總政文化部創作員、解放軍文藝社編輯等。五十年代創作有《決鬥》《風雪東線》《上甘嶺》《踏平東海萬頃浪》等中長篇小說。一九五九年進入八一電影製片廠主要從事電影劇本創作。獨立和合作創作並已拍成電影的有《海鷹》《黑山殂擊戰》《戰火中的青春》《南海風雲》《獨立大隊》《雷鋒》《閃閃的紅星》《太行山上》等近二十部電影文學劇本。二〇〇七年成為中國電影編劇終身成就獎得主。中篇小說《決鬥》是他的第一本書。

《決鬥》九萬字，未列目錄。正文的小標題分別是：營部——碉堡至夜、李莊戰場上、英雄的榮譽、八百公尺、新的血液、回到最前線、鋼鐵的陣地、再突擊和勝利的日子裏共九章。小說用第一人稱描寫了淮海戰役在澮河兩岸的一場殲滅戰。主要情節是：我從縱隊到一營採訪，教導員張明侃侃而談戰士們如何瞭解打破黃維兵團防禦外殼的重要性，並介紹我認識營長王光文和炊事班的老趙。三連被批准參加李莊突擊的戰鬥，在炮火和重機槍的掩護下，戰士們衝向碉堡的敵人奮力搏殺，部隊佔領了小李莊的全部陣地。劉賢代表旅黨委給一營頒發獎旗，張明把獎狀埋在戰鬥中犧牲了的烈士墓前。王光文奉命完成了八百公尺的戰壕工事，部隊拿下中莊後又補充了一批新戰士。一營接到上前線攻擊楊莊的命令，營長王光文在激戰中光榮犧牲。黃維匪徒的「全線突擊」被我軍的殲滅戰打成全線潰逃，送飯來的秧歌隊最前面就是炊事班的老趙……

國防出版社一九五〇年七月初版《決鬥》直排本，中國人民解放軍雲南軍區政治部印，無定價，印數七千五百冊。朱德炘滿頁插圖六幅。國防出版社五十年代的書籍還有《燎原劇集》（一九五〇年九月）穆欣著《新聞工作講話》（一九五〇年十月）《時事參考材料》《幹部學習文件》等等大都未標定價，估計只是在軍隊發給讀者閱讀。《決鬥》這樣的中篇小說在此範圍，並且印數比較大也沒有再重印過，卻是比較罕見的版本。

李二嫂改嫁

——王安友的第一本書

王安友（一九二三至一九九一），山東日照人。一九四二年開始讀書習字，一九五〇年八月出版《李二嫂改嫁》，這部中篇小說是他的第一本書，也是他的代表作。人們很容易把《李二嫂改嫁》同呂劇聯繫起來，呂劇演員郎咸芬說：「李二嫂改變了呂劇的命運，也改變了我的命運，它是呂劇發展史上的里程碑。」

《李二嫂改嫁》是一部表現婚姻自由的小說。在一九四七年魯中南解放區，楊家莊的年輕寡婦李二嫂和同村農民張小六在換工中相識並產生了愛情，聽到區公所幹部宣傳寡婦改嫁，合理合法，兩人互訴衷情，商量秋後結婚。他們受到農村舊習慣勢力的嘲諷，婆婆「天不怕」還勾結本族的流氓進行百般阻撓和破壞。經過一系列風波，他們的婚姻得到了幹部的支持，區長明確表示「人民政府應當全力支持婦女解放和保障男女婚姻自由」，李二嫂終於改嫁，與小六結為終身伴侶，取得反封建鬥爭的勝利。

《李二嫂改嫁》出版時值第一部《中華人民共和國婚姻法》頒佈實施，小說歌頌男女婚姻自由，反對封建傳統觀念，引起格外注目。作品人物個性鮮活，語言生動，有濃郁的農村生活情調，讀者自然喜聞樂見。小說最先被劉梅村、劉奇英等改編成呂劇由山東呂劇團在一九五四年首演，不但使呂劇獲得新生，也確立了呂劇在全國劇壇的地位。郎咸芬也因成功塑造了李二嫂這一典型藝術形象一舉成名。一九五七年長春電影製片廠攝製成戲曲藝術片《李二嫂改嫁》之後，郎咸芬甚至成了李二嫂和呂劇的代指。

《李二嫂改嫁》附注「一九五〇年七月二十一日脫稿」，卷首是王希堅寫於一九五〇年八月八日的「幾句介紹」，其中說王安友「從一九四六年到現在，他是為大眾日報寫稿最多，最經常積極的黨報通訊員之一」。一九五〇年八月，《李二嫂改嫁》由新華書店山東分店出版，三十二開，繁體豎排本，定價一角九分，初版印行四千冊，兩個月之後，陸續重印了四萬二千冊。一九五一年五月，華東人民出版社將《李二嫂改嫁》列入「文藝創作叢書」，初版發行八千冊。一九五九年九月，山東人民出版社發行《李二嫂改嫁》第二版，大三十開本，分為精、平裝兩種，累計印數已達六萬七千一百冊。新版後記中，作者就小說初版的「不少的缺點」作了後記說明。

燃燒的荒地

——路翎建國後的第一部長篇小說

路翎（一九二三至一九九四）原名徐嗣興。祖籍安徽無為縣，生於江蘇南京。一九三七年開始發表作品。一九四〇年發表短篇小說《「要塞」退出以後》首次使用筆名路翎，受胡風賞識而在文壇初露頭角，是七月派中作品最多、成就最高的作家。建國後任中國青年藝術劇院創作組組長，是中國劇協劇本創作室專業作家。一九五五年因受胡風冤案牽連被捕，一九七五年出獄。一九八〇年底，街道幹部通知他平反的消息時，他已成為一個精神分裂症患者。此後雖然重新發表了一些作品，但已非昔日才華橫溢的路翎了。

《燃燒的荒地》是路翎解放後出版的第一部長篇小說。故事的主要內容是：社會動盪的一九四二年，在川東嘉陵江北岸的興隆場，地主吳順廣發行股票和包下稅收的「代穀租」收據，在縣裏也有好多職銜，是「這一片土地的確實的統治者。」二十年前與他結下宿怨的兵痞郭子龍還鄉尋仇，幾番較量之後被吳順廣收買利用，吳順廣用幾個錢讓他「背上了大糞營長的渾名」。張老二要娶寡婦何秀英受到族人反對，老母氣死，郭子龍趁機霸佔了何秀英，「一輩子都想不到半塊地」的張老二終於覺悟，提著斧頭殺死了吳順廣。大叫「革命來啦」的郭子龍在瘋狂中悲慘地死去了。小說的敘事手法不同於其他作品，有大量的人物心理描寫，扭曲性格的郭子龍、軟弱無能的張老二、性格剛烈的何秀英、人面獸心的吳順廣，主要著墨的這幾個人物形象栩栩如生，他們的心路轉折寫得絲絲入扣，讓人留下深刻印象。尤其是郭子龍從復仇到幫兇，其內心深處渴望、欲求與被壓抑、尋出路的矛盾形成反差，展示了主人公心理的巨大轉折。

路翎一九四三年出版中篇小說《饑餓的郭素娥》，邵荃麟評價「在中國的新現實主義文學中放射出一道鮮明的光彩」。一九四五年、一九四八年先後出版的《財主的兒女們》上下卷，是當時篇幅最長的長篇小說，胡風稱之為「是中國新文學史上一個重大的事件」。路翎一九五二年主動要求赴朝鮮前線，次年回國後寫了短篇小說《窪地上的「戰役」》，在全國性報刊上受到批判，其所有作品由此被全面否定。在路翎的長篇小說中，《燃燒的荒地》以心理描寫獨具文學價值，然而獲得的評論並不多，與其遭遇不無關係。安徽文藝出版社一九九五年出版的四卷《路翎文集》就沒有收入這部作品。

小說共有二十二章節，結尾附注寫作的時間是「一九四八年五月一日」。一九五〇年九月，姚蓬子的作家書屋發行《燃燒的荒地》直排本初版，天星九記公司印刷，基價十三元。一九五一年五月再版，定價舊幣一萬五千元，大眾文化報務社印刷，兩版印數均不詳。初版本封面上下部分裝飾圖為紅色，封面題花為綠色，封底延伸了封面下半部分的裝飾圖，再版本封面題花改為紅色，省略了原封底印刷的定價，從版權頁可以明顯看出兩個版本其實還屬民國版型，直到作家出版社在一九八七年重新出版，卷首置有路翎「新版自序」，《燃燒的荒地》才得以再度問世。

原載《藏書報》二〇一一年第五十二期

淺野三郎
——哈華的第一部長篇小說

哈華（一九一八至一九九一）原名鍾開明。筆名鍾志堅。四川郫縣人。一九三八年到延安抗大學習並開始發表作品，後在西安八路軍辦事處工作。建國後的第一本書《新安旅行團》也是報告文學，知識版、海燕版一九五〇年三月和四月分別印行初版。歷任《解放日報》文藝組組長、《萌芽》主編、中國作協上海分會副主席等。著有長篇小說《淺野三郎》《孤兒苦女》《夜鶯部隊》《鬼班長和他的夥伴》《三個雜技小演員的遭遇》以及散文特寫集《祖國的眼睛》《友情》《她志在凌雲》《生命的歷程》等等。其中《淺野三郎》是作者的第一部長篇小說。

《淺野三郎》十八萬字，分為十三章。小說的主要情節是：日軍的淺野三郎、德田和松山在反掃蕩中成了八路軍的俘虜，敵工科長王明瞭解到松山是煤礦工人的身世，幫助他和德田伍長到八路軍辦的日本工農學校學習。被武士道精神所欺騙的淺野時刻想逃跑和自殺，陷入思念母親和新婚妻子的苦悶之中。在臺灣姑娘張雪紅的幫助下，淺野渴求革命知識並參加了在華的日人反戰同盟會。淺野向守在碉堡的日軍宣傳共產黨、八路軍，介紹安藤和大田參加了反戰同盟會。德田、松山從學校回來成立了反戰同盟支部，淺野選為支部書記。眼看不少兵士棄暗投明，憲兵隊長松本指使日軍燒殺搶掠嫁禍同盟人員。敵人逮捕了張雪紅要追查同盟會名單，翻譯官吳永良在夜裏幫她逃了出去。吳永良打進八路軍毒死淺野等人的陰謀被鋤奸隊識破，大田因中毒太深而死。淺野自高自大引起德田和安藤的不滿，在會上自我檢討後三人盡釋前嫌。武工隊到敵佔區與林縣長的游擊隊滙合，王明在一場伏擊戰中受傷。淺野他們扮作日軍智取炮樓消滅黑鬼子，敵人糾集兵力包圍了我們的部隊，淺野在突圍中隻身誘敵壯烈犧牲。日本投降了！王明來到淺野墓前行禮，他將以炮兵指揮員的姿態投入新的戰爭中去了。

新華書店華東總分店一九五一年一月初版《淺野三郎》，係文藝創作叢書之一，三十二開直排本，定價舊幣一萬一千三百元，印數七千冊。作者一九五〇年五月二十日誌於上海的前言寫到，小說是日本朋友供給的書面材料、「日人在華反戰同盟」宣傳部發表的材料以及訪問的材料綜合在一起創作而成的。這部長篇小說出版七個月後，日本三一書房以《日本兵》為名出版了日譯本。哈華一九三八年曾在大後方報紙連載長篇小說，署名志堅。山東新華書店一九四七年四月出版的報告文學《在傷兵醫院中》是他的第一本書，哈華自云出版的第一本文學書其實應該是《淺野三郎》。

暴雷雨岸然轟轟而至

——化鐵的第一本書

化鐵（一九二五）原名劉德興。生於湖北武漢，原籍四川奉節。《開卷》雜誌二〇〇三年十一月在南京舉辦首屆民間讀書報刊討論會，一位老人騎著自行車來到會上，他就是「七月派」詩人化鐵先生。作為《書友》報的代表，在年會肯定要拜訪化鐵了，因為早在二〇〇一年四月，《書友》就開始刊登化鐵的稿件了：《書緣——與袁伯康交往錄》，他們之間的交往是經過阿壟的介紹；《我的編輯生涯》，原來歐陽莊還把《螞蟻小集》編輯部設在化鐵的宿舍……所以，我與黃成勇不僅在年會見到化鐵，還去先生府上小坐，通過他還去拜訪了另一位「七月派」詩人歐陽莊先生。

沒有料到在年會能夠見到化鐵，所以本地在售的詩集《生命中不可重複的偶然》我沒有帶來年會請詩人簽名，頗具備軍人氣質的化鐵先生倒是很痛快，「就用賓館的便簽寫吧！」於是在紙上寫下「讀書是生命的延續，也是歷史的延續」，落款為「化鐵於南京鳳凰台」。這是化鐵的第二本詩集，而先生在五十年前的詩集初版本成為一直想尋得的心結。也特別在意搜尋化鐵的第一本詩集。

也沒有料到僅僅七八年的時間，我就淘到了化鐵的第一本詩集《暴雷雨岸然轟轟而至》。打電話告訴化鐵，先生也很激動。畢竟是六十年前的書了，他自己也沒有保存。按先生的吩咐，我將原本複印出來寄給他。寧文告訴我滬上韋泱淘了好多年也沒見到此書蹤影，讚歎這本詩集「品相太好了！」他自己也複印了一份，還專程請詩人為本書簽題。一九五五年五月，化鐵和胡風在同一天被捕，幾個月後，被作為胡風案的骨幹分子而開除軍籍，之後為了生計，化鐵先後當過拆牆工人、車站碼頭裝卸工、筆坯壓制工、浴室沙發修理工、菜場拖菜工……八十年代後，「胡風分子」們一一得到平反，化鐵卻仍然老老實實當「反革命」，是胡風案中最後一個得到平反的「七月派」詩人。

一九五一年一月，上海的一家私營出版社泥土社出版《暴雷雨岸然轟轟而至》，豎排橫式六十四開本，定價舊幣三千二百元，未標注印數。胡風編輯的《七月詩叢》第二集中的一種，收入化鐵在一九四一年至一九四九年的詩作八首。胡風回憶，一九四九年十一月一日「校編化鐵詩集《暴雷雨岸然轟轟而至》和田間的《戎冠秀》。編好牛漢詩集《彩色的生活》和孫鈿詩集《望遠鏡》。」此外，化鐵在後記說，詩集本來在上海解放前就應該出版，「這本書在它剛剛打好紙型時，作者就被捕了」。所以化鐵的第一本詩集由於這個原因沒有成為「民國版」，又因為受胡風冤案牽連當屬查繳之列，詩集在《全國新書目》、《全國總書目》均未列目，並且作者本人也將初版時間誤記成一九五〇年。因此，愈發顯得這個初版本的罕見和珍貴。

一九八一年八月，人民文學出版社出版的《白色花》，是二十位「七月派」詩人的作品合集，所收入的化鐵詩作就包括他第一本詩集中的三首，「暴雷雨岸然轟轟而至」、「請讓我也來紀念我的母親」、「解放」。介紹作者「生於上海」，說化鐵「一九五五年以後情況不詳，傳聞逝世。」兩年之後，詩人公劉還以為化鐵「生死未卜」。這均係訛傳。二〇〇一年，該社「百年百種中國優秀文學圖書」叢書再次出版《白色花》，編者對化鐵的介紹仍然是「傳聞逝世」，沒有對一九八一年版的訛傳進行勘誤。「七月派」的另一些詩人都很關心化鐵，並且打聽到化鐵在南京的情況，耿庸、羅洛等人致信公劉：「化鐵活著」。讓人感到一種劫後重逢的唏噓！我的這個糾錯在《文匯讀書週報》刊出後，化鐵先生很快看到，專門打來電話表示感謝。

作家出版社在二〇〇〇年四月出版了化鐵的詩集《生命中不可重複的偶然》，收入詩作四十一首，除解放前的四首外，其他均作於一九八四至一九九四年間。化鐵的詩作雖然不多，但是經常能夠見到先生在《開卷》、《三聯貴陽聯誼通訊》等一些刊物發表的文章。牛漢說化鐵極有詩才，「暴雷雨岸然轟轟而至」「這一首詩是不朽的。」我保存的這冊《暴雷雨岸然轟轟而至》，化鐵題跋「少年即／年輕的生命的記憶／多少年過去了／它就是一生」。看到這詩句，讓人感慨萬千，其實這就是詩人一生坎坷際遇的寫照。

原載《開卷》二〇一一年第七期

南線巡迴

——穆欣建國後的第一本書

穆欣（一九二〇至二〇一〇）原名杜蓬萊。河南扶溝人。一九三八年在呂梁山抗日根據地創辦了《戰鬥報》。一九四〇年起，任《抗戰日報》（後稱《晉綏日報》）通訊採訪部主任、新華社特派員、國防戰士報社社長等職。建國後歷任光明日報社黨組書記兼總編輯、中國畫報社社長兼總編輯等等。呂梁文化教育出版社一九四六年四月出版的《晉綏解放區鳥瞰》是他的第一本書，當時印行五千冊。著述豐富，主要有《鄒韜奮》、《陳賡大將》、《范續亭傳》、《關向應傳略》、《林楓傳略》、《辦〈光明日報〉十年自述》、《南線巡迴》、《北線凱歌》、《西線漫談》等等。《南線巡迴》是作者建國後的第一本書，圖文並茂，既是十分寶貴的史料，頗具文學性的描寫也增加了可讀性。

通訊報導集《南線巡迴》分三編，上編「渡江回憶」、中編「江西紅色區域進軍見聞」、下編「西南進軍紀實」。凡四十九章，各章均若干篇。一九四九年三月，人民解放軍二野第四兵團配合兄弟部隊從中原南征，越千山萬水掃殘敵，次年二月，陳賡、宋任窮的大軍進駐昆明，終於「把紅旗插到西南邊疆上」。本書上編是關於群英請纓下江南和渡江前後的回憶，中編描寫部隊在挺進粵贛線、解放南昌之戰和方志敏故鄉、井岡山、瑞金等紅色區域的見聞。大部分內容集中在下編，按時序敘述有：向大西南進軍、過五嶺、解放廣州、陽江圍殲戰、在雷州半島、從貴縣到南寧、過八渡入貴州、昆明——光榮的城等等，其中部隊的「秋毫無犯」、進軍中的娛樂活動、活捉喻英奇一些章節描述生動，饒有趣味。

穆欣是一位才華橫溢的記者，文字精練富有文采。我們經常使用的「刻骨仇恨」、「傳誦不絕」、「荒無人煙」、「垂死掙扎」、「從中漁利」、「待機再舉」等等，就源自《南線巡迴》中的文章。書中選入珍貴照片五十幅，如部隊行程在中原大地、大別山邊、群眾勞軍場面、紅區的標語牆、山村露營、敵機炸毀的橋殘骸、匪軍投降等等，留下了非常難得的圖片資料，展現出革命隊伍如何依靠人民戰勝了反動軍隊，迎來了全國解放。

人民出版社一九五一年六月初版《南線巡迴》，直排二十八開本，定價舊幣二萬四千四百元，印數一萬冊。攝影照片五十幅用道林紙印刷，分別插圖於書中。一九五三年十一月的直排第二版由三聯書店出版，定價舊幣一萬四千二百元，印數三萬冊，版權記錄為「北京第二次印刷」，一萬零一冊至三萬冊。一九五六年六月，湖北人民出版社初版，改換封面，定價一元四角七分，印數三千冊。一九五九年四月湖北版印行精裝本，定價二元三角，印數一千五百八十冊。一九七九年九月，湖北印行第三版大三十二開本，定價一元九角二分，印數累計二十五萬一千九百冊，版次印刷第八次。記錄第三版的兩種可精裝本為第二版。

能，一是依次從人民版、三聯版而來，但與該社一九五六年六月的初版相悖，二是一九五九年四月的精

出擊
——季音的第一部長篇報告文學

季音（一九二三）原名谷斯欽，又名谷季音。浙江上虞人。一九四二年從上饒集中營越獄出來後參加了《新華日報》華中版的創刊籌備工作。和趙揚編輯有《上饒集中營》一書，在解放區屢次印行。解放戰爭時期參加了華東戰場各主要戰役的報導。建國初期任《新華日報》副總編輯。一九五三年調《人民日報》。第一本書《南線散記》由山東新華書店一九四七年十二月印行。著有《第一槍》、《北京十日》、《出擊》、《轉戰中原》、《大江的浪花》、《歡度黃昏》、《風雨伴我行》等等。《出擊》是作者在建國後的第一部長篇報告文學。

《出擊》十萬字，分為引言「歷史的轉捩點」和外線出擊、在豫皖蘇平原上、會師平漢路、擊碎蔣家大牢獄、進洛陽、政策大捷和走向勝利的第三年七章，各章另一若干節不等均有小標題。一九四六年七月到一九四七年七月的內線鬥爭，解放軍粉碎了國民黨向解放區全面進攻的戰略，一九四七年夏，劉鄧大軍和陳賡、謝富治、陳毅、粟裕的野戰軍直下中原外線出擊，變戰略防禦為戰略進攻，取得解放戰爭的主動權。本書即作者在這一歷史轉捩點隨軍見聞的記敘。作品描寫了我軍躍出沂蒙山區後的沙土集大捷、破擊隴海鐵路建立豫皖蘇解放區、會師平漢攻克許昌、洛陽、開封等城市，取得外線出擊的偉大勝利。內容不僅有解放戰爭的宏偉場面，還描述有故事性很強的作戰細節。如活捉義門集的蔣匪區長黃西堂、戰士們留給房東的「快板信」、英雄郭繼勝的故事等等。作者採訪有襄城、禹縣的血案，也著墨「盼望親人眼已紅」的群眾和解放軍的魚水情深。部隊攻克開封之後又在豫東殲敵五萬餘人，解放戰爭至此進入勝利的第三年。收入四十幅珍貴的歷史圖片，其中有中原戰場最高領導機構的譚震林、陳毅、劉伯承、鄧小平、粟裕在平漢路邊的合影，外線出擊中俘虜的段霖茂、王理直等國民黨高級將領的照片，老百姓殺豬宰羊慰問子弟兵的鏡頭、我軍接收蔣匪設在許昌「內戰倉庫」堆積如山的軍用物質的現場等等。

華東人民出版社一九五一年八月初版《出擊》，三十二開直排本，定價舊幣一萬四千元，印數五千冊。附注一九五一年二月寫完，一九五一年五月校於南京。新文藝出版社一九五三年二月印行新一版直排本，定價舊幣一萬零一百元，印數一萬冊。新一版重新更換了封面，字數增加到十六萬字，至一九五四年十二月第七次印刷，累計印數逾四萬四千冊。

野戰詩集——李瑛的第一本書

李瑛（一九二六），河北豐潤縣人。中學時代就酷愛詩歌，「在馬房裏」（收入《中國四十年代詩選》）就是最早的詩作之一。早期習作收入多人的詩合集《石城的青苗》。一九四五年在北大中文系就讀時參加進步學生運動，寫有「脊背」等詩，離開學校後隨軍南下，任新華通訊社軍隊總分社記者，此後一直在部隊擔任文化宣傳方面的職務。代表作之一《一月的哀思》曾經在七十年代引起強烈反響，李瑛至今出版詩集五十多部，是名副其實的中國詩壇常青樹。

《野戰詩集》是李瑛的第一本書，收入詩作二十三首。詩歌寫作的時間從一九四九年七月到一九五〇年九月。每首詩均附有寫作地，從中可以看到詩人在一年多的時間，足跡遍及贛西、贛中、贛南、粵北、粵中、桂中、漢口等地。詩集全部是反映解放軍野戰生活的內容。「我們交叉著行軍在夜晚」（獨木橋的故事），「醒來時槍支卻正枕在自己的頭下」（睡著的戰士），這都是為了「準備圍殲那假設的慣於逃竄的敵人」（山地演習），所以「都灌注了真實的代價和意義」（歷史的守衛者）。詩中有軍民魚水情，「在北方他們幫助推磨碾碎高粱和玉米」、「到了南方他們便學習打稻子，踩水車」（他們時常幫老百姓做種種事情）。也反映有群眾對戰士的一片赤誠之心，「蹶拐李一看見隊伍來，提壺倒水桌上擺」（蹶拐李和他的大樹）。其他如《一個戰地醫院的夜晚》、《海岸線上》、《炮兵翻過五岺山》等等，可以讀出詩人對部隊、對戰友的熾熱感情，使得詩集具有震撼人心的藝術力量。

《野戰詩集》收入武漢人民藝術出版社編選的「人民藝術叢刊」第四輯，上雜出版社一九五一年八月初版，三十二開本，定價舊幣三千八百元，印數三千冊。李瑛的詩以部隊的工作和生活為題材，許多詩句不乏濃厚的抒情色彩，足見詩人是用心在寫作，從《中國新文藝大系》（一九四九年至一九六六年）收入的李瑛詩中也可以看出來，詩人是站在戰士的角度，用戰士的心胸來感知動人的事物。

誰是最可愛的人

——魏巍名作版本小考

魏巍（一九二〇至二〇〇八）原名魏鴻傑。筆名紅楊樹。河南鄭州人。一九五〇年底，奔赴朝鮮前線，和志願軍一起生活、戰鬥。回國後發表了一批文藝通訊，其中《誰是最可愛的人》在全國引起了廣泛影響。從此，「最可愛的人」成了志願軍的代名詞。《誰是最可愛的人》這部名作與魏巍的名字聯在一起。名作問世，很快成為中國人民志願軍的代指，半個多世紀以來，演變成為中國人民解放軍的代稱。這部三千餘字的報告文學成為發行量最大的著作之一，至今依然不斷地重印。

魏巍在深入抗美援朝前線中被許多感人場面所打動，經過三個月的時間，從採訪記錄的大量事蹟中幾經遴選和推敲，最終確定最典型最感人的三個故事，從而完成了具有里程碑意義的報告文學《誰是最可愛的人》。一九五一年四月十一日，《人民日報》在頭版首次發表了朝鮮通訊《誰是最可愛的人》，毛澤東批示「印發全軍」，「最可愛的人」迅速成為部隊指戰員的代指，慰問信、慰問品源源不斷地寄給「最可愛的人」，各部隊油印小報幾乎同時轉載《誰是最可愛的人》，指戰員竟相傳閱，很多通訊集、刊物、專輯以及後來的回憶錄都刊登了這部報告文學作品。《誰是最可愛的人》不但收入語文課本，還譯成多國文字發行國外。盲文出版社成立後出版的第一本盲文讀物就是《誰是最可愛的人》。

在《全國總書目》中記錄《誰是最可愛的人》最早的版本分別為青年出版社和人民文學出版社兩種：青年出版社一九五一年九月初版發行一五萬千冊，次年經過修訂重印；人民文學出版社列入「解放軍文藝叢書」一九五一年十月初版發行三萬冊，一九五二年十一月第五次重印已經累計發行了十三萬冊。在其後的幾十年中，《誰是最可愛的人》在人民文學出版社更是通過不同的開本出版單行本或收入叢書中，成為發行該部作品版次最多、印量最大的出版社。

這部作品的第一個版本漏列《全國總書目》。

東北人民出版社的《誰是最可愛的人》，一九五一年七月初版發行四萬冊。收入的三篇均附出處。魏巍：《誰是最可愛的人》（原載《人民日報》一九五一年四月十一日）；陳沂：《全力援助我們最親愛的人——中國人民志願軍》（原載《瀋陽日報》一九五一年六月六日）；趙寶贊：《志願軍戰士們讀〈誰是最可愛的人〉》（原載《東北日報》一九五一年六月十六日）。這個繁體字豎排的版本文字部分僅僅二十五個頁碼，卻用十五個頁碼安排了十五幅插圖（插圖作者不詳，頗有阿老先生的風格），插圖的說明亦即作品中的文字。青年出版社的版本則收入了魏巍、耐因、石凱、李志異等人的作品。各種版本的共同特點都是將《誰是最可愛的人》作為書名並收入這部名作。

無數的爺爺和父親們讀過《誰是最可愛的人》，他們當年被李玉安、馬玉祥這些最可愛的人感動著，幾十年後，又一批爺爺和父親們被最可愛的人感動著。無論是一九九八年的戰洪水，還是二〇〇八年的抗雪災，人民子弟兵頑強奮戰、有目共睹，成為人民心中最可愛的人。「五一二」四川汶川大地震，還是人民子弟兵衝鋒陷陣在第一線，全國人民都震撼了！災區人民尤其感受到，哪裡有這些最可愛的人，哪裡就有生命的希望！魏巍以《誰是最可愛的人》名滿天下，追尋這部名作的出版史跡，可以深深體會到當說起「最可愛的人」來，人們總是充滿崇敬想起人民子弟兵，這正是文學作品創造的奇跡。

附記：記憶中最早的災難是邢臺地震，感同身受的災難是爐霍地震，時為一九七三年二月六日。爐霍是張國燾被迫宣佈解散其所謂的「第二中央」的地方，位於四川省甘孜州中北部，七點六級的地震也波及我當時居住的城市——雅安。這裏是出川入藏、去青抵隴的必經之路，曾是西康省的省會城市。當時住的宿舍在路邊的第四層，每日拂曉和晚上，都能看見一輛輛的軍車滿載物質轟轟地疾駛爐霍。地震初期，政府掌握著餘震資訊，群眾格外關注著異常，睡覺大多在戶外，膽兒大的即使住在平房，也忘不了弄些水呀等等土辦法，作為緊急時候的報警信號。雅安許多單位都曾經放假過一段時間，我也隨師兄葉青華去他老家漢源九襄躲過地震。終於沒有大礙，給人們帶來驚悸的地震餘波漸行漸遠，留在腦海的卻是抹不掉的軍人、軍車。應該說，那個時代的群眾對「最可愛的人」有特別的感情，逆境中，軍人的形象就是群眾的安全保障，成為一個「最可愛的人」也是那個時代的時尚。祈福雅安的親人、師傅、師兄，藉以表達對他們的祝福。

原載《出版史料》二〇〇八年第四期

馬石山上

——峻青的第一本書

峻青（一九二三）原名孫俊卿。筆名沉戈、一民、民言等。山東海陽人。一九四一年創作出第一部作品《風雪之夜》，是描寫瓦解偽軍促其反正的戲劇。一九四二年十二月根據「親身經歷親眼目睹的真實事件」（《峻青小說選》自序）寫出了《馬石山上》，這是他的第一部小說，以此冠名的短篇小說集《馬石山上》是他的第一本書，署名「孫峻菁」僅見本書和中南文化社的《女英雄孫玉敏》。

《馬石山上》描寫一九四二年山東反掃蕩期間，某部三團一個班在馬石山遭遇日軍拉網掃蕩，十名八路軍戰士主動留下組織群眾分批突圍隱蔽轉移，十位元英雄戰士最後全部壯烈犧牲。終於安全脫險的數千名群眾中就有峻青，他脫險後「含著激動的淚水」寫出了《馬石山上》。《馬石山上》共收入三個短篇，其中《血衣》「一九四六年六月寫於萊陽城，一九五〇年五月改寫於漢口」，揭露了漢奸殘害膠東人民的罪行。《烽火山上的故事》「一九五〇年國慶日前夜寫於漢口」，講述蔣匪軍進攻膠東地區時，張大娘搶救、護理解放軍傷患，展現了軍民的魚水之情。

《馬石山上》分為三章，不足一萬字，雖然是在真實事件基礎上創作的小說，內容顯然是可以有待進一步拓展的，峻青因此對小說進行了重寫。重寫後的《馬石山上》分為八章，三萬字，較初版本增加了三分之二以上的內容，初版的第三章在重寫稿裏作為「結尾」收筆，故事情節更加豐富，細節描寫更加生動。這部作品收入峻青的短篇小說集《黎明的河邊》（一九五五年二月新文藝出版社初版），第一次附出小說創作的軌跡：「一九四二年十二月反『掃蕩』中寫於海陽林寺山下／一九五一年八月修改於漢口／一九五四年十一月重寫於上海」。

根據這個重寫稿，上海文化出版社一九五五年九月初版了冠名《馬石山上》的第三個版本，與湖北版單行本最大的區別是，這是唯一收入《馬石山上》一部短篇小說的版本，彩色封面是八路軍戰士在馬石山上消滅日寇的畫面，內文置插圖數幅。該版本援例三十六開，定價一角六分，初版二萬冊，一九五六年四月第三次印刷累計印數已達七萬冊。根據王濟生將軍的紀實小說《血火雄風》改編的電影《馬石山十勇士》，二〇〇八年由八一電影製片廠攝製完成，馬石山慘案的親歷者峻青創作的《馬石山上》不僅是值得讀耐得看的小說，同時也是最早記敘十勇士事蹟的珍貴史料。

《馬石山上》各版次的封面各不相同。武漢通俗出版社一九五二年九月的初版本封面是黃底墨綠色的一幅木刻畫，再現了當年在馬石山主峰八路軍抗擊日寇的場景。初版本三十六開，印數一萬四千冊，定價舊幣二千八百元。一九五二年十月，武漢通俗出版社合併於中南人民文學藝術出版社，次月，中南人民文學藝術出版社發行新一版《馬石山上》，採用初版封面，著橘紅色剪裁了畫面，仍為三十六開，印數八千零二十冊，定價舊幣二千八百元。一九五三年三月，中南人民文學藝術出版社的重印本封面改為鮮紅色。重印本版權頁注明「新二版」，還是三十六開，印數一萬五千零三十冊，定價舊幣二千五百元。署名「孫峻菁」在漢口印行的兩個版本累計發行三萬七千零五十冊，此後，作者的小說或散文作品均以「峻青」名世。

這本書最早的兩個版本三個版次分別由湖北人民出版社的前身武漢通俗出版社、中南人民文學藝術出版社在漢口出版發行。筆者將收集的這幾種版本請作者寓目，峻青「見此書如見久違的故人，不禁想起了武漢，想起了當年為我出版此書的好友胡青坡、麗尼、朱無、吳丈蜀等，他們都已經離開這個世界了，願他們在天上健康快樂！」峻青還「想到了這幾本小冊子的封面。第一版的封面是木刻，刀法及構圖都很好，我很欣賞。記得當時曾對出版社社長胡青坡、麗尼稱讚過，可惜那時還沒有把畫家的名字也印出的『習慣』」。

歷經半個多世紀之後，峻青重睹自己第一部小說《馬石山上》的三個版本，十分感慨，給筆者寄來近千字的毛筆手札，「使我睹物思人，回想起許許多多的人和事。……這也正是我在賤恙手抖不已握管維艱之時對你一吐心聲的緣故。」手札釐清了一些當代文學史對其年齡不準確的記載，並說明「孫峻菁」這個筆名「四十年代和五十年代初期用過，以後就用青代菁了。」談到一些鮮為人知的筆名，「在武漢，我還在《大剛報》上用過沉戈、一民、民言等筆名，發表過一些散文、隨筆」。

《馬石山上》在漢口印行的三個版本均未列入《全國總書目》，其中武漢通俗出版社的初版本載入一九五二年的《全國新書目》。內部交流的《建國以來文藝作品專題書目》（圖書提要卡片聯合編輯組編印／一九六一年）收入中南人民文學藝術出版社發行的新一版。武漢通俗出版社印行的初版本不僅鮮見書目編目，初版本現在也很難尋覓。

原載《出版史料》二〇一〇年第二期

丁丁遊歷北京城

——袁鷹的第一本書

袁鷹（一九二四）原名田復春。又名田鐘洛。江蘇淮安人。一九五〇年從上海出差去北京，首都發生的新變化令人嚮往，袁鷹描寫北京城的若干文章發表在《新少年報》，小讀者十分喜愛並希望能夠結集出版。袁鷹一九五二年調任《人民日報》文藝部後，對文章進行了整理和補充，於是有《丁丁遊歷北京城》的問世。

《丁丁遊歷北京城》分二十一篇文章，描寫來自上海的少先隊員「丁丁」在北京遇到少先隊員林奇，他們遊歷北京城的過程中，見到解放軍哥哥、工人大哥哥、程大爺、何老叔等人，通過又看又問的形式，向讀者介紹「北京有幾道城」「勞動人民文化宮」「民主廣場和紅樓」「再沒有比天壇更偉大的建築了」等北京的名勝古跡，還講述「東交民巷五十年來的恥辱洗淨了」和「龍鬚溝翻身的故事」等北京的滄桑歷史，丁丁所見所聞的新人新事，讓讀者從一個側面去比較新舊社會的不同，瞭解到首都新貌。文字通俗易懂，是建國初期描寫北京城的少有的文藝專著。《丁丁遊歷北京城》採用了難得一見的插圖形式，美術家楊永青先生插圖九幅，各幅插圖均有與文章內容對應的文字說明，另外十四幅則為攝影圖片，其中天安門、東交民巷等一些老照片現在看來頗具歷史滄桑，全書圖文並茂，當時不但適合小讀者閱讀，也適合文化底子比較薄弱的其他讀者閱讀。

讀過袁鷹不少作品，一直尋找曾經看過的初版本《丁丁遊歷北京城》，終於如願以償。又因為與袁鷹有過一面之交，請先生簽名，先生題跋云，「這是我出版的第一本書，一九五二年十月出版，一九五三年五月又由少年兒童出版社重印，都是五十多年前的事。今日重讀，引起許多記憶和感慨。這本小書增加我為下一代寫作的志趣，從這以後到現在，先後共為少年兒童出了近二十本詩歌、散文和遊記，雖然品質都不高，也算是為祖國下一代盡點綿力吧。」

《丁丁遊歷北京城》由華東青年出版社一九五二年十月初版，繁體直排，二十八開本，定價舊幣三千七百元。初版印數一萬五千冊，十一月重印五千冊，稱為第二版，十二月重印一萬冊，稱為第三版。一九五三年五月由少年兒童出版社印行新一版，改用毛用坤、趙藍天的插圖，十多次重印，印數累計十餘萬冊。五十多年過去了，北京城與丁丁遊歷的年代已經發生了翻天覆地的變化，一本小冊子再也裝不下北京城的日新月異，但是，《丁丁遊歷北京城》仍然留在老讀者的印象中，這本書曾經給予讀者遐想與陶醉，並且見證著北京的變遷。

原載《藏書報》二〇一〇年第四十三期

高玉寶寫書

——高玉寶的第一本書

自傳體小說《高玉寶》書名、作者、主人公都是高玉寶，成為文學作品中比較罕見的特例。《高玉寶》在一九五五年出版，影響巨大，但作者的第一本書卻是一九五二年出版的《高玉寶寫書》。

高玉寶（一九二七）出生於遼寧瓦房店孫家屯村，祖籍山東黃縣。一九四七年參加中國人民解放軍，在遼瀋、平津、衡寶等戰役立過六次大功。一九四九年八月，僅唸過一個月書的高玉寶利用部隊在長沙郊區蕭家巷休整的空隙時間，開始了自傳體小說的創作。不會寫的字就用各種圖形畫和符號來代替，一九五一年一月，終於在廣東潮州烏羊市完成了初稿。

一九五一年十一月，創刊不久的《解放軍文藝》第一卷第六期發表了仍在修改中的《高玉寶》的三個章節：「鬼子兵來了」、「罰糧二斗」、「報喜」，同時刊登了荒草先生的《英雄的文藝戰士——介紹高玉寶同志和他的長篇小說》，其時，該文比較詳細地記述了小說的寫作過程，《解放軍文藝》發表小說的三個章節，提高了高玉寶的知名度。

小說尚未最後定稿，西北人民出版社一九五二年把《在窯廠裏》《半夜雞叫》列入「速成識字班補充讀物」印行，三個版本的《高玉寶寫書》也相繼問世，一為新美術出版社的連環畫，陳望山撰文，凌杏村繪畫；一為青年出版社的《高玉寶寫書》，魏方艾撰文；一為署作者本名的工人出版社同名版本。這一切讓「文盲作家」進一步聲名遠播。

一九五二年十二月，工人出版社出版了作者的第一本書《高玉寶寫書》，三十二開繁體豎排，定價舊幣一千八百元，印數七萬冊。書中收入插圖九幅，疑似凌杏村先生手筆。這本書收入高玉寶的報告「我是怎樣學習文化和學習寫作的」，敘述了自傳體小說的寫作緣由以及寫作中如何克服困難、學習文化的過程，特別提到遲志遠、單奇、尚振範以及修改書稿的老作家荒草等人的鼓勵和幫助。附小說的四個章節：「孫家屯的哭聲」、「兩付棺材」、「半夜雞叫」、「在窯場裏」選自《解放軍文藝》的連載，收入本書時，個別字句由編者修改。

《高玉寶寫書》出版後，小說在兩年多的時間裏不斷進行修改，一九五五年正式出版前，書名也沒有確定，取什麼書名眾說紛紜，羅榮桓元帥一錘定音，就是《高玉寶》吧！自此，《高玉寶》轟動文壇，也通過多種外文譯本發行國外。《高玉寶》由中國青年出版社一九五五年四月初版，平裝定價五角三分，精裝定價九角五分，首次印數二十五萬冊。與通常的印數處理不同，初版精裝本十五萬冊，多於平裝本印數，這亦可見小說受到重視的程度。孫翰春先生為小說插圖九幅，書末附有荒草一九五五年二月十三日寫於北京的《我怎樣幫助高玉寶同志修改小說》一文。五十多年來，小說的各版次發行了數百萬冊，自傳體小說印數之大，可能絕無僅有。

《高玉寶》中的「我要讀書」和「半夜雞叫」收入課本，幾代人學習與熟知。尤其後來還攝製成電影的木偶劇讓人們感到「半夜雞叫」與常識相悖的趣味，這個故事甚至在當今的社會經濟中延伸為熟語，比如國家發改委油價上調每次均從零時開始，公眾本能地聯想起「半夜雞叫」，雖然頗多挖苦意味，倒讓人感到「半夜雞叫」的確是一個有趣的故事。

原載《藏書報》二〇〇九年第四十七期

游擊隊長

——電影《平原游擊隊》的初始劇本

邢野（一九一八至二〇〇四），天津人。一九三九年開始發表作品。創作有《鼓聲》、《王二小放牛郎》、《大山傳》、《王二小的故事》、《游擊隊長》以及編劇故事影片《平原游擊隊》和《狼牙山五壯士》等。一九五一年七月，在北京完成《游擊隊長》的舞臺劇創作，這個三幕七場的劇本由人民文學出版社一九五三年四月初版，三十二開本，繁體豎排，初版發行兩萬冊，定價舊幣三千九百元。

《游擊隊長》的故事發生在一九四三年秋。為粉碎日本侵略軍「掃蕩」華北抗日根據地的陰謀，游擊隊長李向陽奉命牽制日軍駐守縣城的松井部隊，「保證把糧食運到山裏」，「堅決不讓敵人搶走一粒糧食，還要想法消滅他們」。於是，冀西平原上演了一出有聲有色、鬥智鬥勇的抗日故事。舞臺劇塑造了李向陽、孟考、孫長清、侯大章、郭小北、吳有貴、翠屏等一系列抗日群體形象，也通過對日本大隊長松井、敵偽漢奸何非以及楊老宗、楊受業父子的刻畫，反映了敵人的殘暴。全劇以李向陽擊斃松井、游擊隊截擊被山裏的部隊打垮的敵人而完終。

丁玲看過《游擊隊長》之後，把作者介紹給時任文化部電影局局長的陳荒煤，邢野遂調往文化部電影局創作所。邢野與羽山合作把舞臺劇改編為電影劇本，長春電影製片廠在一九五五年把《平原游擊隊》搬上銀幕。丁玲的發現與支持，促成了電影《平原游擊隊》的誕生，成為幾代人成長過程的精神食糧，戲劇衝突和人物關係也作為一個經典銘刻在電影史上。電影《平原游擊隊》產生的巨大影響，使李向陽這個讓日本人和偽軍聞風喪膽的名字形成的偶像效應，比現在的奧特曼、蜘蛛俠毫不遜色。

《游擊隊長》作為話劇出現在河北的舞臺上，在當時就產生了重要影響，成為群眾喜愛的劇碼。成書行世，邢野將人物對白中的冀西平原方言都另外標出釋義，使得讀者容易理解。舞臺劇的一些精彩臺詞改編之後，仍然運用在電影《平原游擊隊》之中，電影中的臺詞曾經在文革中莫名其妙地被「處理」。如「要想抓住狐狸，就要比狐狸更狡猾」一句，李向陽幾秒鐘的口型張合明顯成為「無聲電影」，不少觀眾都會記得這個「故障」。

電影《平原游擊隊》顯然比舞臺劇《游擊隊長》影響要大，如果注意到一個史實就更值得玩味了。文革中，京劇《平原作戰》劇本由崔嵬改編，彩色電影《平原游擊隊》用的是張永枚的修改劇本，這些都與邢野沒有關係，但其生命力卻是曇花一現。黑白電影《平原游擊隊》中的人物除了「楊受業」易名

「楊守業」外，其他悉數採用舞臺劇《游擊隊長》中的人名，所以，翻開《游擊隊長》的人物名錄，人們很容易斷定這就是電影《平原游擊隊》的初始劇本。

原載《藏書報》二〇一〇年第十六期

青枝綠葉

——劉紹棠的第一本書

劉紹棠（一九三六至一九九七），河北通縣人。一九四九年開始寫作，其作品很早得到孫犁的注視，並在其主編的《天津日報》文藝週刊時常發表。一九五一年十月，劉紹棠的短篇小說《紅花》寄給《中國青年報》，柳青大為欣賞，一九五二年元旦，《中國青年報》以整版篇幅加編者按發表。這篇小說在當時反響強烈，劉紹棠被譽為「神童作家」，二十歲時成為中國作家協會最年輕的會員，劉紹棠也成為「荷花淀派」的代表作家之一。

《紅花》發表之後，團中央對劉紹棠進行重點培養。胡耀邦曾找他談話，鼓勵他多寫農村青年題材，並讓他到東北農村去採訪，劉紹棠開始走上鄉土文學之路。兩個多月之後，他在自己的村裏利用東北採訪得到的創作素材構思短篇小說《青枝綠葉》，寫成後，《中國青年報》以整版篇幅發表，還被編進了高中課本，後來收入短篇小說集《青枝綠葉》，劉紹棠一舉成名，時年，他只有十六歲。《青枝綠葉》收入的四個短篇小說均附寫作時間：婦女隊長井蘭子阻止特務破壞，雨夜護堤，保住千頃棉花（《紅花》／一九五一年十月），白窗花帶領隊員以保苗護堤的實際行動拔掉「輕視婦女的老根子」（《修水庫》／一九五一年十二月）、李滿囤「肚子揣著小算盤」搞單幹，眼看寶貴、春果領導的互助組取得大豐收，終於明白了「組織起來」的道理（《青枝綠葉》／一九五二年七月），桑貴老頭為閨女家借用合作社的大青騾子引起的風波（《大青騾子》／一九五二年十月）等等，「都寫的是我的家鄉——北運河平原上的故事」（後記）。劉紹棠的全部作品都著墨於他的家鄉父老、家鄉風土人情，所以，他又被稱為「運河之子」。在劉紹棠創作走向旺盛之時，一九五七年春天他被打成右派，從此被剝奪了創作權利。一九五三年六月，新文藝出版社印行劉紹棠的第一本書《青枝綠葉》，繁體豎排，三十二開本，定價舊幣二千九百元，初版印數二萬冊。這個版本收入上述的四個短篇小說，卻有六幅精美插圖，其中兩幅是滿頁插圖，作者不詳，由此看出劉紹棠在當時受到的重視。一九五四年二月發行第二版，到九月重印四次，累積發行了三萬五千零二十冊。三十年後，群眾出版社一九八四年又印行了冠名《青枝綠葉》的短篇小說集，足可看出這篇小說的影響。劉紹棠認為自己在五十年代的代表作就是《青枝綠葉》和《運河的槳聲》。

原載《藏書報》二〇一一年第十六期

山間鈴響馬幫來
——白樺的短篇小說名作

白樺（一九三〇）原名陳佑華。河南信陽人。一九四六年開始以筆名白樺發表作品。一九四七年參加中原野戰軍。一九五八年打成右派在上海工廠當鉗工。此後歷任上海海燕電影製片廠編輯、編劇、武漢軍區話劇團編劇、上海作協副主席等。創作體裁廣泛，出版有長篇小說《遠方有個女兒國》、《流水無歸程》，詩集《金沙江的懷念》、《熱芭人的歌》，話劇《走不出的深山》，散文集《我想問那月亮》、《悲情之旅》，中短篇小說集《沙漠裏的狼》、隨筆集《混合痛苦和愉悅的歲月》，電影文學劇本《山間鈴響馬幫來》、《曙光》、《今夜星光燦爛》、《苦戀》等三十多部著作。《山間鈴響馬幫來》和同名電影是最具廣泛影響的代表作之一。

《山間鈴響馬幫來》的故事梗概是：收穫季節，國境線上的哈戛克寨子一片繁忙，來幫忙的瑤人和苗人盼望著貿易公司的馬幫帶來便宜的鹽巴、刀煙和布匹。買賣人李三告訴老木桿和大黑說，瑤人傳言土匪攔了馬幫，解放軍要來買便宜的棉花和糧食。畢根把馬幫要來的情報從暗道給杜爾上校送去。瑤人達洛的隊伍和苗人會和等待馬幫，春天在這裏駐過的張隊長和戰士們護送的馬幫終於來了，寨子的人們興高采烈。在李三的地道出口不遠，大黑和老木杆的女兒紅花深情相擁，發現有人悄悄跑過邊境線去，當即報告給張隊長。達洛說土匪要來擾亂，大黑召集隊員去了瑤寨，張隊長知道敵人的目標是馬幫，帶隊伍作工事加強警戒。敵人綁了吹牛角報信的紅花，李三帶匪兵向村子包抄。達洛明白了敵人的調虎離山之計，老木桿帶領小夥子們參加解放軍同匪兵的激戰，打死了李三畢根，救出了紅花。貿易公司開始出售和收購了，街棚上的人們沸騰了……

一九五二年五月二十九日到三十日，作者在滇南紅河左岸創作出《山間鈴響馬幫來》，首刊於一九五三年第三期《人民文學》。早期成書版本主要有兩種：作家出版社一九五三年十一月初版《邊疆的聲音》，三十二開直排本，定價舊幣五千元，印數五萬冊，次年重印。收入白樺的五個短篇小說，其中包括《山間鈴響馬幫來》。通俗讀物出版社收入「文學初步讀物」叢書，一九五五年九月初版《山間鈴響馬幫來》，劉勃舒、郭振插圖，五十開直排本，定價一角六分，印數二萬八千冊。一九五四年，上海電影製片廠把白樺根據小說改編的同名電影劇本搬上銀幕，成為新中國成立後第一部描寫少數民族的反特故事影片，受到無數觀眾的歡迎，小說因此也得到更加廣泛的傳播。除了電影連環畫外，《山間鈴響馬幫來》被收入各種不同的小說集，版本甚多，但是唯一用小說篇名作為書名的版本至今沒有第二種。

原載《藏書報》二〇一二年第十期

不能走那條路
——李凖的第一本書

李凖（一九二八至二〇〇〇），河南洛陽人。蒙古族。小說和電影同時取得最突出成就的作家。一九四八年開始寫作。著有《冰化雪消》、《春筍集》、《李雙雙》、《黃河東流去》、《李凖小說選》、《李凖小說選》、《李凖電影劇本選》及五卷本《李凖全集》等等。李凖塑造的李雙雙、孟廣泰、鄭德和等文學史上的藝術形象，產生過巨大的社會影響。《老兵新傳》、《李雙雙》、《黃河東流去》、《牧馬人》、《吉鴻昌》等精品成了傳世之作。

李凖的成名作是《不能走那條路》，並且成為他的第一本書。這個短篇小說最先發表在一九五三年十一月二十日的《河南日報》，反映了解放初期農業合作化運動中，圍繞土地買賣風波，杜絕兩極分化、貧富懸殊，使剛剛翻身的農民走共同富裕道路的故事。村裏人張栓急於還債欲賣掉自己的好地「一桿旗」，主人公宋老定富裕後動念頭要買下「一桿旗」，結果遭到他的兒子、共產黨員東山的堅決反對，父子之間因此發生兩種思想傾向的衝突。經過兒子的耐心說服，又看到鄉親們對張栓的無私幫助，宋老定最後主動向困境中的張栓伸出援助之手，幫助他走上了互助合作的道路。

值得一提的是，兩條路線鬥爭的模式自《不能走那條路》發端。此後我們看到不少農村題材的小說中，如《三里灣》、《三年早知道》、《山鄉巨變》、《創業史》等等，這些小說形象展示我國農村從互助組到人民公社的組織化的過程，無一不是以兩種思想傾向的激烈衝突作為結構全篇的線索。

在當時以農村為題材的作品中，《不能走那條路》發生了廣泛影響。一九五四年一月二十六日，《人民日報》全文轉載並加了編者按，「這篇小說，真實、生動地描寫了幾個不同的農民形象，表現了農村中社會主義思想對農民自發傾向進行鬥爭的勝利。這是近年來表現農村生活的比較好的短篇小說之一。」之後，全國近四十家報刊亦相繼轉載。

一九五三年十二月，河南人民出版社推出了小說的第一個版本，三十二開，繁體豎排，印數二萬一千五百冊，定價舊幣一千五百元。小說收入插圖五幅，圖文並茂，是比較難得見到的一個初版本。次年四月重印了二萬二千零十三冊，卷首置日期為一九五四年二月的「重版說明」，書末附李準「我怎麼寫《不能走那條路》」。

《不能走那條路》是為數不多的由地方出版社發行初版本的名作之一，河南人民版之後，先後還有通俗讀物版（一九五四年）、中國青年版（一九五五年）、人民文學版（一九五五年）、上海文藝版（一九六三年）等版本，其中比較早的中國青年版收入《不能走那條路》、《白楊樹》、《孟廣泰老頭》等六篇小說，內容提要稱這是李準的「第一本短篇集」。

原載《藏書報》二〇〇九年第五十一期

鐵道游擊隊

——知俠的第一部長篇小說

知俠（一九一七至一九九一）原名劉兆麟。河南汲縣人。一九四〇年開始發表作品，著有《鋪草》《票車上的戰鬥》《沂蒙山的故事》《鐵道游擊隊》和五卷本《知俠文集》等等。成名作和代表作《鐵道游擊隊》是他的第一部長篇小說，譯有英、法、德、俄、日、朝等多國文字出版。由董子畏根據原作改編腳本，韓和平、丁斌曾繪圖的連環畫從一九五五年起陸續出版，累計發行數千萬冊。

《鐵道游擊隊》四十五萬字，分為二十八章，各章有小標題。小說的主要情節是：游擊隊員王強回到棗莊同蘇魯支隊接上頭，老洪和他扒火車搞到鬼子的一批武器彈藥送去山裏的司令部。組織上發展彭亮、小坡、魯漢、林忠等基本隊員，他們扒車弄到糧食賣掉開起炭場作為掩護。司令部正式命名這支武裝為魯南軍區鐵道游擊隊，政委李正帶來劉洪、王強為正副大隊長的任命，他的對外身份則是炭場的管賬先生。小坡跟彭亮林忠扒車弄到貨物後被鬼子逮著去修碉堡，他趁機跑出來跟著隊伍參加了夜晚的分組行動。游擊隊在鬼子的洋行搞到武器後炭場暴露，政委、老洪各帶一個組分散活動。老洪接收洋行的工友成為新隊員後率隊伍來到老周的區中隊，政委傳達司令部要求牽制敵人兵力配合山裏游擊隊反掃蕩的命令，會議確定了搞鬼子票車的戰鬥分工。彭亮打死鬼子司機開火車衝過王溝車站，各截車廂的短槍隊員順利執行了任務，鬼子從掃蕩部隊急調聯隊回來沒有找到八路軍的影子。上級命令鐵道游擊隊開闢微山湖地區的抗日鬥爭，老洪和政委來到被鬼子殺死了丈夫的芳林嫂家，與馮老頭他們的游擊隊員會合。游擊隊在申茂指路的微山島建立根據地，老洪在苗莊芳林嫂家養傷。隊伍進山整訓後接收破壞敵人交通線的任務，王虎劫老百姓的牛受到批評後要與栓柱另外拉一支隊伍，小坡趁機報信喊來老洪來綁了他們。游擊隊殺了偽鄉長高敬齋和一批特務漢奸，放了可能回心轉意的偽保長朱三等人。朱三掩護游擊隊搞到鬼子火車上的一批糧食。岡村被飛虎隊消滅後鬼子調來中國特務隊歸接任特務隊長的松尾指揮，游擊隊在短時間內破壞了津浦幹線和臨棗支線。松尾得到情報帶人化裝去苗莊虜芳林嫂以吸引出老洪，芳林嫂用沒拉弦的手榴彈擲向松尾。老洪帶隊伍向血洗苗莊的鬼子報仇，政委要他立即撤回微山湖並中彈負傷。張站長掩護林忠摘下裝滿布匹的兩節車廂，游擊隊趁鬼子向湖邊進行搜布掃蕩拆敵人的炮樓。黃二領鬼子進莊與游擊隊的戰鬥中林忠、魯漢犧牲，彭亮潛伏進臨城站消滅了這個叛徒。鬼子調大軍圍剿微山島，張蘭在突圍中犧牲。芳林嫂因為照顧老娘沒有隨老洪進山，老娘死後帶著女兒逃難遇到馮老頭。秦雄把鬼子限期三天抓住芳林嫂的任務交給胡仰，游擊隊打死胡仰活捉了秦雄。鬼子讓芳林嫂受盡苦刑，游擊隊完成護送延安幹部通過津浦封鎖線的任務後奉命和主力部隊匯合，中央軍和偽軍向鐵道游擊隊展開攻擊，游擊隊三個分隊炸開鐵道線中斷津浦交通，小林部隊長被迫交出全部武器受降。國民黨匪軍秘密活埋一批「犯人」，老洪他們及時趕到救下芳林嫂和老百姓。

《鐵道游擊隊》附記一九五三年五月二十二日脫稿於上海，重印本增加的後記寫於八月一日，其中寫到小說是以真人真事為基礎寫出來的。一九四三年山東的戰鬥英雄模範大會上，知俠結識創始人之一的政委（小說裏李正的原型），產生了寫他們的願望。之後兩度到魯南游擊隊深入生活，從豐富的素材中提煉出小說的情節。同名電影由上影廠一九五六年搬上銀幕，使這部傳奇小說影響了幾代讀者和觀眾。同名電視劇一九八五年、二〇〇五年兩度走向螢屏，這在十七年文學改編成電視劇中也比較少見。

一九五四年一月，新文藝出版社初版《鐵道游擊隊》，直排二十五開本，定價舊幣二萬二千六百元，印數二萬五千冊。羅工柳封面設計。到一九五五年八月印行大三十二開普及本，至十一月第二次印刷累計七萬五千零二十冊。一九五五年十月印行定價二元七角的精裝本，仍為二十五開本，印數五千零二十冊，至一九五七年四月第三次印刷累計一萬零二十冊，改為三十二開本，定價二元三角。上海文藝出版社一九五九年五月印行普及本新一版，並在一九六二年列入「收穫創作叢書」印行上下冊。人民文學出版社一九五九年十一月初版精裝修訂本，定價二元二角，印數二萬冊。作家出版社上海編輯所一九六五年四月初版《鐵道游擊隊》新一版。人民文學出版社上海分社一九六六年一月的新一版印數一萬五千冊，版權頁標注「原新文藝、上海文藝、作家印九十一萬零三百一十冊」。一九七七年九月，上海人民出版社印行第一版。一九七八年三月，上海文藝出版社印行新一版，其中農村版首次印數即達三十萬冊。由於當時的「書荒」嚴重，還有薄凸紙即字典紙印刷的版本，而薄凸紙印刷的當代長篇小說只有四種，《鐵道游擊隊》之外還有《青春之歌》、《苦菜花》和《李自成》。這部長篇小說的人民文學出版社版本中，還列入「中國當代長篇小說藏本」「新中國六十年長篇小說典藏」「中國文庫」。此外，《鐵道游擊隊》還有花山文藝、時代文藝等等多個版本，這部發行數百萬冊的長篇小說至今仍是十七年文學的經典作品之一。

戰鬥在滹沱河上

——李英儒的第一部長篇小說

李英儒（一九一三至一九八九）筆名黎鶯、李家僑。河北清苑人。三十年代初在保定就學時開始發表文章，在八路軍部隊主編過《火星報》，建國後從事部隊文化工作，《戰鬥在滹沱河上》是他的第一部長篇小說，也是他的成名作，出版後曾在中央人民廣播電臺全文播放，擁有廣泛的聽眾和讀者，是五十年代文學高潮時期的優秀長篇小說之一。

七七事變後，李英儒參加了冀中抗日游擊隊，任步兵團團長，在冀中平原堅持抗日游擊戰爭。《戰鬥在滹沱河上》故事發生在一九四二年，日寇對冀中區抗日游擊隊開始了瘋狂的「五一」大掃蕩。置身當時的嚴酷背景，小說中的人物和故事自然含有真人真事的因素。滹沱河岸三百多戶人家的沿河村抗屬就有二百戶，群眾對村幹部的依靠就像「賣肉的抽去筋拔掉骨頭一樣」不可分開，在這個遠近聞名的模範村，二青、王金山、胡黑鍋、杏花、趙大娘一些幹部和群眾同心協力搞好堅持工作，上演了一出「敵我雙方誰戰勝誰」的有聲有色的活劇。張老東組織並充當偽維持會長，縱火封鎖滹沱河、阻止八路軍轉戰突圍、對群眾瘋狂屠殺中連幾歲的孩子小明子都不放過，在沿河村極盡漢奸之能事。但是，敵人的暴行反而讓大家同仇敵愾，「一定跟鬼子漢奸幹到底！」在殘酷的反掃蕩鬥爭中，沿河村的幹部和群眾按黨的指示最終取得階段性的勝利。在血與火的戰爭中，基層黨組織增強了力量，八路軍接受了一批新戰士，滹沱河上繼續燃燒著抗日烽火。小說內容跌宕起伏，人物刻畫具有濃郁的地方色彩，大量的人物對白使情節顯得非常緊湊，讓讀者有一口氣讀下去的慾望。

一九五四年一月，作家出版社印行了《戰鬥在滹沱河上》，繁體字直排，初版印數四萬冊，定價舊幣八千六百元。小說產生的影響很大，六十年代日本翻譯家譯成日文在本國出版，建國十周年之際，人民文學出版社分別以平裝、精裝兩種裝幀印行，多次重印。新時期以來，北京燕山出版社、大眾文藝出版社均出版過《戰鬥在滹沱河上》，其中大眾文藝出版社將其收入軍事文學叢書，該社的版本有過重印，並且封面亦不相同。《戰鬥在滹沱河上》完成於一九五一年，作者當年十月在天津定稿。數年之後，李英儒又出版了代表作《野火春風鬥古城》，無論是他的第一部作品《戰鬥在滹沱河上》，還是《野火春風鬥古城》及其改編的同名電影，對讀者和觀眾都產生過重大影響，在中國當代文學史上佔有一席之地。

彥涵木刻選集
——穿透歷史的彥涵木刻

彥涵（一九一六至二〇一一）原名劉寶森。江蘇連雲港人。中國新興木刻運動的代表人物。抗日戰爭時期畢業於延安「魯藝」，一九三八年底，成為魯藝木刻工作團的成員。從深入太行山根據地開始，彥涵成為抗日戰爭時期、解放戰爭時期、抗美援朝時期的戰地藝術家，以人物為主題，留下許多栩栩如生的藝術形象。著有《彥涵木刻選集》、《彥涵版畫集》、《彥涵中國畫集》、《彥涵畫集》、《彥涵文學插圖集》、《彥涵》、《彥涵寫生集》、《彥涵隨感手書集》等。收入《彥涵木刻選集》中的六幅套色木刻，無論從當時的印刷技術，還是作品的著色佈局，都是難得的精品，賞心悅目，讓人充分感到彥涵版畫穿透歷史的青春活力。

京城書友譚宗遠攜來我請彥涵先生簽名的兩冊書，一本為彥涵插圖的長篇小說《新兒女英雄傳》（新文藝一九五三年版），這本書連彥涵也無存，遂將書中插圖按原色複印一份送先生存念；一本為

《彥涵木刻選集》，此書由宗遠君向我轉告了彥涵講述的人與書的故事。《彥涵木刻選集》由於政治上的原因曾經遭到查禁，先生感慨地說「這的確是值得珍藏的一本書」。

《彥涵木刻選集》系人民美術出版社一九五四年三月初版，發行了二千三百冊，十六開，定價舊幣二萬二千元。同年再版出了布面精裝本。這部作品的實際存世量遠遠少於實際印數，其緣故，既與作者個人際遇有關，也與書中的一幅木刻作品相關。彥涵錯劃為右派之後，在當時查繳的圖書目錄中，《彥涵木刻選集》位列第二。收入本書中的第一幅木刻作品是彥涵作於一九四一年的《彭德懷將軍》，廬山會議之後，這部木刻選集理所當然受到更嚴厲的封殺，也就不難理解了。藝術家在政治上的厄運，不但反映了歷史曲折，也反襯出彥涵的藝術家良心。

彥涵的木刻原作不僅被中國博物館收藏，作品選集成為圖書收藏中的珍品亦成為共識。《彥涵木刻選集》收入彥涵較為全面反映解放區時期至新中國向工業化邁進這一歷史階段的藝術作品，如《選舉》（一九四四年）、《控訴》（一九四五年）、《分糧圖》（一九四七年）、《攻克天險的中國人民志願軍》（一九五三年）、《祖國向工業化邁進》等，儘管每幅作品都有獨立的藝術價值，通觀全部作品卻不難看出，藝術家的著筆始終緊扣歷史脈搏，彥涵的每一幅作品都包含著每一歷史時期的重大主題，這些畫作相連，構成了一個歷史階段的縮影。

人民美術社一九五一年出版過《狼牙山五壯士》的木刻連環畫（華山文），這組作品創作於一九四五年，不僅流傳很廣，影響很大，出版後不久甚至被周恩來帶到重慶作為禮品送給美國記者。《彥涵木刻選集》選入了其中的三幅作品。而收入選集的另一幅作品《捨身炸碉堡》（一九四九年）是在董存瑞犧牲之後創作的，抗美援朝中又出現了黃繼光這樣的英雄人物，我們有理由相信，藝術家的創作源於生活，高於生活，同時優秀作品又鼓舞和激勵了後來的英雄。五十年代的《人民日報》、《文藝報》、《新觀察》等報刊上時常可以看到彥涵的木刻作品，彥涵飽含藝術激情，以木刻作品反映偉大的時代，使他的作品迸發異彩。從彥涵設計人民英雄紀念碑第八組《勝利渡江》的浮雕可以明顯感到，彥涵不啻是一位特殊的戰鬥者，他在用「被火烤的／被暴雨淋的／被鞭子抽打的／勞動者的雙手／鬥爭吧！」（田間《給戰鬥者》）

東北畫報社一九四九年四月收入「版畫叢書」之二的《彥涵木刻選集》收入藝術家一九三八年至一九四五年間的二十幅套色木刻作品，而人民美術出版社這一冊選集收入彥涵一九四一年至一九五三年間的三十六幅作品，就作品內容而言，這本選集更全面反映出藝術家在兩個時代更替階段的創作活動，所以，當歷史跨越半個世紀之後，我們依然能感受到作品中「戰地黃花分外香」的濃烈。

原載上海「書香閱讀」第三十四期（二〇〇五年一月）

保衛延安
——杜鵬程的第一部長篇小說

杜鵬程（一九二一至一九九一）原名杜紅喜。筆名司馬君。陝西韓城人。《保衛延安》是第一部大規模正面描寫解放戰爭的長篇小說，也是他的第一部長篇小說。一九六二年中共八屆十中全會上，毛澤東念了康生的一個紙條「利用小說進行反黨活動，是一大發明。」緊接著說了這樣一段話：「凡是要推翻一個政權，總要先造成輿論，總要先做意識形態方面的工作。革命的階級是這樣，反革命的階級也是這樣。」這段話，造成先有向《劉志丹》、《保衛延安》兩部小說砍伐的「序幕」，之後成為中央關於文革決定中著名的語錄。一九六七年十二月十九日《人民日報》更是以整版刊出〈《保衛延安》——利用小說反黨的活標本〉一文，作者身陷囹圄，作品自此遭受厄運。

《保衛延安》初稿於一九四九年，杜鵬程有豐厚的戰地經歷，一開始動筆就是上百萬字的報告文學。四年裏，他九易其稿，反覆增添刪削，終於使作品修改成為一部三十七萬多字的長篇小說。小說以一九四七年西北戰場我軍主力縱隊的一個連所參加的青化砭、蟠龍鎮、榆林、沙家店等戰役為主線，反映了解放戰爭中著名的延安保衛戰，描繪出人民戰爭的歷史畫卷。作為西北野戰軍的新華社隨軍記者，杜鵬程與彭德懷有過近距離接觸，彭德懷元帥崇高的藝術形象首次出現在當代文學史上的這部長篇小說之中，為作品增添了光彩。全書分為八章，其中「蟠龍鎮」和「沙家店」兩章在正式出版前，《解放軍文藝》一九五四年一、二月先行刊發，從部隊繼而在全國引起轟動，讀者翹首以盼讀到全書。

一九五四年五月，人民文學出版社將《保衛延安》列入「解放軍文藝叢書」初版印行，繁體直排，三十二開本，印數十萬冊，定價舊幣一萬六千五百元。初版本卷首置「陝甘寧邊區簡圖」，卷末附注「一九四九年冬草於帕米爾高原之側的喀什葛爾城。一九五四年春脫稿於北京。」九月第二次重印時改為「一九五四年夏脫稿於北京。」小說出版以後，影響巨大，一九五四年七、八月，馮雪峰在他主編的《文藝報》第十四期、十五期連載《論〈保衛延安〉的成就及其重要性》一文，馮雪峰高度評價《保衛延安》，「真正可以稱得上英雄史詩的，這還是第一部。」一九五六年五月，新文藝出版社以《論〈保衛延安〉》為題將此文單獨出版。無論從小說的情節、語言分析還是洞察作品的歷史意義，馮這篇長文闡述的透徹性在當時也是少見的。

《保衛延安》的厄運發生在一九五九年廬山會議之後，因為小說塑造彭德懷藝術形象之故，作品自然受到株連。一九六三年到一九六四年，文化部兩次發文密令對《保衛延安》立即停售、停止借閱、就地銷毀……一九五六年一月，《保衛延安》發行第二版精裝本，定價二元零九分，發行三萬冊，這個印數的精裝本對於長篇小說而言並不多見，可見其受到重視的程度。一九七九年《保衛延安》重見天日後，杜鵬程在「重印後記」談及該書的版本說「到了一九五八年，我又在這個基礎上把這本書作了一些修改，以大三十二開的橫排本出版，這算是第三個本子。」可惜目前非常難得一見這個版本，既然該版被密令銷毀，存世量一定非常之少，偶有保存者，也絕不會讓這本禁書給自己帶來政治風險。第二版在一九五八年重印已達十五次，筆者認為，一九七九年以來的版本實際上是根據第二版修改的重印本，密令銷毀的才是第三版，該版按作者所云比第一、二版內容「充實得多了」，只是一段荒唐的歷史，使讀者喪失了閱讀第三版的機會。此外，《保衛延安》還有英、俄、蒙、韓、朝、維等等外文和少數民族文字的版本，在文革之前的累計印數已經超過百萬冊了。

《保衛延安》在一九七九年修訂印行之後，按「一九五六年第二版」出現了一個持續的重印接力。人民文學出版社出版了多個版本，統一採取橫排裝幀，封面設計各不相同，除了單行本之外，不同的年份還列入不同的叢書系列，如「青年文庫」、「百年百種優秀中國文學圖書」、「中國當代長篇小說藏本」、「中國現代長篇小說叢書」等，其中列入「新中國六十年長篇小說典藏」的《保衛延安》二〇〇九年七月第一次印刷本，仍為「一九五六年六月北京第二版」的版期。地方出版社如花山文藝、新疆大學等亦有出版《保衛延安》，陝西人民出版社的四卷本《杜鵬程文集》收入了《保衛延安》，還有名目繁多的縮寫本、節編本等等。至於《保衛延安》的連環畫、美術畫冊版本，從國家出版社到地方出版社的品種更是琳琅滿目。杜鵬程創作頗豐，尚有工業題材的中篇小說《在和平的日子裏》及其他文藝作品，就深遠影響而言，《保衛延安》無出其右，所以，這部長篇小說在各種版本的當代文學史都有很重的分量。

原載《出版史料》二〇一一年第一期

阿詩瑪
——早期版本小考

阿詩瑪是流傳於雲南彝族支系撒尼族人的口頭傳說，以詩的語言敘述了阿黑和阿詩瑪愛情的不幸和命運的悲慘。作為少數民族民間文學經典的文本研究和人物研究，吸引許多學者重視和探討，根據文本改編的電影《阿詩瑪》以及阿詩瑪扮演者楊麗坤的際遇，也有大量文章問世，更使得《阿詩瑪》在民間產生廣泛深遠的影響。一九八六年二月，中國民間文學出版社（雲南版）印行李纘緒編的《阿詩瑪原始資料集》，洋洋三十六萬字收羅《阿詩瑪》資料四十一份，至今仍然是阿詩瑪最完整的一個資料本。

一九五〇年九月《詩歌與散文》刊登楊放記錄翻譯的《阿詩瑪》曲譜和部分歌詞，這是最早出現在刊物上的《阿詩瑪》。一九五三年初，雲南軍區京劇團改編京劇《阿詩瑪》引起重視，雲南省委文工團組織奎山工作組開始搜集資料，準備將《阿詩瑪》改為歌劇。整理工作在當年底完成。一九五四年一月三十日，《雲南日報》發表了黃鐵、楊知勇、劉綺、公劉整理的長詩《阿詩瑪》，這是《阿詩瑪》的第一個正式文本。

一九五四年七月，雲南人民出版社出版了《阿詩瑪——撒尼族敘事詩》，封面採用阿詩瑪的石雕像，這是《阿詩瑪》的第一個版本。署為「搜集者：雲南人民文工團圭山工作組，整理者：黃鐵、楊知勇、劉綺、公劉」。豎排三十二開本，定價舊幣二千元，印數二千一百二十冊。黃鐵在序言中說明瞭由十人組成的工作組，在撒尼族聚居區——路南縣圭山區歷時兩個半月，發掘整理阿詩瑪傳說的工作進程。這個序言寫於一九五四年六月十九日。內文注釋排列比較特殊，不是豎排本通常採取的註腳形式，而是與正文混排，一般在頁面左下方位置用豎線隔開，看起來十分悅目。

《阿詩瑪》第二個版本由中國青年出版社一九五四年十二月印行，三十二開本，定價舊幣五千二百元，印數一萬五千冊。書名仍有副題，雲南人民版左邊是書名，右邊是阿詩瑪石雕像，中國青年版是橫排本，置雕像在左上，下邊是書名。雖然是第二個版本，卻是第一個插圖本。楊永青作滿頁插圖十二幅，以道林紙分置各章。此外，每章的題花圖也增添了不少意趣。黃鐵、劉綺的前言作於一九五四年六月二十八日，頗多抒情色彩的語句，筆者以為這可能才是專門為整理本所寫，雲南人民版的序言整體看來，更像一份整理《阿詩瑪》工作彙報。

一九五五年三月，人民文學出版社將《阿詩瑪》列入「民間文學叢書」印行，取消了副題，整理者同前兩個版本，搜集者署為「雲南人民文工團工作組」，三十二開本，定價四角五分，印數一萬六千冊。這是比較重要的一個版本。「中國民間文藝研究會」的前言日期是一九五四年十二月，也是中青社的版期。目錄排上了長篇敘事詩的十三個小題目，詩句略有變化，並且刪除了前面兩個版本最後的兩小節。附錄兩篇文章：楊知勇撰《「阿詩瑪」整理經過》，其中說《阿詩瑪》京劇彩排已經引起雲南有關領導的重視，在文字部分定型之後，已有意改編為歌劇或電影等藝術形式。公劉撰《談「阿詩瑪」的整理工作》，說「『阿詩瑪』是最廣義的集體創作」，列出了十人工作組以及「在繁難的翻譯事物上也十分辛苦」的撒尼族同志們的名單。也許文字定稿之後，公劉就著手電影劇本的創作了，因為他的劇本在一九五六年十一月十二日已經「五稿於上海」，一九五七年二月二十一日在北京修訂後，電影劇本《阿詩瑪》發表在四月八日出版的《人民文學》雜誌第四期。

一九五六年十月，中國少年兒童出版社印行的《阿詩瑪——撒尼族敘事詩》為第四個版本，注為「新一版」，三十二開，定價三角六分，印數二萬五千冊。內容和版式同中國青年出版社，版權頁和第一個版本雲南人民出版社一樣，安排在封底。中國青年版注明「楊永青插畫」，這個版本則另外還注明「封面設計：楊永青」，成為第一個繪畫封面的版本。

第五個版本是雲南人民出版社一九六〇年四月出版的《阿詩瑪》，副題改為「撒尼族民間敘事長詩」，這個三十二開的版本很有意思。平裝本定價九角，有兩種版權頁，一種標注印數七千三百四十冊，內精裝三百冊，一種卻標注內精裝二千四百五十六冊。《全國新書目》（一九六〇年）載，精裝本定價一元七角。該版本署為「雲南省人民文工團圭山工作組搜集整理　中國作家協會昆明分會重新整理」，萬強麟設計封面，陳琦、萬強麟的八幅彩色插圖用道林紙印刷分置其中。序言作於一九五九年七月二十六日，未署名。一九五七年，黃鐵、公劉等被劃為右派，《阿詩瑪》被迫停止再版，但展示建國十年的成績，《阿詩瑪》又必須再版，這樣，就有了李廣田的整理本。對上級要求「重新整理」，李廣田自認「有悖道德，有違良心」，在不滿意又不能違背的情況下，他還是根據已有的二十個稿本，細心研究了別人調查整理的過程，以國內外各界對《阿詩瑪》的評論、意見為藉口來重新進行整理。第五個版本未署名的序其實出自李廣田的手筆。在這個長篇的序裏，他反覆地充分地肯定了「原整理者」的成績，《阿詩瑪》出版後的豐厚稿酬，李廣田全部捐獻出來，他認為這不應該是他的。

一九六〇年七月，李廣田的整理本《阿詩瑪》由人民文學出版社印行，三十二開本，定價三角六分，印數五千一百冊。與一九五五年三月的版本不同的是，列入「中國民間敘事詩叢書」印行，取消副題，內封書名下標注「彝族民間敘事詩（重新整理本）」整理者署名同雲南人民出版社一九六〇年四月的版本。長序亦署上李廣田的名字。這個序言開頭說「先後共出版了四個版本」，在一九六〇年四月的雲南人民版中是沒有疑問的，人民文學版沒有給予說明，這就漏掉了一個版本。尤其在一九七八年的重版中讀者仍然只知道「先後共出版了四個版本」，實際加上人文社一九六〇年七月的版本，應該有六個版本才對。此外還有一個細節是，人文社的這個版本末頁夾訂一張字條，「『撒尼』是彝族的一個支系，本書中『撒尼族』一詞，應為『撒尼人』」，這也是對上述幾個版本的勘誤。一九六〇年的《全國新書目》載該版另有定價五角九分的精裝本，但許多年來一直未見這個版本現身。只是一九六二年一月才有人民文學版印行的黃永玉彩色插圖的精裝本，定價與雲南人民版的精裝本同為一元七角，巧的是雲南人民版的精裝本也是多年不見真面目。

電影《阿詩瑪》搬上銀幕後可以說是家喻戶曉，敘事詩《阿詩瑪》一九七八年以來僅外文譯本相繼有二十多種在國內外發行，其他如宣紙本、連環畫、畫冊等等，各種形式的版本琳琅滿目。二〇〇〇年，人民文學出版社將《阿詩瑪》收入「百年百種中國優秀文學叢書」，採用的是李廣田整理的版本，整理者之一的黃鐵向中國作協要求自己的版權，人民文學出版社在重版中對一九六〇年七月的版本署名和版本訂正上的錯誤進行了說明。

春天來到了鴨綠江

——雷加的第一部長篇小說

雷加（一九一五至二〇〇九）原名劉滌、劉天達。遼寧丹東人。一九三七年從日本東京政法大學回國後開始發表作品，做過救亡報社的記者和編輯。一九三八年在延安抗大寫有不少反映戰鬥生活、陝北農村生活的作品。一九四五年東北解放，雷加回故鄉任安東造紙廠廠長，為長篇小說《潛力》三部曲收集素材。一九五一年調文學研究所，在全國作協從事專業創作。雷加是「東北作家群」的主要代表之一，鮮為人知的是，在延安抗大時，他是第一個報導白求恩事蹟的人。一九三九年第十二期《八路軍軍政雜誌》刊登的報告文學《國際友人白求恩》，署名即為雷加。

《春天來到了鴨綠江》是長篇小說《潛力》三部曲的第一部，二十二萬字，分為十七章，每章都有小標題。一九五四年第一期《人民文學》選載了其中的「主人」、「親切的講題」、「女機手」即小說的第十三至十五三章。小說描寫的是「八・一五」東北解放後，當地「決斷性的」黨員幹部何士捷被派到造紙廠組織迅速恢復生產支援解放戰爭的故事。區委書記告訴何士捷「生產本身就是經常性的運動，在生產中照樣可以培養幹部」，何士捷對工廠的情況進行瞭解，找工人談話，依靠群眾，挑選出一批骨幹技術人員「提前三天完成了試機的準備工作」，復工之後，何仕捷組織工人生產，關心群眾切身利益，克服重重困難，解決技術難題，提高生產效率，也粉碎了賈萬恒為首的敵特分子的破壞活動。小說裏，從工人中成長起來的幹部丘全善、工務科長郭立人、積極分子翟丙申、馬金漢等人物形象都給讀者留下深刻印象，小說表現出的工人們艱苦奮鬥、吃苦耐勞的精神面貌也是當時恢復經濟建設的真實寫照。儘管小說是虛構的，聯繫到作者是東北當年最大的造紙廠安東造紙廠的廠長，坊間盛傳主人公何士捷就是雷加本人其實並無大礙，相反，這一因素使得小說的內容更加真實感人。

作家出版社一九五四年九月初版《春天來到了鴨綠江》，繁體豎排，三十二開本，定價舊幣一萬零伍佰元，印數二萬七千冊。內封標注「潛力」第一部。小說多次重印，三部曲全部完成後，作家出版社一九六三年一月印行了統一裝幀、統一開本的重印本，《春天來到了鴨綠江》第九次印數累計已達十二萬零九百冊。有意思的是，該小說的第三部一九五八年三月初版，一九五九年十二月第三次印刷本卻冠名「《春天來到了鴨綠江》第三部」，在提要中說明「原名『藍色的青㭎林』，為『潛力』三部曲的第三部」。

五月的礦山

——蕭軍建國後的第一部長篇小說

蕭軍（一九〇七至一九八八）原名劉鴻霖。滿族，遼寧義縣人。曾用名劉吟飛、劉羽捷、劉蔚天、劉毓竹等。筆名還有酡顏三郎、田軍等，東北作家群的領軍人物。一九三五年出版第一部長篇小說《八月的鄉村》，魯迅為之作序，轟動文壇。次年，蕭軍創作反映煤礦工人的短篇小說《四條腿的人》。一九四九年四月，蕭軍夫婦被分配到撫順煤礦工作，開始醞釀、構思以礦區為題材的長篇小說。經過三年多時間，建國後的第一部長篇小說《五月的礦山》終於行世。

蕭軍在撫順煤礦為勞動模範們撰寫傳記，對礦工生活有深厚的積澱，第一手的素材真實生動地反映在小說中，使作品具備新鮮的生活氣息。《五月的礦山》分十二章，以東北產煤為主的烏金市為背景，描寫了這個大礦區發生的故事。在這個六千多工人的礦區，主人公魯東山和他的工友一起生產、生活，既同內部的奸細鬥爭，又與官僚主義較量，投入到轟轟烈烈的勞動競賽之中。作品塑造出一批栩栩如生的礦山勞動者的群體形象，小說描寫楊平山、艾秀春的愛情含蓄而自然，對楊平山、林鳳德保護電鏟而犧牲在崩岩事故，又讓讀者感到那麼冷峻。小說對一些引用的文學語言進行注釋，連林黛玉、尤二姐等也注明是《紅樓夢》中的人物，充分考慮到文化基礎薄弱的礦工讀者的閱讀障礙。書末附錄一組「報紙上的消息」，即為烏金礦區嚴重崩岩事故的報導與調查，所有這些可以看出作者對礦區勞動者的感情。

作家出版社一九五四年十一月初版《五月的礦山》，繁體字豎排本，定價舊幣一萬五千元，印數二萬二千冊。次年又重印八千冊。這是新中國最早反映煤礦工人的長篇小說，其知名度與當年聯繫作者的「歷史」進行大規模批判不無關係。蕭軍到撫順不久，礦務局聲討他這個「三反分子」，《東北日報》對之猛烈批判。蕭軍後來證實，他「一氣之下」告狀到中南海，毛澤東發話「可以出版」，《五月的礦山》始能問世。編輯《林海雪原》、《科爾沁草原》、《三家巷》等數百部小說的龍世輝當年是《五月的礦山》的編輯，他認為「作者對礦工的生活並不熟悉，作品中充斥的是口號、抽象的概念」，黑龍江人民出版社一九八二年再版此書，蕭軍在「後記」中也承認「對於這類新的題材，新的鬥爭……缺點應在意料中。」

老水牛爺爺

——峻青的短篇小說名作

峻青（一九二二）的短篇小說精品迭出，形成獨特現象，一是收入語文課本的作品多，一是短篇小說的單行本多。且不論其短篇小說集以成名作《黎明的河邊》作為書名（《黎明的河邊》／新文藝出版社／一九五五年二月初版），即使收入多位作家的短篇小說集也以這個名篇作為書名（《黎明的河邊》／作家出版社／一九五五年九月初版）。新文藝版《黎明的河邊》所收入的《老水牛爺爺》也是這種情況。

與作者大多以反映革命戰爭題材的小說不同，這是一個老游擊隊員解放後在農業生產中保護他人安全，勇於獻出自己生命的故事。小說的抒情性和故事性都很強，膠東迷人風光的描寫，讓讀者能夠嗅出春天的濰河隅莊果林的陣陣飄香，對老水牛爺爺韋璞這個主人公細緻的刻畫，包括他的形態、語言、行為，使讀者很難忘記古銅色的臉、花白的鬍鬚、愛犬黃獅跟著他寸步不離的老水牛爺爺形象。筆者很早就讀過這篇小說，老水牛爺爺以身軀堵堤洞，屍身被洪水被沖走以後，黃獅守在濰河邊不食不動直至餓死，人犬之情印象太深，以至壬戌年專門寫了關於狗的科學小品發表在一個科普雜誌。

短篇小說《老水牛爺爺》發表於一九五四年五月號《文藝月報》，一九五五年二月收入峻青的短篇小說集《黎明的河邊》。當年九月，作家出版社選輯了王安友、苗得雨、姚大中、高曉聲、王若望、唐克新、谷新範、峻青、楊野等九位作家一九五四年以前發表的十部優秀短篇小說，署「峻青等著」，以《老水牛爺爺》為名結集出版，可見《老水牛爺爺》在當時的影響。

與作家出版社同步，上海文化出版社一九五五年九月出版了《老水牛爺爺》的第一個單行本，三十二開本，繁體豎排，印數一萬五千冊，定價一角一分。單行本置插圖四幅，並有作者附注「一九五四年三月二十九日寫於上海」。次月，通俗讀物出版社「文學初步讀物」叢書亦出版了單行本。幾十年來有峻青其他多種短篇小說的連環畫出版，加之《老水牛爺爺》也被陸續輯入其他的作品集，文字版的單行本自此沒有再重印過，所以成為罕見的版本。我請峻青先生寓目這個版本，作者題跋云「此最早單行版本，現在難得見到了。余向來敝帚不知自珍，此書出版後即未保存樣書，故今日一見頗感陌生。由此則更加感念傳新先生之意費力搜尋舊籍之雅興耳。／峻青／二〇〇九年三月上海」

原載《藏書報》二〇〇九年第二十四期

康藏公路紀行
——謝蔚明的通訊集

上世紀五十年代初，康藏公路的建設使一批通訊、特寫及報告文學見諸報刊，同時，關於康藏公路的圖書亦陸續出版，一時間，「世界屋脊」上的建設者們受到社會的廣泛關注。這些圖書大部分均係通訊作品的結集，如作家版的《訪康藏高原》（楊居人著）、中國青年版的《在康藏高原上》（王大純等著）、新文藝版的《戰鬥在「世界屋脊」上（康藏公路通訊選集）》（賀笠等著）重慶人民版的《康藏高原散記》（林田著）、《康藏高原的春天》（陳裴琴，葛洛等編）……其中《康藏公路紀行》是這類作品中比較系統的一種。

老報人謝蔚明（一九一七至二〇〇八）建國之初是《文匯報》駐京辦的記者。《康藏公路紀行》由謝蔚明先生一九五四年十二月在北京改定，上海出版公司一九五五年三月初版，繁體豎排，印數一萬一千五百冊。收入《康藏公路紀行》計有十四篇通訊，及三篇附錄。作者在後記中說明「所蒐集的十幾篇通訊，絕大部分都在報上發表過的。原來的總題目叫作『康藏高原紀行』，整理成書時，我把它改寫為『康藏高原紀行』，因為比較切合事實。」為了報導康藏公路建設，始於雅安全長二千四百一十六公里的康藏公路，謝蔚明先生走了四分之三的路程，這也是相關圖書中，《康藏公路紀行》內容最為厚重的重要原因之一。從本書的《大渡河邊》、《在二郎山上》、《萬裏踏勘片段》諸篇章中可以看到，作者以高度的責任感、使命感忠實地記錄下《康藏公路是怎樣前進的》，為歷史留下了可歌可泣的永恆的瞬間。

康藏公路始於雅安，曾經是西康省的省會城市，其大部分地區劃歸四川省之後，康藏公路遂易名川藏公路，起點也從雅安東移至成都，全長二千四百一十六公里。康藏公路是內地通往西藏最重要的兩條公路之一，這條世界屋脊的公路被稱為高原東部的生命線，沿途海拔奇高，高原空氣稀薄，人煙罕至，條件十分惡劣，悲壯的築路史上有數千名戰士為之獻身，世界視為「不可思議」的康藏高原公路，是真正的英雄路！本書介紹的《把鮮血灑在雀兒山上的張福林》只是其中的一個烈士代表。在《康藏公路紀行》中，讀者可以讀到築路戰士如何在艱苦條件下工作和生活，某團四連的戰士吃野菜，「十三天挖了一萬多斤」（《「高原飯店」》），高原的早晚，室內外只有一度的溫差，但是到處充滿著革命的樂觀主義精神，戰士們把「樹枝鋪在雪地上，好像鋼絲床」，「玻璃床下流水聲，大家說是音樂聲」「（《在高原帳篷裏》）。在作者的筆下，不僅有這些築路戰士衣食住行的生動描寫，也有藏漢民族團結的精彩華章，如東芝大媽跳進激流救戰士，她說「藏民團處處為我們老百姓打算，自己死了也不能讓解放軍犧牲！」（《記藏民團》）如昌都喇嘛寺的康古活佛在兵站親自督導運輸。如堪布扎喜饒登不僅如期完成洛隆宗的運輸任務，還幫助八宿宗運輸七千馱物質，他知道支援部隊實際上就是為藏民自己辦事。（《公路修到哪裡，藏民支援到哪裡》）這些軍民團結、民族團結的故事在書中占了相當的篇幅。

值得一提的是，《康藏公路紀行》收入了十七幅珍貴的圖片。封面是《午拉山上修路的技工》，內文的十六幅攝影圖片從《康藏公路修到金沙江畔》開始，分別展現了西進雀兒山主峰、邦達草原、西藏學生上課、瀾滄江河谷的新建築群、戰士之家、「高原西湖」安措湖等等，依序留下康藏公路建設史上難得的攝影圖片資料。本書附錄有《訪達賴喇嘛和班禪額爾德尼》一文，是謝蔚明先生在一九五二年國慶前兩天的採訪記。達賴和班禪同時從西藏分南北兩路出發進京，在四十天左右的時間行程萬里，沿途感受到國家建設與日俱新和人民的精神面貌，談到康藏公路時，達賴感歎築路的解放軍是「鋼鐵部隊」。曾幾何時，達賴稱讚中華人民共和國憲法「是符合各族人民利益的」，何曾想到幾十年後，達賴的私人代表又枉談什麼「西藏流亡政府」，其食言而肥在歷史的鏡子面前不禁讓人想起「以子之矛攻子之盾」。

一九五〇年一月始建的康藏公路，經過四年的艱苦施工，在一九五四年十二月與青藏公路同時通車拉薩，對勝利完成進軍西藏、和平解放西藏，對全國政治、經濟和文化的發展，有著重大的作用。黨和國家的幾代領導人毛澤東、鄧小平、江澤民、胡錦濤先後為西陲國防的這條交通運輸線題詞。而收集康藏公路圖書專著，不僅可以從一個側面展現堅苦卓絕的公路建設史，也可以通過通訊作品的細緻描述，瞭解建築康藏公路沿途的氣候、地理、人文等歷史條件，從而獲得深入的、立體的印象。

原載《藏書報》二〇〇八年第四十九期

變天記
——張雷的第一部長篇小說

張雷（一九二六至二〇〇〇）又名張文通。河北博野人。抗戰後參加革命，一九四一年畢業於華北抗日聯合大學，一九四二年開始在報刊發表小說、詩歌、戲劇，有晉劇《大報仇》、反映土改運動的劇本《美人計》等等。《變天記》是他創作的第二部長篇小說。

《變天記》分為一、二部，第一部四章二十四節，第二部四章二十八節，各章節均有標題。桑乾河下游南岸處的吉家營村是抗日戰爭和解放戰爭時期的革命根據地，作者以此為生活背景，描寫了中國農民在共產黨領導下打敗日本侵略者，推翻地主階級壓迫，贏得解放的故事。小說的主要內容是：「算破天」崔壽臣強佔陳家的土地，陳大順一把火燒了崔家的西倉房，算破天借機害死顧善人，農民們盼星星盼月亮地希望當年的紅軍隊伍打回來。黑牛兩輩人在崔家當長工，算破天數次欺辱春姐，黑牛一氣之下離開崔家搬到岳丈家，王洛成知道事情的真相後活活氣死。「七七事變」後日本鬼子打到中國來，抗戰終於爆發了。王蒼柏檢到兩支槍，黑牛要學「紅軍的兩把菜刀起首」，參加了八路軍。黑牛開始自我覺醒，主動靠近黨的隊伍，日本人抓住黑牛，被苑常金、陳大順救出。算破天陽奉陰違，「明滅暗不滅」的伎倆被群眾識破，減租工作勝利結束。董炎和王蒼柏決定擾亂敵人，打破鬼子的掃蕩計畫。在殘酷的對敵鬥爭中，黑牛從一個普通的農民鍛煉成長為革命戰士，加入了中國共產黨。為配合反掃蕩鬥爭，黑牛在鬼子眼皮底下拉走偽軍一個中隊參加了抗日武裝。翻身的農民日益揚眉吐氣，天下成了自己的天下，他們迎來了一個「少見的好大秋」。

《變天記》由通俗讀物出版社一九五五年四月初版，大三十二開直排本，精、平裝本定價均為一元二角五分，印數四萬冊。王永恆插圖，多次重印。人民文學出版社在一九五八年十二月初版定價二元二角的精裝本，印數二千冊。中國青年出版社一九六二年印行定價九角的新一版三十二開本。人民文學社在一九八二年重印了精、平兩個裝幀的二版本。此外，上海人民美術社一九八四年出版了可蒙根據同名小說改編、汪絢秋繪圖的四冊套裝連環畫。

三里灣
——第一部農業合作化的長篇小說

趙樹理（一九〇六至一九七〇）原名趙樹禮。山西沁水人。「山藥蛋派」的開創者。抗戰前後創作有《小二黑結婚》、《李有才板話》、《李家莊的變遷》等小說。建國著有《鍛煉鍛煉》、《登記》、《靈泉洞》、《實幹家潘永福》等等。一九五三年冬開始創作《三里灣》，到一九五五年春終於全部完成。這是第一部描寫農業合作化運動的長篇小說。

《三里灣》「從旗杆院說起」，分為三十四個標題章節，以華北老解放區的模範村三里灣為背景，通過秋收、整黨、擴社、開渠等事件的描繪，真實生動地反映出農業合作化運動中各種力量之間的鬥爭，提示社會主義改造的艱巨性和複雜性。保護私利的村長范登高只顧自己發財，卻以維護黨的利益的面目出現。馬多壽用「糊塗」的名聲掩蓋自己實現當新富農的夢想，他利用范登高的錯誤反對擴社，利用老婆「常有理」的胡攪蠻纏阻撓合作社開渠。袁天成「兩隻腳踏在兩條路上」，黨內受教育，回家又受老婆「能不夠」的領導，盡力維護個人利益。黨支部書記王金生從錯綜複雜的矛盾中從容分析問題、研究問題，善於按照事實的發展規律來考慮問題，讓頑固維護「馬家院」生活方式的馬多壽也決定了入社。小說還通過年青一代的家庭、愛情問題，如「奇遇」、「有翼革命」等章節，反映農業合作化運動給他們的人生觀、戀愛觀所帶來的深刻變化。小說裏一系列人物形象性格鮮明，惟妙惟肖，在整個農業合作化運動中，普通農民的日常生活和家庭瑣事中都可以找到他們的影子，家長裏短的故事情節，既有很強的可讀性，也具備強烈的時代感。

《人民文學》雜誌從一九五五年第一期開始連載《三里灣》，至第四期連載完畢。通俗讀物出版社一九五五年五月初版《三里灣》，大三十二開本，定價五角七分，印數八萬冊。接著有吳靜波插圖本印行，重印累計七十五萬四千冊。一九五八年三月，人民文學出版社印行初版，大三十二開本，定價六角，印數五萬冊，附錄作者原載《文藝報》一九五五年第十九期的《〈三里灣〉寫作前後》一文。九月，印行精裝初版本二千冊，定價一元五角五分，一九五九年八月重印定價一元四角五分，印數二萬四千冊。同年，長影根據小說改編的彩色故事片《花好月圓》搬上銀幕。作家出版社一九六二年將《三里灣》收入「工農文藝讀物」印行了定價為九角一分的三十二開本，一九六三年印行定價為八角八分的三十二開普及本，增加吳靜波的插圖二十九幅。同年，新疆青年社出版大三十二開維吾爾文版。一九六〇年起，外文社先後出版法文、英文版。一九六六年夏，趙樹理在文革中慘遭批判，繼而擴大到全國，一九七〇年被迫害致死。新時期以來，《三里灣》有多個出版社印行，其中工人出版社的《趙樹理文集》

第二卷收入《三里灣》，一九八〇年到一九八五年累計印數八萬冊。

迎春曲

——王希堅的第一部長篇小說

王希堅（一九一八至一九九五），山東諸城人。主編過解放區《山東群眾》《群眾文化》等刊物。一九四七年的成名作《地覆天翻記》是文學史上唯一反映減租減息的中篇小說。建國後歷任新華書店山東分店編輯部副主任、山東省文聯編創部長、《山東文學》主編、《歷山詩刊》主編等。著有通俗文學《翻身民歌》《自由歌》《看機器》、短篇小說和中長篇小說《前沿陣地》《雨過天晴》《迎春曲》以及詩集等等。《迎春曲》是他的第一部長篇小說。

《迎春曲》二十一萬字，分為四十四章，故事主要內容是：復員軍人李興傑回鄉了，在周立文家喝酒沒瞭解到村裏情況，趙子惠對他去周立文那裏也有意見。外鄉來幫忙的瘦老頭說合作社真是能養人的地方，李興傑才知道老殘病弱者只要出來就給記工分，話裏話外都衝周立文來，張老農告訴他現在的支部和以前不能比。政委盧子平來村裏瞭解情況，吩咐黨內外要開會提意見、幹部分工負責，可以公開或秘密向他反映情況，特別交代分配李興傑適當的工作。李興傑在社員會上選為主任，周愛鈴告訴李興傑這是她哥哥周立文的圈套。李興傑在趙玉華那裏查賬時發現他在周立文家喝酒算在社裏的招待費，召開管委會制定制度，自己償還招待他的開支。李興傑在區裏參加會議發現顏至美特別聽信周立文，顏指導員還留下周立文單獨交談，要他發現李興傑缺點作為下一步整黨的典型。周愛鈴和李興傑心照不宣地戀愛，哥哥對她明槍暗刺。李隆老漢四更天發現周立文家失火，趙興倫領著人群來救火，李興傑感到現場的情況很可疑，他和老馬找他時，周立文正在顏至美那裏商量大刀闊斧如何整黨。周愛鈴早就沒把趙玉華的糾纏放在心上，趙玉華以她家失火疑點重重相裹挾，周愛鈴在團的會議發言說對哥哥鬥爭不夠，大家要求調查趙玉華的問題。趙子惠從周海嘴裏套出周立文賣掉糧食和棉花的實情，遇到李興傑告訴他盧子平帶工作團隨後就來村裏。幾天下來，盧子平的報告讓農民感覺以前翻了身，現在才睜開眼，懂得了走哪條路的道理。李興傑、趙子惠和張老農當選新支委委員，李興傑當支部書記，黨員們一致同意開除周立文的黨籍，顏至美也認識到自己的錯誤。李興傑穿上特意保存的新軍裝和周愛鈴親手做的鞋，一對新人的婚俗為大家帶來歡歌笑語……

中國青年出版社一九五五年六月初版《迎春曲》，三十二開直排本，定價九角五分，印數三萬冊。一九五六年八月第五次印刷，印數累計七萬三七冊。這部長篇小說自此沒有再重印。

淮河上的姑娘
——嚴陣的第一本書

嚴陣（一九二九）原名閻桂青、閻曉光。山東萊陽人。一九五〇年創作的詩歌首次以「嚴陣」的筆名在《皖北文藝》發表，一九五三年任《安徽文藝》編輯。同年十月，創作了詩歌《老張的手》，發表在一九五四年第一期《人民文學》，這首成名作開創了嚴陣一生的文學之路。當年臧克家向毛澤東推薦的五個「最有希望的青年詩人」，嚴陣是其中之一。有十卷本《嚴陣文集》、三卷本《詩人嚴陣繪畫》等近四十部專著問世。

《淮河上的姑娘》是嚴陣的第一本書。這部詩集包括一九五三年七月到一九五五年五月創作的短詩五十一首，分三輯。第一輯反映淮河農民「為美好的生活來戰鬥」（老張的手），「土地改革好比寶劍一把／把財主剝削的根子全部斬斷」（界碑），一對戀人喜不自勝「互助組併入你們合作社／馬上咱就是一個社裏的人啦」（在清泉邊），新前景讓農民忘掉「還沒入社的時候／為爭一點水我會把你的身上打腫！」（車水）。第二輯歌頌了淮河兩岸人民在治淮鬥爭中的英雄業績。淮河防汛來了「年輕的姑娘也報名參加搶險」，她「顧不得脫去衣裳就跳進缺口的水中」的壯舉，讓老艄公「埋怨自己以往有眼不識英雄」（淮河上的姑娘）。這些短詩描寫了守衛幸福與和平的人（駐守水閘的戰士）、從朝鮮戰場回來重新背上行裝的人（給老李同志）、「把勇敢和勤勞建築在連拱壩上」的人（他在高空中噴漿）……讀者從詩中見證火熱的鬥爭場面，記住了千千萬萬治淮英雄的形象。第三輯描寫老根據地人民的生活，昔日的紅軍戰士「湧出合作社的大門／去把幸福播種」（大別山短歌），工人和戰士充滿對工作的熱愛、對勝利的信心，他們共同「建設祖國美麗的明天」（我站在腳手架上）。嚴陣曾在淮北的潁上縣陳屯村體驗生活，目睹農民的生活，置身於治淮年代，內心澎湃的情感讓詩人催發出這些治淮頌歌。

《淮河上的姑娘》由中國青年出版社一九五五年十一月初版，三十二開本，定價三角五分，印數八千五百冊。嚴陣以詩名世，涉獵多種文學形式，繼《淮河上的姑娘》之後，著有中長篇小說、散文、報告文學、兒童文學等等，他以二十年的時間寫作的長篇詩體小說《山盟》，八十年代末由人民文學出版社分上、下冊出版。

東線

——寒風的第一部長篇小說

寒風（一九一八至二〇〇三）原名李運平。滿族。河北易縣人。一九三八年參加八路軍，歷經抗戰和解放戰爭時期。建國後曾任《解放軍文藝》、八一電影製片廠文學部主任等。一九五〇年開始發表作品，是西南軍區創作組、總政創作室的專業作家。著有長篇小說《東線》、《淮海大戰》、《上黨之戰》、《中原奪鹿》、《戰將陳賡》、中短篇小說、長篇敘事詩以及四卷本《寒風文集》等等。五十年代參加巴金率隊的作家代表團到朝鮮戰場，一九五二年初稿、一九五四年修改完成的《東線》既是西南軍區的第一部長篇作品，印數其文學生涯的第一部長篇小說。

《東線》三十七萬字，分為八十九章節。這部長篇小說的背景發生在一九五一年秋季的朝鮮戰場，主要情節是：美軍越過三八線向鴨綠江推進，志願軍不斷調整部署，東線形勢驟然緊張。團長尚志英和政治委員翟子毅帶部隊走過金剛川馬上進入陣地。敵人「一面在會議桌上搶劫，一面用武力搶劫」，天上有一百多架飛機，地上的四十輛坦克不斷駛進我軍縱深地區，擺開在文登裏的開闊地上。敵人用上兩個師的兵力集中衝鋒，要在我軍陣地撕開一個口子。尚志英的部隊浴血苦戰了十天十夜，阻住了敵人的攻勢。談判桌上美國人說五十七號高地是他們的，馬德明說「讓他們來取吧！」，大炮轟鳴，惡戰又開始了，敵人最後一次進攻被打退了……作品以朝鮮戰爭為題材，生動描述了中國人民志願軍和朝鮮人民軍指戰員的群體英雄形象，朝中兩國戰士的英勇鬥志，使敵人在談判桌上得不到的東西在戰場上同樣得不到。小說通過描寫一場場激烈的鏖戰，展示出團長尚志英把握戰機、指揮得力的戰鬥作風，刻畫了王炳晨、唐仲勳、馬德明、王坤、姜萬傑、李小吾、閻振龍……一系列英雄形象，尤其尚志英妻子王淑琴不顧年幼的孩子也來到戰場，正是中國人民國際主義精神的完美詮釋。朝鮮人民軍的護士金英，廉金泰、朴金玉兩個年輕人的戀愛一些情節也給讀者留下較深的印象。

《東線》由解放軍文藝叢書編輯部編，人民文學出版社一九五五年十二月初版，大三十二開直排本，定價一元六角三分，印數四萬六千冊。封面設計茹辛。一九五六年一月重印二萬冊。一九五七年分別重印二次，累計印數逾十萬冊。大眾文藝列入中國現代軍事文學叢書和中國現代軍事紀實文學叢書，分別在二〇〇九年、二〇一〇年印行。

歡笑的金沙江

——李喬的第一部長篇小說

李喬（一九〇八至二〇〇二）原名李橋安。筆名普濟。彝族。雲南石屏人。一九三〇年開始發表作品。抗戰爆發後，隨滇軍第六十軍在台兒莊發表了《旅途中》、《軍中回憶》、《禹王山爭奪戰》等一些通訊報告文學。一九五五年出版第一部長篇小說《歡笑的金沙江》（《醒了的土地》），陸續另外寫作的《早來的春天》、《呼嘯的山風》一起構成《歡笑的金沙江》三部曲，成為李喬的代表作。

《醒了的土地》是李喬根據親身經歷寫成的一部作品。小說分為二十章節，主要內容是：西南解放之後，胡宗南殘匪竄入涼山地區利用民族隔閡造謠欺騙彝胞。漢人聚集的小鎮與涼山在金沙江隔岸對峙，群眾認出涼山分工委會的政委丁卻波，就是十七年前隨紅軍長征的彝人，丁政委與母親和哥哥團圓了。土匪和磨石拉薩絞在一起同沙馬木紮打冤家，工委會分別做工作調停了糾紛。土匪殺死比腳拾　嫁禍解放軍，挑撥漢彝的民族團結，阿羅揭穿了敵人的謠言，在事實面前，彝民相信了共產黨是真心幫助他們過上好日子。磨石拉薩說出沙馬木扎阿媽是被偽江防大隊的余排長殺害的真相，沙馬木扎才明白他們又殺害了磨石拉薩的阿爸，丁政委告訴他們，敵人的目的是「要你們兩家永遠不能團結」，兩家人終於化解了矛盾，彝胞們急切地表示要協助解放軍進剿殘匪。勝利在望的戰鬥打響了，「金沙江上飄起的歌聲，冤家隨著人群飄揚到涼山的上空去了。」小說對一些彝族方言和名稱作了必要的註腳。

作家出版社一九五六年二月初版《歡笑的金沙江》，三十二開直排本，定價九角，印數二萬五千冊。之後每年重印一次，到一九五九年第四次印刷改變封面設計，四印本封面標注第一部，內封的副標題注「第一部醒了的土地」，採用繁體字，是比較難得見到的一個版本。外文社出版有英、日、俄文譯本等。小說附注「一九五四年十月三十日初稿。一九五五年七月一日修改完。」創作之初作者並沒有繼續寫下去的打算，直到第二部插圖本問世，李喬在自序中才寫道「可能還會有第三部出現」。一九五九年人民文學出版社的初版精裝修訂本易名《歡笑的金沙江——第一部：醒了的土地》，一九六一年九月作家版則為《醒了的土地——「歡笑的金沙江」第一部》。

榮譽
——陸文夫的第一本書

陸文夫（一九二八至二〇〇五）原名陸起貴。江蘇泰興人。一九四八年年在解放區參加革命。二十一歲時擔任新華社蘇州支社採訪員、《新蘇州報》記者。一九五三年開始文學創作。一九五五年第二期《文藝月報》刊登了陸文夫的處女作《榮譽》，小說被譯成外文發表在英文版《中國文學》上。次年，以這篇作品冠名的短篇小說集作為他第一本書由新文藝出版社印行。

《榮譽》收陸文夫八個短篇小說：《榮譽》、《節日的夜晚》、《火》、《「風波」》、《公民》、《最後的課題》、《搶修》、《月底》。《榮譽》敘述的故事是：紡織廠女工方巧珍是一位先進生產者，發現自己並非是成績單記錄的「全季沒有出次布」，而是「出了兩匹次布」，激烈的思想鬥爭與人們對她的讚譽，愈發感到隱瞞缺點會讓「自己的頭永遠抬不起來」，她拒絕了檢驗員唆使她為「一生榮譽的事情」保密，選擇了向黨總支說明真相、勇於承擔責任，小說反映了紡織女工忠實無私的優秀品質。陸文夫作過幾年新聞記者，經常到工廠裏採訪，所以，除《榮譽》之外，這個短篇小說集其他幾篇小說都以描寫工人的生活和鬥爭為主，也是陸文夫早期作品的一個特徵。

陸文夫一九五六年發表短篇小說《小巷深處》一舉成名。一九六四年四月，茅盾以一萬多字的篇幅撰寫了《讀陸文夫的作品》，他說《榮譽》的八個短篇小說「在故事結構、人物塑造、文學語言這三方面，都煞費苦心。」也對除《榮譽》之外的其他已經發表的小說作了點評，是當時比較難得的長文評論。茅盾尤對《榮譽》青睞，甚至認為陸文夫的成名作《小巷深處》「比《榮譽》集八篇的任何一篇都後退了一步。」作為普通讀者，筆者更看重並多次閱讀過《小巷深處》，一九七九年五月，上海文藝出版社短篇小說集《重放的鮮花》收入《小巷深處》。之後，上海文藝出版社和二十一世紀出版社都印行了冠名《小巷深處》的小說集，前者是陸文夫的作品集，後者是「萌芽五十年精華本」。

陸文夫在《小巷深處》成名之後，很快被打成右派長期下放農村、工廠勞動改造，直到一九七八年才重返文壇從事專業創作，曾任蘇州文聯副主席、中國作家協會副主席等。其巔峰之作是一九八三年發表的中篇小說《美食家》。《榮譽》由新文藝出版社一九五六年三月初版，三十二開本，定價三角八分，發行兩萬二千冊。封面插圖是小說《榮譽》主人公紡織的圖案，內文收入很漂亮的五幅滿頁插圖，可惜沒有標注插圖作者的姓名。

憤怒的鄉村
——魯彥的長篇小說

魯彥（一九〇一至一九四四）原名王燮臣，又名王衡、王魯彥。浙江鎮海人。一九二〇年參加李大釗、蔡元培創辦的工讀互助團到北京大學旁聽，同年在《東方雜誌》發表《秋夜》，一九二六年出版第一本書《柚子》，此後分別任《民國日報》副刊編輯、國民政府國際宣傳部世界語翻譯等。抗戰時期主編《文藝雜誌》，著述甚豐。有長篇小說《野火》，短篇小說《黃金》、《炮火下的孩子》、《傷兵醫院》等等。《憤怒的鄉村》是沒有完成的長篇小說的第一部。

《憤怒的鄉村》十八章，主要內容是：華生告訴哥哥自己「不做人家的牛馬」，威脅阿浩叔「先把你們剷除」，心裏充滿煩惱。在傅家橋和菊香相熟的青年人中她最喜歡華生，華生知道她父親不會同意這樁婚事。阿如老闆欺侮華生，華生打壞他的店鋪，鄉長傅青山要葛生放四千鞭炮替華生賠罪，阿波勸住要去復仇的華生。華生參加捕魚團體拖到一條十多斤重的大鯉魚，大家紛紛傳頌他的捕魚本領。鄉長給阿如的二少爺提親，華生看見阿珊去菊香家起了疑心，阿英讓他們之間消除了誤會。鄉公所派捐掏河，葛生發愁華生親事的費用，和他的第二個兒子一起病倒了。傅家橋傳染著虎疫，華生說服大家相信西醫去打針，疫勢果然減輕。村裏傳謠華生菊香有不正當關係，秋琴給華生講階級鬥爭道理，華生說「只要菊香！不然就一生不結婚！」朱金章有意給他們兩個製造矛盾，阿如朱金章為自己的兒女訂婚了。鄉裏不斷逼捐逼租，阿如打死了阿曼叔，阿波他們商量發動推翻傅青山。傅青山在祠堂假惺惺斷案拖延時間，黑麻子帶著士兵進來用槍對準群眾，以共產黨暴動之名逮了阿波、秋琴和華生。暈倒的葛生還在喃喃說「是我不好……鄉長」，葛生嫂已經瘋了……

《憤怒的鄉村》是表現農民反抗統治階級的作品，魯彥計畫寫成三部連續性的長篇小說。其中第一部《野火》一九三六年六月至十二月連載於《文學季刊》，次年五月由上海良友圖書印刷公司出版，是抗戰前夕出版的重要作品。本書附錄魯彥夫人覃英後記說，「在重慶出版單行本時遭到國民黨文化特務機關的檢查，刪改了最後農民其中起而鬥爭的情節，原稿也被沒收了。因此，第一次出版的《野火》是有些殘破不全的。」這個重慶的單行本尚未見到在任何三十年代文學史料中列目。一九四八年在上海出版忍鋒木刻封面的版本，易名《憤怒的鄉村》

文化生活出版社一九五六年三月初版《憤怒的鄉村》，三十二開本，定價九角，印數一萬七千冊。路得為小說插圖十幅，道林紙印刷。小說由覃英對「個別地方稍作了補充和修正」，是一個比較別致的版本。此後沒有重新印行。

在田野上，前進！
——秦兆陽的第一部長篇小說

秦兆陽（一九一六至一九九四），湖北黃岡人。建國後歷任《文藝報》編委、《人民文學》副主編、人民文學出版社副總編輯、《當代》主編等。被譽為伯樂的他經手發表有瑪拉沁夫的處女作《科爾沁草原的人們》，峻青、白樺發在《人民文學》的第一篇小說，王蒙的《組織部新來的青年人》以及蕭也牧、劉賓雁、林斤瀾、蕭平、路遙、葉文玲、蔣子龍、陳世旭……的作品，其中的故事至今為人津津樂道。秦兆陽的第一本書是天下圖書公司一九四九年十月版短篇小說《平原上》。次年出版成名作童話《小燕子萬里飛行記》。著有小說《在田野上，前進！》《女兒的信》《大地》、散文《黃山失魂記》《風塵漫記》以及論文集、詩歌等等，其中《在田野上，前進！》是他的第一部長篇小說。

《在田野上，前進！》三十六萬字，分為三十四章及尾聲，各章均有小標題。小說的主要情節是：縣委副書記張駿聽說曲堤村這個全區唯一的農業社要垮臺，趕快下村找到裝病的社長郭木三，比較社內社外的細賬，解開了大家思想上的疑問和疙瘩。副社長李祥受鄭洪興蠱惑要搞互助組做買賣賺錢，煽動村民攪黃了群眾大會的召開，張駿在支委會上啟發幹部。魏萬德退社遭到全家反對，老伴指責鄭洪興又當人又當鬼，偽軍家屬魏月英見狀悻悻地溜開。魏萬德未來的孫媳婦貞妮子上門來論理，程瑞芳要告鄭洪興虐待兒媳，提出分家。鄭洪興勾結李祥倒賣糧食又買郭老根的地，張駿從老吉寡婦老少三代看到農業社發展的越快越好，幫助郭木三和郭大海一幫黨員和幹部搞好團結。縣委書記王則昆在曲堤村黨團員會議談到工作上的一些缺點，提出農業社一定要穩步前進。王老梗找到張駿承認自己冒進建社的「錯誤」，兩個書記因為意見分歧不歡而散。吳小正和貞妮子要依靠農業社實現改造沙地的計畫，李祥與郭木三交心換心幡然醒悟。魏月英指點鄭洪興要先忍耐再伺機殺出一條路來，縣公安局掌握了材料押他們到群眾大會。鄭洪興坦白了破壞農業社的罪行，村民們在要求入社的熱情非常高漲。省委急召張駿聽取他關於曲堤村農業社的工作彙報，並傳達了中央要大力發展農業合作社的總路線精神，一個急劇變化的農業社會主義高潮來臨了……

作家出版社一九五六年三月初版《在田野上，前進！》，三十二開本，定價一元二角二分，印數三十八萬冊。四月印行精裝本，定價一元六角，印數六萬冊。這個起印數在當時的長篇小說中是最多的一種。之後秦兆陽署名何直發表了《現實主義——廣闊的道路》而被打成右派，沉寂至一九七九年「右派」改正。這部小說也在一九八二年十一月由人民文學出版社更換封面印行新一版，大三十二開，平裝定價一元二角五分，印數三萬五千冊，精裝定價二元二角，印數二千一百冊。

喧騰的高原
——梁上泉的第一本書

梁上泉（一九三一），四川達縣人。一九四八年開始發表作品，散見於《四川日報》、《四川文學》、《四川文藝》、《詩刊》等報刊，還有不少歌詞被譜曲傳唱。出版的二十多部著作中大部分是詩集，在當代文學史上是研究中國詩人的物件之一。筆者呈《喧騰的高原》請作者題跋曰「如見故人」，錄其一九五四年寫於甘孜的詩「雪原巡邏」：高原萬裏雪茫茫／滿面寒風滿面霜／策馬巡邏雲海裏／心騰熱血保邊疆。

《喧騰的高原》是梁上泉的第一本詩集。一九五三年到一九五五年，梁上泉工作在康藏高原，在這片雪山草地，「我們的將軍，經受過長征的風雲」，而今天開始喧騰的康藏高原，人民和戰士正在進行築路、開墾的鬥爭生活，征服一座座無名山的天險，「當它被劈開了的時候，才留下個名字——『征服山！』」詩集收入作品二十七首，最早的一篇作於一九五三年七月，最晚的一篇作於一九五五年十月，從詩作附注可以清楚的看到作者的足跡遍及瀘定、昌都、匡卡、色齊拉、瓦達、拉薩……作者以其貼近生活的筆觸，通過詩的形式，記錄下康藏高原建設者的艱苦歲月。「我們向新的工地，背著房子前進，到處是我們的家鄉，又一次紮下了野營」（雪地炊煙），這是戰士們轉戰的真實寫照；「姑娘怎能不歌唱？公路正鋪向她的家鄉」（犛牛隊的姑娘）、「新修的水渠寬又長，就像銀河一樣。『新漢人』解放軍——給藏家帶來了希望！」」（地上的銀河）藏胞的歡欣之情躍然紙上。詩集反映出高原沸騰生活的多個側面，充滿情趣。藏族民工「終年沒離開過鋤頭，也與鐵鍬交上朋友」（載著歌聲歸來）；描述愛情的詩篇則通過第一個藏族拖拉機手技能嫻熟、不畏勞苦來展現（姑娘，他是誰呀？）。教師、醫生、郵遞員等等在詩歌中都能看到他們的風貌。正是康藏高原生產建設的沸騰生活深深打動了詩人，所以詩人「沒有權利不作一個戰士行列的歌者，來參加這支進行曲的合唱！」高原曾經的喧騰已經跨過了半個多世紀，筆者因在康藏高原一帶有過生活經歷，所以對於詩作依然有著比較熟悉的感覺。

中國青年出版社一九五六年五月初版《喧騰的高原》，三十二開本，定價二角四分，印數三萬冊。詩作分別發表在刊物上，由詩人進行整理後結集出版，內容提要稱是作者的第一本詩集。新時期以來，梁上泉出版了《多姿・多彩・多情》、《長跑者的腳印》、收入當代重慶作家作品選的梁上泉卷《夢之花》等等。最為人津津樂道的是，梁上泉作詞、士心譜曲的《小白楊》由閻維文首唱並一舉成名，歷經二十多年傳唱不衰，以受眾的廣泛性和知名度而言，或許《小白楊》是詩人最具代表意義的作品吧。

珍貴的紀念品　黨費

——王願堅的第一本書

王願堅（一九二九至一九九一），山東諸城人。一九四五年一月參加八路軍，解放戰爭時在部隊擔任過報社編輯和記者，期間寫過小戲、演唱材料、新聞通訊和報告文學等。一九五二年七月調《解放軍文藝》編輯部工作。短篇小說《黨費》刊登於《解放軍文藝》一九五四年第十二期，是他的成名作小說，也是代表作之一。

一九五五年十一月，工人出版社的《野火燒不盡》收入四個短篇小說，其中就有《黨費》，王願堅的作品第一次收入書籍中問世。《野火燒不盡》雖然收入《黨費》一篇，還不能算是王願堅的第一本書。略為區分，署名王願堅的第一本書分別有地方出版社和中央出版社的兩種版本。

《珍貴的紀念品》由福建人民出版社一九五六年五月初版，三十二開本，定價一角四分，印數二萬零九十冊。一九五四年三月，王願堅發表報告文學《東山島》，《珍貴的紀念品》收入的四個短篇全是反映福建前線的戰士、民兵、婦女和少先隊員在東山島的戰鬥故事。這本故事集出版之後沒有再重印過。

一九五六年七月，工人出版社初版《黨費》，大三十二開本，定價四角四分，印數三萬冊。這個版本收入王願堅的五個短篇小說，其中《黨費》、《糧食的故事》是作者的代表作。封面和書中六幅插圖出自時任《解放軍文藝》雜誌美編劉侖的手筆。書中所收作品均附寫作時間，分別為「黨費」（一九五四年六月十五日初稿、十一月八日三次修改）、「糧食的故事「（一九五五年五月十五日初稿、一九五六年一月二十四日二次修改）、「老媽媽」（一九五五年十月八日初稿、一九五六年三月十日修改）「小游擊隊員」（一九五五年十二月六日）、「三張紙條」（一九五五年十一月五日）。

《黨費》幾十年的印行中，還有人民文學出版社、解放軍文藝出版社、群眾出版社等多種版本。其中一九五八年底人文社印行了兩千冊精裝本。上海、河北等地的美術出版社出版有數量驚人的連環畫。《黨費》還被改編成為各種戲劇，如話劇、京劇、歌劇、淮劇、越劇、黃梅戲等等。一九五八年，長影改編《黨費》攝製成彩色影片《黨的女兒》。包括《黨費》在內的王願堅作品多次選入中學語文課本，並譯成英、法、日、俄、德、朝等多種外文。

《黨費》之後，王願堅還創作有《普通勞動者》、《後代》、《親人》、《七根火柴》以及長篇小說《源泉》等等。受到極左思潮影響，王願堅的《親人》《源泉》等小說在一九六三年遭到錯誤批判。一九七二年開始改寫《萬水千山》電影劇本，又與陸柱國合作改編電影文學劇本《閃閃的紅星》。王願堅小說的一個特點多為描寫第二次國內革命戰爭時期的題材。

北線凱歌
——穆欣的報告文學三部曲之二

穆欣（一九二〇至二〇一二），新聞記者。抗戰時期曾任《戰鬥日報》、《人民時代》雜誌主編，一九四六年後任新華社豫陝鄂野戰分社、第四兵團分社社長，國防戰士報社社長兼新華社雲南分社社長，志願軍第三兵團宣傳部副部長兼新華社分社社長。一九六五年後歷任光明日報總編輯、中國畫報社總編輯等等。著有《辦〈光明日報〉十年自述》、《南線巡迴》、《北線凱歌》、《西線漫憶》等等。

《北線凱歌》十七萬字，分為晉南之戰、進軍中原、淮海戰役三編，各編合計二十三章，每章若干節不等，均有小標題。本書記敘的是第三次國內革命戰爭時期，劉伯承、鄧小平直接指揮的中國人民解放軍第二野戰軍第四兵團，歷經晉南、中原、淮海等大戰役，足跡及於山西、河南、陝西、安徽、江蘇、湖北等省。因為「對於部隊的歷史有所追述」，線條更加清晰，敘述也比較詳盡。上編從這只英雄部隊誕生在鄂豫皖紅色區域開始至組建炮兵部到解放候馬的內線作戰。中編從解放軍戰略反攻的歷史轉捩點開始，強渡黃河、在伏牛東麓剿匪、破擊平漢南段、豫東戰役等等，南征周年之際在襄城舉行祝捷。下編淮海戰役著重敘述圍殲蔣匪黃維兵團的戰鬥，描寫了張英才、衛小堂、劉子林、柴學久等戰鬥英雄的事蹟。收入四十二幀照片，道林紙印刷，分置書中。

湖北人民出版社一九五六年六月初版《北線凱歌》，大三十二開，定價一元三角，印數八千冊。一九五九年四月印行第二版，印行精裝本一百七十冊。當年七月第六次印刷累計印數已達四萬一千九百五十冊。一九八〇年三月第三版，印數累計九萬一千九百五十冊。初版本選用一些同志所拍攝的四十二幀珍貴歷史照片在第三版刪減為三十一幀。

《北線凱歌》一九五二年七月開始寫作，初稿成於一九五三年二月二十二日，以後又有幾次修改。內容上跟《南線巡迴》是相銜接的，《北線凱歌》著重寫的是這以後自一九四九年至一九五〇年間第四兵團的戰鬥。湖北人民出版社一九八六年十二月初版《西線漫憶》，二十七萬字、定價二元四角、印數一千六百冊。敘述一九三七年初至一九五〇年初在西戰場的見聞。《南線巡迴》《北線凱歌》和《西線漫憶》內容雖然各自獨立城章，實際上構成作者的報告文學三部曲。

抗日戰爭歌曲選集

——第一種多卷本的抗戰歌曲集

《抗日戰爭歌曲選集》是一部多卷的歌曲集，全書十六開四卷，中國青年出版社在一九五七年陸續出版。其中第一集六月出版；第二集八月出版；第三集七月出版；第四集十一月出版。抗戰歌曲作為鼓舞抗日鬥志，表達民族精神的形式，貫穿於整個抗日戰爭，也是抗戰文學中最廣泛、最普及的大眾文學樣式。《解放軍歌曲》編輯部在《工農紅軍歌曲選集》出版之後當即投入《抗日戰爭歌曲選集》編選，在全國範圍內收集了兩千兩百多首歌曲，經分類篩選，出版了收入九百九十七首抗戰歌曲的這部選集。

各集歌曲未依序出版，如第二集和第三集分別於一九五七年八月和七月出版。七月出版的第三集是一卷相對獨立的歌曲選集，主要收入晉察冀和冀遼解放區歌曲。這部分的作品不僅數量大，保存的也比較完整，適合成為獨立的一章，把它單獨列為第三集，使其成為這部多卷集歌曲的重要組成部分。

上世紀的三十年代，音樂創作的時代主題就是挽救民族危亡。抗日救亡歌詠運動組織的領導人物黃自、安娥、聶耳、呂驥、賀綠汀、洗星海、周巍峙、麥新等一大批音樂家投入全國性的歌詠活動洪流。以一九三一年的《抗敵歌》為先聲，一大批救亡歌曲陸續在民眾中廣泛流傳。一九三六年的《救亡進行曲》不僅是著名的抗戰歌曲，在影片《青春之歌》中的運用，還再現了當年抗日救亡活動的場面，十分感人。

收入《抗日戰爭歌曲選集》的《大刀進行曲》，是一九三七年七月七日盧溝橋事變，二十九軍英勇抗日，麥新獻給二十九軍而創作的歌曲。他在「國民救亡歌詠協會」的音樂會指揮群眾演唱時，用力過猛，指揮棒都折斷了。這首歌曲的特殊意義在於它成為抗戰全面爆發的顯著標誌。在這部選集中，具有標誌性的歌曲俯拾皆是，歌曲反映出時代風雲，應該是世界各國的民族共性。如第一集中的《義勇軍進行曲》在建國後成為代國歌後，一九八二年正式定為《中華人民共和國國歌》；第二集中《八路軍進行曲》在一九五一年由中央軍委和總參謀部定為中國人民解放軍歌。《松花江上》、《救亡進行曲》、《游擊隊歌》、《到敵人後方去》、《在太行山上》等一大批優秀歌曲在當時起到鼓舞激勵抗日鬥志的作用，而且半個多世紀以來始終是抗戰歌曲中的經典作品，這充分證明，中國的民眾不願也不會忘記抗日戰爭那段災難深重的歷史。

《抗日戰爭歌曲選集》展示了中國人民在抗戰時期各個側面的戰鬥與生活歷程。第一集收入三部分。即從「九一八」到「七七」這一時期的歌曲，《五月的鮮花》、《漁光曲》、《大路歌》等一批影視歌曲編在其中；抗戰初期歌曲有《大刀進行曲》、《丈夫去當兵》、《只怕不抵抗》等；東北抗日聯軍歌曲有《愛我東北》、《露營之歌》、《殺敵歌》等；第二集、第三集的編排基本一致，即分為一航抗戰歌曲、頌歌、軍歌及紀念歌曲；抗日軍民勞動生產及民主生活歌曲；婦女、青年、兒童歌曲。這兩集中的歌曲，《東方紅》、《團結就是力量》、《延安頌》、《三大紀律八項注意》、《繡金匾》、《沒有共產黨就沒有新中國》等一大批抗戰歌曲膾炙人口。《黃河大合唱》以黃河這一民族的象徵符號為背景，展現了抗戰宏圖，氣勢磅礴的旋律激發人民的愛國主義熱情，這部合唱還改編成多種音樂形式，飛向世界，成為民族音樂的經典。《李勇要變成千百萬》、《狼牙山五壯士歌》、《歌唱二小放牛郎》等歌曲則反映出謳歌抗日英雄的特點，這些歌曲在相當長的時間裏依然成為歌詠活動中的保留曲目。第四集收入華中各解放區、華南各解放區、國民黨統治區、從反攻到勝利四部分歌曲。其中第一部分華中各解放區歌曲的類別與第二集、第三集相同。這一集中的歌曲內容層面更為廣泛，相當部分的歌曲已孕育出必將取得抗戰勝利的信心和情緒。如《打個勝仗哈哈哈》、《我們為什麼不歌唱》等。《茶館小調》於一九四四年創作於昆明，不但流傳內地，也流傳於香港及新加坡一帶。

這些抗戰歌曲本身演繹出內容豐富的故事，激發了民眾的抗戰精神。如麥新在七七事變當日創作的《大刀進行曲》，次月即在滬上首演，麥新任指揮。不久，四十二個國家在巴黎舉行反法西斯大會，任光指揮華僑演唱這首歌曲，使會場氣氛達到高潮。再如田漢在上世紀六十年代曾收到過寄自美國的稿酬，原來是美國黑人歌唱家保羅・羅伯遜（一八九八至一九七六）灌製了漢語演唱的《義勇軍進行曲》。一九四一年，保羅在華盛頓舉辦音樂會演唱了電影《風雲兒女主》主題歌，《義勇軍進行曲》

聶耳
聾世界，促進抗日，使保羅成為中國人民的朋友，在他誕辰百年時，二〇〇〇年的北京音樂廳還專場舉辦他的紀念音樂會。在整個抗戰時期，抗戰歌曲取得的作用是無可估量的，它們代表了民眾抗戰的意志，展示了民族精神，體現了民眾的抗日決心。

吳涵真編選的《風雲集》（廣州兒童書報社發行）是最早的抗戰歌曲選集之一，一九三六年七月出版後多次印刷，發行六萬餘冊。其中大部分歌曲都收入《抗日戰爭歌曲選集》。抗戰期間，選集中的許多歌曲通過全國性救亡歌詠運動組織的推廣，真正唱到街頭巷尾，唱到窮鄉僻壤。抗戰主題將是一個永恆的主題。

原載《出版史料》二〇〇七年第二期

站在最前列

——長篇小說《潛力》第二部

雷加（一九一五至二〇〇九）原名劉滌、劉天達。遼寧丹東人。「潛力」三部曲的第一部《春天來到了鴨綠江》是其第一部長篇小說。在當代文學的「三部曲」中，「潛力」是較有規律、出版週期較快的長篇小說。不到兩年的時間，「潛力」的第二部《站在最前列》問世。

《站在最前列》二十三萬字，十六個章節均有小標題。一九四六年十月，民主政府主動撤離安東，一些重要的工廠也將向寬甸山區轉移，小說的故事就發生在解放戰爭的這一時期。東北某造紙廠得到上級指示，「要有兩套做法：一套是提高產量，積極培養工人和教育工人；另一套是準備撤退，建立根據地，準備好一切撤退工作」。圍繞這兩個主題，廠長何士捷的工作作風從來是「完成的任務最大，要求的最少」，他的妻子洪澄擔任人事工作，也是黨小組長，他們相互支援，幹群同心，通過反覆爭論，多次實踐，以事實說服和戰勝了保守思想，採取用產量計算銅網壽命的辦法，使得生產得到空前提高。衣廷秀在組織群眾、為生產高潮創造有利條件的同時，盡心盡力做好參軍動員工作，造紙廠報名參軍達二十多人，在歡送會上，代表發言「在工廠立過功，我們到前線去，也要立功。」小說第一部中最先出場的工人幹部丘全善擔任了副廠長。擁軍委員徐家光的出色工作，老工人王保祿的認真負責，與趙伯言、程世才等暗藏的敵特進行的鬥爭……何士捷帶領大家克服了各種各樣的困難，終於勝利完成了人和物資分批撤退的工作，「也就是說離我們回來的時間也快了……」小說刻畫出各色人等的精神面貌，反映出他們的成長過程和品質，把人物放到錯綜複雜的場面，表現出工人階級在經濟戰線上的堅強力量。

作家出版社一九五六年七月初版「潛力」第二部《站在最前列》，與第一部不同的是，改為大三十二開本，定價九角九分，印數三萬冊。第二部有俄文譯本。《站在最前列》初版之後多次重印，至一九六三年一月第六次印刷累計九萬九千六百冊。

農村夜曲
——流沙河的第一本書

流沙河（一九三一）原名余勳坦。四川金堂人。一九四八年開始發表作品。一九五〇年在各地報刊上屢有一些詩歌、短篇小說面世，經作家西戎引薦走上文學之路。著有《農村夜曲》、《故園別》、《流沙河隨筆》、《莊子現代版》、《流沙河認字》《晚窗偷讀》等。其詩《理想》入選初中課本。《農村夜曲》是流沙河的第一本書。

《農村夜曲》收入作者短詩二十九首，分別寫於一九四九年至一九五六年，時代痕跡明顯。如《一顆子彈的上膛》：「一個名字的／簽上——／一顆子彈的／上膛！」是寫一九五〇年夏天全國各界開展反對帝國主義侵略戰爭的和平簽名運動；《開路》：「轟隆隆……／火光閃閃／照亮夜空／孩子驚醒了／躲在娘懷中／『媽媽，為啥天紅』／『睡覺，乖乖／外邊正在炸山開路／明年火車要通』」，這農村夜曲是當年沸騰的社會主義建設的真實寫照。一九五六年，流沙河去北京出席全國青年創作會議，心潮澎湃寫下《我們走進懷仁堂》：「我們舉起水筆／一一啊，舉起剛剛上滿子彈的槍／回到狂風急雨的戰場／有的在農村／有的在工廠／有的在前線／有的在邊疆……」，表達出青年作家的共同心願，就是進一步深入生活，為人民創作出更多更好的作品來。《社裏的日常生活》、《古城早春》等抒發感情、歌頌新生活的篇章成為詩集的主要內容，其中《寄黃河》等優秀詩篇在發表之初就受到普遍好評。《農村夜曲》題材不算豐富，但吟頌之間依然能陶醉在詩韻之中。

重慶人民出版社一九五六年七月初版《農村夜曲》，三十二開本，定價二角，印數一萬四千冊。九月，中青社出版流沙河第一部短篇小說集《窗》。也許，年輕的詩人一直寫下去，會不斷地向讀者奉獻更精彩的詩與小說。一九五七年一月，流沙河在《星星》創刊號發表組詩《草木篇》，以白楊、藤、仙人掌、梅、毒菌為賦，借物詠志，寓意頗深，詩界、文學界為之矚目。詩人不曾料到，正是《草木篇》讓他蒙難，惹來鋪天蓋地的批判。毛澤東說，「不要因為有些《草木篇》，有些牛鬼蛇神，就害怕得不得了！」（《毛澤東文集》第七卷二五八頁，人民出版社一九九九年版）一九九九年先生應邀到湖北十堰市新華書店擺龍門陣，不無幽默地說，「王蒙、劉賓雁一寫就是幾萬、幾十萬字，不可能交每個人都來當場批判。只有我這個特別短，便於大家批判，節約鬧革命嘛，所以弄得臭名昭著。如果我早知道這樣，我會寫五十萬字。」

作家出版社一九五七年五月印行流沙河的《告別火星》，在毛澤東講話之後，這部詩集與短篇小說集《窗》在那個「引蛇出洞」的時期出版，僥倖沒有成為「靶子」，蓋因流沙河名噪於《草木篇》，先生疲於應付政治批判。一九五八年七月初，流沙河被打成右派，一九七八年七月初被宣佈摘除「右派分子」帽子，其間沉寂了整整二十年。流沙河複出後詩作迭出，《故園六詠》榮獲一九七八年至一九八〇年全國優秀新詩獎，《理想》一詩收入中學語文課本。流沙河的早期著作開始得「解放」。

原載《民間書聲》創刊號

越撲越旺的烈火
——楊明的第一部長篇小說

楊明（一九二二至二〇〇二）原名慎言，筆名占子、靜之。江蘇如皋人。一九三八年從事抗日救亡活動，一九三七年開始發表作品。著有長篇小說《江海奔騰》（《收穫》雜誌一九六五年第二、三期連載，後易名《二龍傳》出版），短篇小說《好老太》、《銅元的故事》、《小黃狗你看家》、《死亡線上》、《偵察》、五幕劇本《枯井沉冤》（合作）等等。《越撲越旺的烈火》脫稿於戰勝日本軍國主義十周年的一九五五年九月三日，是作者的第一部長篇小說。

《越撲越旺的烈火》共二十章，描述了抗戰時期反「清鄉」過程中，武裝的、群眾性的，公開的、隱蔽性的綜合鬥爭。組織部長破例批准張英去西亭區工作，區長嚴達要求給「清鄉」的鬼子一個下馬威。偽鄉長邢禿子在解放鄉派發良民證，群眾報假戶口抵制的辦法保甲制，鬼子在超妙鄉遇到唐三寡婦的拼死反抗，又看到給偽區長顧憲堯的警告信，殘酷地槍殺所有見到的男女老少。周大娘為了救區隊的同志被鬼子刺死，嚴達命令同時攻打三個據點，在敵人的「心臟上刺一根針。」馮奶奶把鬼子誘捕新四軍的陰謀告訴了戴建中，戴建中在與敵人的交火中犧牲。張英摸清了偽軍的情況，鬼子「清鄉」回來，據點已經被端掉。張英審訊日翻譯官得知任立華和徐吉人是出賣戴建中的叛徒，嚴達及時讓她撤走，敵人逮捕了她的姑媽。張英在舊場鄉擔任支部書記，組織「反割青」鬥爭。鬼子逮住了鄉長張德玉和治安員廉富興，越獄計畫被張德玉告了密，鬼子把張德玉放回去當內奸。鬼子先後把張英的姑媽和廉富興、馮奶奶關到一起，為了把張德玉是特務的消息送出去，馮奶奶要張英的姑媽供認自己是「暗探」。鬼子下鄉開會「公決」廉富興，嚴達在營救廉富興的戰鬥中負傷。士紳會上，在徐吉人、張德玉、任立華的投敵證據面前，群情激奮，大家表示鋤奸務盡。嚴達去了後方醫院，張英接任區委書記和區長，向嚴達表達了愛情，並寫信告訴他「革命的烈火，越撲越旺盛起來了」……

新文藝出版社一九五六年八月初版《越撲越旺的烈火》，三十二開本，定價五角，印數二萬五千冊。上海文藝出版社一九五八年九月印行新一版，到一九六四年，這兩個版別十餘次的累計印數已達二十四萬四千冊。同年六月作家出版社印行上海新一版印數五萬冊，一九六五年八月第四次累計印數已達十三萬八千冊。新文藝的初版本之後，各版次均使用另外設計的封面，相比之下，初版封面更容易讓讀者喜歡。

水向東流

——李滿天的第一部長篇小說

李滿天（一九一四至一九九〇）原名李春芳，筆名林漫。甘肅臨洮人。一九三八年就讀延安魯藝，一九四二年六月在《晉察冀日報》發表報告文學《白毛仙姑》，後改成短篇小說《白毛女人》，對邵子南第一個改編歌劇《白毛女》的形成起到積極作用。作品有長篇小說《水向東流》、《水流千轉》、《水歸大海》和短篇小說《力原》、歌劇《太平橋》、兒童文學《苦根記》等等。三部曲之一《水向東流》是他的第一部長篇小說。

《水向東流》共十七章，描寫河北平原一個農業合作社壯大發展的故事。小說的主要內容是：宋連山看到馮洪瑞社裏的副業搞的呱呱叫，兩個社長交談甚為投機。馮洪瑞提出要和宋連山的旗幟社展開競賽。老蔡反對盲目冒進搞擴社，連山對趙辛生家提出入社要求，連山讓他娘考慮清楚晚些入也可以。陳任遠和杜知章被辛生領來工作組，就他入社問題與老蔡要拆社問題產生衝突。石洛節要把社裏的花生仁高價賣到天津，得到老蔡支持，老蔡以反冒進為名擅自讓入社的人重新回到互助組。老陳經過調查發現了群眾中蘊藏的積極性，支持連山為了鞏固農業社接受新社員。吳成豹等四家窮苦戶為入社找到連山詢問共產黨的政策變化沒有。老蔡帶回區委撤銷連山社長職務的檔，鼓搗大家散社。支部書記長海向縣委反映情況，眾人紛紛來到工作組理論，連山平息了大家的怨氣，表示農業社會越辦越好。討論會上「願來的推不出，要走的拽不住」，趁心照顧社裏的牲口生病。區委書記彭家範犯右傾錯誤受到批評，調回了老蔡。大家選舉連山連任社長，縣委書記張亮給連山鼓勁，並答應派去技術幹部。連山和長海相信，我們有好樣的人，一定會有更多的人走到農業社的道路。

一九五六年第二期《人民文學》雜誌選載了《水向東流》的部分章節。作家出版社同年八月初版《水向東流》，三十二開本，定價四角五分，印數二萬冊。插圖三幅。版權頁比較罕見地署有責任編輯王笠耘。作家版這個版本僅僅只有一次印本。內容提要稱「這是一位元新作家的作品」，未說明小說的總卷次。

神筆馬良
——洪汛濤童話名作版本談

洪汛濤（一九二八至二〇〇一）筆名田野、田多野、了的、呂榆等。浙江浦江人。抗戰勝利前期開始文學生涯，畢生從事兒童文學的創作與研究，是與葉聖陶等齊名的「童話十家」，「神筆馬良」之父。中國兒童文學的瑰寶《神筆馬良》也是享譽世界的經典文學名著，一代代讀者未必全記得洪汛濤的名字，但無一例外都知道神筆馬良的故事。《神筆馬良》獲得第一次全國少年兒童文藝創作評獎一等獎，作者編劇、上海美影廠出品的木偶片《神筆》是第一部在國際上獲獎的中國美術片，也是中國百年來在國際上獲獎最多的一部影片。

一九五五年二月，半月刊《新觀察》第三期刊登了童話作品《神筆馬良》，署名「了的」，這是洪汛濤的筆名。童話講的是一個叫馬良的孩子非常喜歡學畫，學館的教師卻斷言「窮娃子也想學畫？做夢啦！」馬良就自己每日苦練，用樹枝在沙地上畫飛鳥，蘸河水在岩石上描遊魚，在家裏朝四壁繪家俱。馬良的技藝很了不起了，白鬍子老人在夢中送給他一枝神筆，馬良用神筆為窮人作畫，畫什麼都能成真。大財主捉來馬良逼他作畫未逞，把馬良關在馬廄裏，馬良畫出梯子越牆逃走。財主騎快馬追趕，馬良畫出弓箭射中財主咽喉。馬良背井離鄉以作畫為生，不小心畫活了一隻白鶴，轟動了市鎮，被臣子拉到京都。馬良不肯按皇帝的要求作畫，被打入天牢。皇帝用馬良的神筆自己畫金山，出來石頭；畫金磚，出來蟒蛇。皇帝只好放出馬良，假意招他做駙馬，騙他畫了大海和大木船。皇帝帶許多人上了船，馬良「不住手地畫風」，風吹起的海浪壓翻了船，「皇帝和大臣們都沉到海底去了。」

《新觀察》當期印數二十七萬八千三百冊，《神筆馬良》的讀者應該超過三十萬。實際情況是，這篇兩千三百字的童話在當年改編拍攝為美術片引起轟動、並且擁有非常龐大的觀眾群之後，才有出版物的跟進，成為一部童話經典。一九五六年十一月，少年兒童出版社出版了《神筆馬良》的第一個版本，二十八開本，印數三萬四千冊，定價二角四分。到一九六四年五月，這個版本已經十一次重印，累計印數二十六萬六千冊。印次間隔時間長，以致版期記錄錯成一九五六年九月初版。一九六五年還出版有越南文、英文、法文、西班牙文、世界語五個外文譯本。初版本發行兩個月後，少年兒童出版社一九五七年一月還出版了精裝本，定價五角五分，其印數僅有三百冊，是至今最難見到的珍貴版本。

《神筆馬良》甫問世，即有美術家的插圖與之相得益彰。《新觀察》刊登時有張光宇插圖六幅。初版本收入的四篇童話依次為：神筆馬良、牧童三娃、靈芝草、王小二得寶。全書十四幅滿頁插圖均係程十髮繪畫，其中《神筆馬良》插圖四幅。張光宇其中一幅插圖是馬良畫活了一隻白鶴，白鶴騰空而飛。

程十髮封面畫也是這個場景，只是平、精兩個初版本印行後，其他版次的書名字體略有變化。

值得提及的還有另外兩個版本：

一為少年兒童出版社編入農村低年級兒童讀物叢書的《神筆》，署「洪汎濤寫萬籟鳴畫」，是一個彩繪圖文本。一九六〇年五月初版，四十開本，印數二萬冊，定價一角二分。這是唯一省略了「馬良」二字、頗具藝術觀賞價值的一個版本，七十年代末期雖有重版，其影響似乎不是很大。究其原因，筆者以為與書名的改動有很大關係。如試問看過「神筆」或者「馬良」的故事沒有，對於讀者來說，不一定馬上能夠聯想到《神筆馬良》。事實上八十年代以來的許多版本，包括現在小學三年級課本都採取的初創書名，才使這部經典童話一代代流傳下來。

一為文字改革出版社初版注音兒童讀物《神筆馬良》，一九六〇年七月初版，二十八開本，印數兩萬二千冊，次年重印七萬七千三百冊，定價一角二分。內文插圖二幅（其中一幅彩印用在封面）系程十發繪。該書署「本社編寫」，主要框架悉數照搬洪汎濤原著，語句進行了調整。這是《神筆馬良》時間最早的第一個未署洪汎濤名字的侵權版本。不料幾十年後，原著的侵權書還蔓延開來。二〇一〇年十一月，洪畫千接受媒體採訪，談其父親的《神筆馬良》屢遭侵權，兩年的時間，家裏搜集侵權書就有二十多種。洪汎濤生前就已經感到被侵權的無奈，「一套大書，叫《中國古代童話故事》。第一輯，竟然又將《神筆馬良》篇，作為『古代』作品了。既未署我的名，也未寄樣書稿酬，事先事後均未和我聯繫。」（洪汎濤致徐林正）

《神筆馬良》已經問世半個多世紀，巨大的影響毋庸置疑，吸引了許多美術家為之繪畫，各種各樣的版本琳琅滿目。湖北少兒出版社的「百年百部中國兒童文學經典書系」就收入了這部經典童話。遺憾的是有一些版本、甚至是外文版本，完全置原著作者而不顧，只署改編者的名字。《神筆馬良》的初版本以及後來改動了情節的版本，其中的史實今後還會被有心的讀者發掘出來，這或許讓《神筆馬良》書外的延續增添新的內容，成為十七年文學中被侵權最多的一部童話作品。

原載《出版史料》二〇一一年第四期

六十年的變遷

——李六如的第一部長篇小說

李六如（一八八七至一九七三），湖南省平江人。參加過辛亥革命，擔任過湖北陸軍少將標統。一九三七年至一九四五年間在延安任毛澤東處秘書長、行政學院院長、中央財經部副部長等職。一九五五年，李六開始寫作「主題大、時間長、牽涉面廣」的歷史小說《六十年的變遷》，這是他的第一部長篇小說，也是唯一的一部文學作品。

《六十年的變遷》以主人公季交恕生活經歷為中心線索，描寫了清末至新中國成立六十年的歷史變遷，作品中有孫中山、黎元洪、廖仲愷、蔣介石、宋美齡、毛澤東、陳延年等人物形象，把歷史和小說成功地熔為一爐，是這部作品最大的特點和成就，作者通過文學的精彩描述，展現了中國革命曲折複雜的歷史進程。小說的第一卷分為七章三十三節，普通的知識青年季交恕出身在一個富商家庭，自小接觸到梁啟超主辦的《新民叢報》，以獨特的方式抵制科舉考試，卻欣然接受洋學堂的西學思想。上書表白

「自願投筆從戎」，屢經磨煉，成為一個堅定的革命戰士。他作為文學社的骨幹鼓吹革命思想，在新軍中影響較大，被黎元洪緝拿未獲。革命黨人劉復基、楊烘勝、彭楚藩英勇就義，袁世凱利用矛盾，施展詭計，竊取私利，使辛亥革命歸於失敗，季交恕出東洋走向另外一條革命道路。小說的第二卷從第七章至第十三章，共二十九節。俄國的十月革命成功以後，季交恕從日本回到國內。他帶回了馬克思《資本論》第一卷的日譯本，殘酷的現實讓他認識到「實業救國，簡直做夢」，他在長沙見到了何叔衡、毛潤之等人，成為岳陽地區第一個共產黨員，他為安源煤礦工人夜校編寫教科書，為劉少奇組織發動了安源工人運動取得勝利做了大量革命工作，中國共產黨在廣州召開第三次代表大會之後，季交恕受黨的指派回平江工作，繼續投身到轟轟烈烈的大革命洪流之中。

主人公季交恕暗含了作者李六如的名字，實際上，小說中許多情節就是李六如的經歷。第一卷脫稿後，李六如在送請毛澤東、劉少奇、周恩來等中央領導審查的同時，也請范文瀾、呂振羽等歷史學家指正，時任中宣部副部長的林默涵審閱後肯定了作品是一部很好的歷史小說。《六十年的變遷》出版，《光明日報》、《中國青年報》等一些報刊紛紛轉載，小說被翻譯成英文、俄文、日文等多種譯本發行。李六如曾對謝覺哉談到小說的全部三卷「估計要寫六、七十萬字」，第三卷擬從十年內戰寫到新中國成立，因為文革之故，僅完成了第十四章、四節，作者就與世長辭，第三卷不足十萬字，成了未完成的遺稿。

《六十年的變遷》第一卷由作家出版社一九五七年四月初版，大三十二開本，定價一元二角，印數八萬冊。一九五八年九月，人民文學出版社印行了二千冊精裝本，定價二元一角。鄭熹封面設計，江熒內頁插圖。其中人物肖像穿插在內頁，圖文並茂，十分悅目，道林紙插圖分置適宜頁碼，相得益彰，是該小說裝幀設計最好的一卷。第二卷由作家出版社一九六一年十一月初版，大三十二開本，定價一元二角，印數五萬冊。該卷取消了插圖，插頁改為《新青年》、《嚮導》等書影，另置一頁「北伐軍出發前形勢」的彩色地圖，偏重於「史」，全然沒有了文學的趣味性。第一、二卷均有三十二開的普及本在遼寧、黑龍江等地的重印本，累計發行量百萬冊以上。一九八一年一月，人民文學出版社發行新一版，次年一月，初版第三卷，至此，《六十年的變遷》含作者遺稿全部出齊。人民文學出版社分別在二〇〇五年、二〇〇七年收入「中國當代長篇小說藏本」和「中國文庫」印行，並發行了精裝本。

五彩路

——胡奇的第一部中篇小說

胡奇（一九一八至一九九八）原名肇才。筆名李永明。回族。江蘇南京人。一九四一年開始發表作品。一九五〇年十二月出版第一本書《女水手》。五十年代中期開始由由戲劇、散文轉向兒童文學創作，以描寫邊疆兒童題材的小說影響最大，其作品被譽為「邊疆兒童文學」。著有《五彩路》、《海防少年》、《鐮刀彎彎》、《綠色的遠方》、《神火》、《難忘的冬天》、《胡奇作品選》、《胡奇中篇小說選》等等。成名作《五彩路》是他的第一部中篇小說，在一九八〇年獲得第二屆全國少年兒童文藝創作一等獎。

《五彩路》八萬字，分為二十章，各章有小標題。桑頓的叔叔浦巴答應失去父母的曲拉長大後把他帶走，並告訴孩子們解放軍叔叔要在雪山修築公路，聶金爺爺說這一定是五彩放光的路。聶金爺爺把心愛的腰刀傳給小孫子丹珠，曲拉、桑頓和丹珠發誓一起朝太陽升起的地方找五彩放光的路，娜木答應他們走後安慰桑頓奶奶給聶金爺爺擠羊奶，要曲拉跟解放軍叔叔要仙丹回來給相巴芝瑪媽媽治病。三個孩子帶著小黃狗神趾走完無邊無際的砂地來到老奶奶的帳篷投宿，老奶奶勸說千萬不要去翻一天七十二變的雪山，他們對要不要轉回家爭論起來。神趾領桑頓丹珠找到了掉進水坑的曲拉，孩子們唱起「天下有三隻想家的鳥兒」，丹珠講述聶金爺爺在江孜跟敵人打仗的故事。三個孩子追殺大野羊時遇到野狼，丹珠手握腰刀趁野狼與神趾扭打時朝它狠狠砍了下去。餓得發昏的三個孩子遇到私商馬幫要讓他們當小趕馬漢，丹珠拒絕了胖掌櫃用他頭上戴的黑貂皮只能換取一個人的糍粑面，趕馬漢伯伯送給孩子們一把糍粑面。饑餓和雪光的刺激讓桑頓得了盲眼病，江邊的爺爺要孩子們留下來先醫治桑頓的眼睛，他們晚上偷偷坐獨木舟過江時被激流捲走。孩子們的失蹤在村子裏引起騷動，浦巴叔叔帶著神趾的母親老黃狗騎馬尋找他們。桑頓醒來發現自己躺在病床上，原來是解放軍叔叔從江水中救起他們，桑頓給解放軍姑姑講了村子的許多事和區找五彩放光的路的經過。鄭大明叔叔領三個孩子坐上汽車從鐵索橋越江而過來到才建成的集鎮，丹珠在百貨商店用黑貂皮換了給聶金爺爺的茶葉、三頂金線編織的帽子、一支水筆和給娜木的絲帶，他們在故事中傳說的只是神仙們使用的鏡子裏看到了自己，看見找到了他們的浦巴叔叔……

中國少年兒童出版社一九五七年四月初版《五彩路》，三十二開本，定價三角六分，印數二萬二千五百冊。林凡封面設計並作六幅滿頁插圖。筆者曾見到網上拍賣的兩張收據：胡奇簽領稿費時間為一九五七年四月十二日，計一千零六十二元四角（標準為千字十六元），畫家簽領稿費時間為一九五七年一月二十九日，計一百八十五元。一九五八年五月第二次印數七千冊。一九六二年四月第五次印定價九角五分的精裝本四千冊，改為楊永青插圖，封面畫三個孩子的位置與初版不同，左邊兩個孩子改為一個孩子，一九七八年八月第二版第十一次印刷本則讓三個孩子擁在一起。一九八〇年五月該社的《胡奇作品選》收入八部小說，採用的是《五彩路》重版封面。上海人民美術出版社一九五八年十二月印行何滬玲改編、韓伍繪製的同名連環畫。

人民文學出版社一九五九年八月初版《五彩路》，精裝大三十二開本，定價一元零五角，印數一萬冊。卷首增加陳斐琴代序「勇敢者的道路」。至一九六二年三月三次累計印數二萬三千五百冊，該社此後沒有再重印過本書單行本。人民文學出版社一九七八年七月出版的《神火》收入胡奇十個中短篇小說，其中的《五彩路》作了較大的修改，作者注明一九七七年十二月修改。楊永青插圖的《五彩路》還有英、法、俄、西、孟、蒙、阿拉伯文多個外文版本。胡奇編劇的同名電影北影廠一九六〇年搬上銀幕。中國少年兒童出版社、湖北少年兒童出版社將《五彩路》分別列入兒童文學傳世名著書系和百年百部中國兒童文學經典書系。

紅日

——吳強的第一部長篇小說

吳強（一九一〇至一九九〇）原名汪大同。江蘇漣水人。一九三七年與王闌西、姚雪垠一起創辦抗日救亡刊物《風雨週刊》，一九三八年參加新四軍，解放戰爭時期親歷了華東戰場的著名戰役。一九四七年五月孟良崮戰役勝利結束，他目睹國民黨將領張靈甫被解放軍戰士從山上抬下來的情景，萌生了創作一部從漣水戰役到張靈甫死於孟良崮這個「情節和人物都很貫串的故事」，這個故事就是在十年之後問世的長篇小說《紅日》。

《紅日》的故事發生在解放戰爭時期的華東戰場。一九四六年冬，「漣水城下被殺退的蔣介石匪軍整編第七十四師，開始了第二次倡狂進攻。」飛機不停地丟下暴風雨般的炮彈，戰士們不得不撤出堅守了八天八夜的戰壕和隱蔽部。軍長沈振新按照野戰軍司令部的的決定，立即把部隊拉到西土絲口地區，參加萊蕪戰役並取得大捷。萊蕪大戰全殲敵軍五萬多人，生擒了國民黨副司令官李仙洲和二十名將級軍官。慘敗之後的蔣介石「把最大的一張王牌攤了出來」，整編第七十四師號稱國民黨「整個軍隊的靈魂和勝利的象徵」，作為五大主力之一的這支部隊深入到沂蒙山區，漣水城外的戰鬥給解放軍戰士刻下的痕印，讓戰士們「渴望打七十四師已經大半年」，王牌部隊被裝進人民解放軍的袋子，圍殲七十四師的激烈戰鬥就在眼前。孟良崮山頭爭奪戰讓張靈甫被斃在小窟洞，敵人終於迅速地瓦解潰滅。

華東戰場上陳毅、粟裕大軍的萊蕪、孟良崮兩大戰役在《紅日》中得到充分和生動的表現。小說描述了真實的戰爭歷史，塑造的人物囊括了軍、師、團及普通戰士各個方面，充滿青春活力的副軍長梁波、剛毅不屈的團長劉勝光榮犧牲、勇猛善戰的連長石東根栩栩如生、軍長沈振新和黎青愛情的生活氣息……即使描寫國民黨將領，小說也一反臉譜化，張靈甫指揮幹練、屢挫難折，張小甫的忠誠和盡職等等，完全超出同類戰爭小說的寫法，有血有肉有立體感。這些特點使小說並殃及同名電影在文革中遭到批判。中國青年出版社一九五七年七月初版《紅日》，大三十二開本，定價一元六角，印數四萬五千冊。武金陵設計封面。一九五九年印行第二版，作者作了「修訂本序言」。文革之前，《紅日》主要有中青社和人文社兩家出版社的版本，並各有精裝本印行。到一九六二年三月涂克、劉旦宅插圖本重印，不含外文譯本，《紅日》已累計發行八十二萬七千冊。一九六四年再次經過修改後重版，「再版的話」說明「第八、九兩章，第十一、十二兩章，第十六章都有一些情節上和字句上的改動，如華靜和梁波的愛情生活部分，則完全劃去了。」一九六三年，上海天馬電影製片廠根據小說改編的同名電影在全國放映。二〇〇九年，《紅日》改編成電視連續劇走向螢屏。

原載《藏書報》二〇一一年第三十一期

南河春曉

——叢維熙的第一部長篇小說

叢維熙（一九三三），河北玉田人。曾任《北京日報》文藝編輯、作家出版社社長兼總編輯等。一九五〇年發表處女作《戰場上》。一九五五年出版第一本書《七月雨》之後，有《曙光升起的早晨》、《南河春曉》等。緊接著在一九五七年被錯劃為右派，自此沉寂二十餘年。一九七八年重返文壇後著述豐富，有《大牆下的紅玉蘭》、《遠去的白帆》、《北國草》、《風淚眼》、《走向混沌》等中短篇小說和散文以及八卷本《叢維熙文集》等等。《南河春曉》是其第一部長篇小說。

《南河春曉》十八萬字，分為四十二章節，主要故事情節是：一條胳膊的復員軍人井滿祥是村裏的支部書記，社主任霍玉山勸他招兵買馬說服自己的哥哥福貴入社，福貴反倒請滿祥給他打短工。霍玉山以沒有錢為由反對兒子霍泉疏通排澇溝的主意，滿祥拿出自己的殘廢金給社裏掏井開渠使用。滿祥毫無保留說出社裏密植的行距和株距，魯慶堂對這個沒有私心的支書另眼相看。霍玉山嫌貧愛富強逼福貴入社，在黨團員大會上受到批評。富農滿天星趁夜接來麻五爺的姘頭秋霜，煽動福貴的老婆麻玉珍跟共產黨耍軟刀子。滿祥發現魯慶堂乾旱的田，帶井兒峪的農民救活了幾百畝單幹戶的莊稼。區委安排滿祥和朱蘭子結婚後參加黨訓班學習，桂花和巨集奎大爺代理支部書記工作。滿天星借和秋霜成親的由頭迷昏了朱四老頭，惡霸地主麻老五潛回村裏，命閨女打進社裏把霍玉山拉過來。麻玉珍以帶上一對菊花青讓霍玉山動了心，霍泉看出來這是個套圈，父子之間發生爭執。朱老四見社裏用上麻玉珍的牲口拉水車也要求入社，與霍玉山大幹一架。桂花到區委彙報工作與滿祥「換防」，區委書記根據村裏的流言蜚語和雨夜槍聲等情況，分析出麻老五已經潛回，滿祥決定社裏留住麻玉珍以免打草驚蛇。支部等霍玉山開會，滿祥霍泉逮住他和一絲不掛的秋霜在一起，全體黨員表決開除霍玉山出黨。王富企圖破壞運糧的船並開槍打傷朱蘭子，支部通過了朱四、朱蘭子和霍泉入黨。區委書記命令秘密包圍滿天星和王富的院子，霍泉一腳踢翻瞄準滿祥開槍的秋霜，敵人的陰謀全部破產，合作化的第一個春天來了……

《南河春曉》附注一九五六年元月一日寫，一九五六年七月底脫稿。新文藝出版社收入青年創作叢書於一九五七年七月初版，三十二開本，定價七角，印數三萬冊，沒有重印過。

寨上烽煙

——林予的第一部長篇小說

林予（一九三〇至一九九二）原名汪人以。江西上饒人。一九四七年發表處女作《推車》。建國後曾任《解放軍文藝》編輯。著有短篇小說《風雨紅河》《森林之歌》、長篇小說《寨上烽煙》、《雁飛塞北》、《咆哮的松花江》以及電影文學劇本《祝福邊防戰士》、《山谷紅霞》等等。《寨上烽煙》是其第一部長篇小說，改編攝製的《邊寨烽火》在一九五八年獲國際卡羅維發利電影節獎，也成為長影廠第一部彩色影片。

《寨上烽煙》十九萬字，分為七章及尾聲，各章有小標題之下若干節不等。小說的主要情節是：佧佤山上要炸高山湖開水田，這個傳言讓呼克拉部落的人對未來充滿渴望和幻想。羅輝才拉鐵匠埃勃盟誓跟他一起幹，煽動頭人阿郎強說解放軍開水田是為了收租。軍區派來的醫生李菁曾經看護過住院的指導員楊力精，懂佧佤話的康朗映引連長陳勝才給阿郎強送上禮物，部隊搭蓋營房，給老鄉發放穀種和農具並幫他們勞動，阿郎強看清解放軍是真心幫佧佤的好人，與楊力精和陳勝才泡酒起誓，岩火龍沒想到阿爸怎麼一下子信了漢人。埃勃有意推開擋住木料的岩石，楊力精為救他的啞妻耶娜妹受傷，李菁精心照顧楊力精。岩火龍阻止妻子耶娃找李菁為女兒治病，李菁發現孩子吃了放進毒藥的果子。埃勃挑唆岩火龍綁了李菁被班長張貴喜發現，阿郎強與騎兵戰士一起追上去。阿郎強讓人用弩弓射向馬腿，岩火龍縱身躍入藍江。藍江的趕馬漢送來給埃勃的錢和武器，李菁聽到指導員和連長研究埃勃的來歷，突然聯想到是埃勃害了耶娜妹失語，上級發來的密件裏敵特分子照片中就有埃勃。戀愛的楊力精和李菁在山上的橄欖樹下發現了哭泣的耶娃，羅輝才為岩火龍舉行歡迎宴會，並許諾打回部落讓他當頭人。岩火龍趁夜劈開一條絕道渡過藍江，發現水柵修起來了，耶娃告訴他愛珊被李醫生救活了。指導員和李菁連夜到頭人家，躲起來的岩火龍被他們的話所打動而幡然醒悟。埃勃搬出藏在家裏的炸藥被耶娜妹發現，朝妻子的脖子勒下去。哨兵發現有人要爆炸水柵，康朗映撲向導火索。埃勃找出耶娃給丈夫繡的檳榔荷包，對阿郎強謊稱岩火龍被打死，用槍逼著阿郎強過藍江。楊力精發現了耶娜妹屍體，與巡邏隊追向埃勃並逮捕了他。岩火龍帶羅輝才一幫匪軍進入埋伏圈。開柵典禮上，阿郎強帶著佧佤人不停地追向奔騰的急流……

《寨上烽煙》一九五六年暮春初稿於北京，一九五六年除夕修改於長春。長江文藝出版社一九五七年七月初版，大三十二開，平裝定價九角，精裝定價一元九角，兩種裝幀總印數二萬五千五百冊。婁溥義插圖。一九五九年十一月更換封面。一九六〇年一月第六次印刷累計印數十萬九千九百冊。江蘇人民出版社一九六三年有費龍翔繪製的連環畫印行。重新設計封面的《塞上烽煙》由湖北人民出版社一九七八年十月初版，三十二開本，定價五角三分，印數十萬冊。

林海雪原

——曲波的第一部長篇小說

曲波（一九二三至二〇〇二），山東黃縣（今龍口市棗林莊）人。一九三八年參加八路軍，抗大畢業後在膠東軍區任報社記者，一九四五年至一九四六年擔任某團副政委，深入林海雪原參加殲滅國民黨在牡丹江一帶的殘匪。建國後轉業，先後在一機部、鐵道部工作。戰爭的經歷無時無刻讓曲波懷念他的戰友，從一九五五年二月開始創作《林海雪原蕩匪記》，一九五六年八月完稿後定名為《林海雪原》。這是他的第一部長篇小說。

《林海雪原》的故事發生在一九四六年冬天。東北聯軍某小分隊深入林海雪原剿匪，何政委分析了敵我力量懸殊的局面，啟發團參謀長少劍波「突出地要求孤膽」。小分隊繳獲了先遣軍聯絡圖，瞭解到威虎山座山雕匪幫的情況。偵察英雄楊子榮提出打進威虎山內部，配合小分隊裏應外合全殲座山雕匪幫。「一個土匪打扮的人」——楊子榮化裝上山，他的身份是被消滅的另一幫土匪許大馬棒的副官胡彪。在威虎山匪巢，楊子榮巧妙對付了座山雕及手下「八大金剛」的盤問，獻上許大馬棒手上那份地下先遣軍聯絡圖，被封為上校團副，坐上威虎山第九把交椅。老奸巨猾的座山雕佈置與共軍激戰的所謂「軍事演習」考驗「老九」的真假，楊子榮打死匪徒，將計就計，向小分隊送出了情報。少劍波在夾皮溝發動群眾、積極備戰。出山的火車遭到土匪襲擊，被楊子榮審訊過的小爐匠乘機逃脫，如果他逃回威虎山，勢必給「老九」帶來危險。少劍波當機立斷，率小分隊和民兵火速出兵威虎山。年三十，楊子榮有意把「百雞宴」安排在大廳裏，以便小分隊進來一網打盡。小爐匠欒警尉果然到威虎山來投奔座山雕，智勇雙全的楊子榮抓住敵人弱點，「舌戰小爐匠」，欒警尉破綻百出，有口難辯，楊子榮親手槍斃了這個匪徒。「小分隊大戰威虎山」，「百雞宴活捉座山雕」之後，壯大的小分隊在夾皮溝的三神廟會又消滅了另外兩股土匪。與敵人在「林海雪原大周旋」中，牡丹江所有的部隊、公安武裝和民兵一起出動，大戰四方台，最終全殲了侯殿坤、馬希山等一幫國民黨匪徒。

小說最精彩的內容是智取威虎山，這也是全書情節構思、人物形象塑造最具傳奇色彩的部分。沒有時任《人民文學》副主編秦兆陽和編輯龍世輝，就難有《林海雪原》的問世。秦兆陽在一九五七年第二期《人民文學》刊出小說的部分內容，以《奇襲虎狼窩》為題選載了第三至八章。龍世輝在編輯書稿的過程中付出許多心血，並建議作者擴展愛情線，豐滿了小白鴿的形象。「我們不能不欽佩作者講故事的能力，每一個戰鬥都有不同的打法，每一個英雄戰士都有自己不同的遭遇和行動。」（侯金鏡語）小說出版後立即引起轟動，劉沛然、馬吉星根據小說改編的電影劇本初始擬用《智勇雙全》，八一電影製片廠一九六〇年八月攝製完成後仍取小說原名，但增加了一個副題「智取威虎山」，當時已有舞臺上的《智取威虎山》頗得觀眾青睞，片名採用這種處理形式不僅讓觀眾知道原著搬上了銀幕，副題也更能吸引觀眾的注意。電影《林海雪原》不僅進一步推動了小說的持續出版和重印，使智取威虎山成為家喻戶曉的傳奇故事，短短幾年，也成為文革中八個樣板戲之一。

作家出版社一九五七年九月初版《林海雪原》，大三十二開本，定價一元八角。初版印數五萬冊很快銷售一空。一九五八年三月，重印十萬冊。四月，再次重印十五萬冊，半年多的時間累計印數已達三十萬冊。以上三次的印刷版本均係古一舟所作封面，二〇〇三年十一月，北京嘉德拍賣公司拍賣古一舟的《林海雪原》封面及水墨插圖原稿，以八千八百元成交。拍品的封面與初版封面並不相同，初版本也沒有插圖，可以認為實際上只是初稿，如果中文版本有插圖，就更加完美了。插圖本只有英文版，沙博理翻譯，孫滋溪插圖，外文出版社一九六二年六月印行。儘管如此，只印了三次的古一舟封面版本目前也是最難見到的。一九五八年六月，作家出版社第四次重印《林海雪原》，印數十萬冊，改用沈榮祥（柳成蔭）設計的封面，定價一元二角。七月，作家出版社「一版一印」三十二開本的《林海雪原》，定價八角，印數十五萬冊。這個版本還發行了精裝本。如果不瞭解以上版本的情況，就會誤以為是初版本，因為人民文學出版社一九五九年九月的精裝本也是「一版一印」，定價二元二角，印數三萬冊。此外，還有當年二月香港三聯書店的版本，定價港幣二元一角。作家版的《林海雪原》到一九六一年七月累計印刷已經超過百萬冊。一九六二年九月發行第二版，一九六四年一月發行第三版，第三版採用吳作人設計的封面，之後廣泛流傳，一直到文革結束後持續重印。

一九五八年五月，趙起揚、夏淳、梅阡、柏森根據小說《林海雪原》改編的四幕九場話劇《智取威虎山》定稿，八月，中國戲劇出版社初版了這個劇本，這是第一本以《智取威虎山》命名的書籍。同名京劇有範鈞宏改編的中國京劇院演出本和上海京劇院一團集體改編的演出本，分別由北京寶文堂書店、上海文藝出版社在一九五八年十一月、十二月相繼出版。青椒改編、俞沙丁繪畫的《智取威虎山》是最早的連環畫，天津美術出版社一九五九年七月出版。發行量最大的連環畫套書選編了小說的六個情節，以《林海雪原》作為副題，由王星北改編，羅興、王亦秋繪畫，從一九五九年十一月到一九六一年十一月陸續出版六冊，是影響最大的一種連環畫版本。《林海雪原》在各地租型印刷的數量比較龐大，還有中國青年、花山文藝等多版別印行，作者生前希望知道這部小說究竟發行了幾百萬冊，實際上是很有難度的，如果加上連環畫和《智取威虎山》的版本就無法準確統計了。崔永元辦的「電影傳奇」節目第一集就是《林海雪原》，其中展示的幾種小說封面並非初版，最早的一種是吳作人設計的第三版封面。《林海雪原》中智取威虎山的故事所獲得的廣泛影響並不多見。二〇〇九年七月，人民文學出版社將《林海雪原》列入新中國六十年長篇小說典藏。

原載《籀園》二〇一一年第一期

兒女風塵記

——張孟良的第一部長篇小說

張孟良（一九二八）筆名弓子良、大司馬等。天津靜海人。一九四二年參加抗日游擊隊，一九四二年入伍，長期在部隊生活、學習、寫作。《兒女風塵記》是張孟良的成名作，也是他創作的第一部長篇小說。建國十周年之際，朱德委員長向全國青少年推薦的十二部優秀作品中就有《兒女風塵記》。

《兒女風塵記》共三部，以小題目區分為四十一章節。小說從天津的靜海城西為起點，展開敘述了這樣一個故事：張天保全家五口人被惡霸地主劉五迫害得只剩下幼子小馬，十歲的小馬背負天大的仇恨，又被員警送進人間地獄「天津市救濟院」，在「救濟院」的日子裏，張小馬和孤兒們一起和王胖子、官太太等人鬥爭，跟日本人進行不屈的反抗。小馬逃出「救濟院」後，在古城窪結識了八路軍「漁父」，目睹鬼子和漢奸對百姓的殘酷暴行，他不再重蹈父母個人復仇的悲劇，而是將「逼上梁山」去鬥爭變為投奔革命隊伍，顯示正直、善良的勞苦大眾走上革命的必然性。

中國青年出版社一九五七年九月初版《兒女風塵記》，大三十二開本，定價九角，印數三萬五千冊。卷末附注「一九五三年二月至八月初稿於北京，一九五六年七月至十一月修改於北京止園」。各地租型印行了三十二開的普及本，印刷近二十次，累計印數超過一百萬冊。除外文版本外，根據小說改編的同名連環畫有天津人民美術出版社、黑龍江美術出版社等多種版本。一九五九年，上海文藝出版社把《談〈兒女風塵記〉》專評收入「讀書運動叢書」。

庚寅春，筆者請先生為《兒女風塵記》鈐印簽名，並詢問小說的插圖。對於《兒女風塵記》的插圖作者為何沒有署名的問題，張孟良告訴我插圖作者是版畫家張作良。小說出版之際，張作良因「右派」帽子所累，屬於「有問題」的人，出版社是不會對插圖作者署名的。可歎的是，《兒女風塵記》在文革結束之後再度印行，取消了插圖，讀者就更無從知道這部優秀的小說曾經有過的插圖是出自張作良的手筆。

原載《藏書報》二〇一〇年第三十九期

撲不滅的火焰

——西戎、馬烽合著的抗戰傳奇故事

西戎（一九二八至二〇〇一）原名席誠正。山西蒲縣人。一九四三年開始發表作品。著有短篇小說集《宋老大進城》、散文集《寄語文學青年》、電影文學劇本《叔伯兄弟》等等。馬烽（一九二八至二〇〇四）筆名閻志吾、孔華聯。山西孝義人。一九四二年開始發表作品。著有短篇小說集《村仇》、《太陽剛剛出山》、《三年早知道》、長篇紀實文學《劉胡蘭傳》、電影文學劇本《我們村裏的年輕人》等等。西戎、馬烽合著有長篇小說《呂梁英雄傳》、電影文學劇本《撲不滅的火焰》等。

《撲不滅的火焰》描寫了一九四二年發生在晉中汾陽地區一段驚心動魄的抗日戰爭傳奇故事：八路軍戰士蔣三奉上級命令回到家鄉發動群眾，開展抗日武裝鬥爭，「在敵人心臟裏打天下」。蔣三的哥哥蔣二是偽軍中隊長，死心塌地為日本鬼子充當漢奸，尖銳複雜的激烈鬥爭就此展開。在為蔣母祝壽的家筵上，除了蔣二以外，蔣三、蔣四、蔣五三兄弟陣線分明，屬於抗日中堅力量，蔣母嚴厲斥責當漢奸的蔣二搶掠姦淫、為非作歹，蔣二氣急敗壞，拂袖而去。蔣三按上級指示組織群眾鎮壓了無惡不作的偽村長王立清，敵我雙方水火不容、鬥爭公開，蔣二領著日本人和偽軍抓蔣三，「抓不到活的往死裏打」！吉田司令命蔣二抓來自己的母親，欲作釣餌引蔣三上鉤，蔣三設計安全護送延安的幹部到晉東南，並救出母親。蔣二抓來全村的百姓，王政委帶領游擊隊同偽軍激戰，並堵住敵人去路，蔣二倉皇逃跑，蔣母斬釘截鐵地說「三兒，開槍！」蔣三勝利完成任務，與游擊隊員一起配合八路軍攻佔汾陽，投入到新的戰鬥之中。

主人公蔣三確有其人，原名蔣萬壽，是智勇雙全的抗日民族英雄，在一次執行任務時被日偽軍包圍，不幸犧牲，時年僅三十歲，呂梁山一帶至今還流傳著許多他殺鬼子、除漢奸的抗日故事。長春電影製片廠一九五六年攝製的電影《撲不滅的火焰》上映後立即引起轟動，蔣三的名字一度成為觀眾心目中抗日英雄的代指，賀綠汀一九三七年在臨汾創作的《游擊隊員之歌》也首度成為《撲不滅的火焰》中的電影插曲。

一九五七年九月，中國青年出版社出版了電影文學劇本《撲不滅的火焰》，三十二開本，定價二角二分，初版印數二萬三千五百冊。文學劇本的人物對白與電影對比改變比較大，故事情節亦有異同，少數幾個地方如「游擊隊員甲」、「游擊隊員乙」以及章節劃分細等等，尚有一些電影劇本的痕跡，實際上完全可以當作一部小說來閱讀了。鄭克基為本書作的插圖以熊熊火焰渲染出抗日戰爭的革命精神，十分貼切作品的內容。該書初版之後沒有重印過，能尋覓到這本書的初版本還屬鳳毛麟角。

我們播種愛情

——徐懷中的第一部長篇小說

徐懷中（一九二九）原名懷忠。河北邯鄲人。一九四五年參加八路軍。曾任晉冀魯豫軍區政治部文工團團員、第二野戰軍政治部文工團美術組組長等。一九五四年發表第一部中篇小說《地上的長虹》，一九五七年發表第一部長篇小說《我們播種愛情》，出版有《西線軼事》、《沒有翅膀的天使》、電影文學劇本《無情的情人》等。《西線軼事》獲一九八八年年全國優秀短篇小說獎和一九八三年第一屆解放軍文藝獎。

《我們播種愛情》分為八章及尾聲。小說主要情節是：騾馬車隊浩浩蕩蕩回到農業站，陳子璜要生產隊上好犁鏵，朱漢才指揮安裝好拖拉機，秋枝的阿爸斯朗翁堆被農業站聘為教員。陳子璜、糜復生給宗本格桑拉姆送薪金，察可多吉告訴他們賣唱人偷走了格桑拉姆的七匹馬，從舊軍隊出來的糜復生仗著好槍法從俄馬涅巴手裏救出女犯人，察可多吉認出這個叫「蛛瑪」的盜賊是薩熱土司的女兒契梅姬娜。

雷文竹與北京的柳教授通信，請教完善自己設計的種植區劃圖，倪慧聰幫放牧員秋枝家的母牛順利產下牛犢，還為解救秋枝受了傷，雷文竹幫她包紮。頭人邦達卻朵綁架了秋枝，被郎加放走。工委書記蘇易推薦李月湘做庫房管理員，陳子璜開始意識到自己的妻子不可缺少的存在著。蘇易去女兒林一楠的學校看望在工地幹活的洛珠，建議農業站收留這位老者。宗政府開設了貿易公司，蘇易同意柴經理把茶葉、鹽巴「包圓」賣給俄馬登登，貿易公司第二天預告大量供應茶葉和鹽巴，俄馬登登請察可多吉到山裏幫他脫手貨物。工委會請格桑拉姆參加更達壩通車典禮，農業站推行雷文竹的冬麥播種計畫，秋枝要葉海、朱漢才兩人娶她這個藏族姑娘為妻。蘇易讓出農場的地給山民，農業站用播種機幫助他們開荒，秋枝和葉海戀愛了。貿易公司為主顧辦好供紙手續，俄馬涅巴答應工人從造紙的林場回去秋耕。糜複生受蛛瑪指示槍擊格桑拉姆被察可多吉抓住，山民們砸死了他。雷文竹受到柳教授的鼓勵，大膽地捧起倪慧聰的面頰吻起來……《我們播種愛情》完成於一九五六年四月，是第一部以西藏人民生活為題材的長篇小說，葉聖陶為重版本寫過序言。

中國青年出版社一九五七年十月初版《我們播種愛情》，大三十二開本，定價一元二角，印數三萬冊。溫勇雄插圖。一九五八年五月第二次印數三萬冊，標注「內精裝本五千冊」。七月第三次印數為三十二開普及本六萬至十三萬冊。八月有兩個印次，累計三十萬冊。九月的大三十二開精裝本標注「內精裝本八千冊」。人民文學出版社在一九五九年十月初版精裝本，定價一元六角，印數三萬五千冊，二〇〇五年列入「中國當代長篇小說藏本」出版。解放軍文藝社也有多種封面的版本，其中一九九一年六月的第二版累計印數七萬冊。大眾文藝出版社二〇〇三年六月大三十二開本初版三千冊。

浮沉
——艾明之的長篇小說

艾明之（一九二五）原名黃志堃。生於上海，祖籍廣東英德。一九三八年開始文學創作，一九四四年的中篇小說《上海二十四小時》是第一本書。抗戰勝利後任職生活書店編輯並在一九四八年轉香港生活書店工作。著有短篇和中長篇小說《饑餓的時候》、《年輕的心》、《工人的兒子》、《霧城秋》、《狼窟》、《不疲倦的鬥爭》、《浮沉》、《火種》，電影劇本《偉大的起點》、《護士日記》、《幸福》，傳記《馬克思》、《列寧》、《孫中山》，話劇、獨幕劇及六卷本《艾明之文集》等等。其中長篇小說《浮沉》首發一九五七年七月《收穫》創刊號。

《浮沉》十八萬字，分為十七章，各章若干節不等。小說的主要情節是：沈浩如用洋房打動簡素華留在上海工作，簡素華和唐小芳服從畢業分配，被高昌平要到東北一個邊城的機械廠。唐小芳在門診部上班，顧惠英懷疑莫家彬沒安好心把簡素華要來第三工區醫務站，張媽卻發現這個新來的上海小姐能幹。通過關係分到醫院工作的馬菲霞約沈浩如參加聯歡會，沈浩如看到她熟朋友真多。顧惠英處處找簡素華的碴子，第一次來打針的魯豪建議簡素華下工地給工人治病，唐小芳極力稱讚門診部主任倪德奎，沈浩如來信勸簡素華回上海。完成招聘人員任務後的高昌平一直投入緊張的生產，在晚會上經過魯豪的介紹，簡素華和唐小芳才知道他是工區主任，高主任關心地問起沈浩如，簡素華給沈浩如信裏懇切地說這裏非常需要醫生。莫站長一直推拖去基層醫治的事，高主任看見簡素華爬上鋼屋架為魯豪換藥，莫站長不准許單獨下工地，高主任支持簡素華下去並讓她督促莫家彬。工地上洪志壽病情加重，簡素華冒雪回站上請站長去看看，並說出病變原因是顧惠英給洪師傅打針時錯拿了用過的針頭。顧惠英偷看到簡素華的日記和與沈浩如之間的通信後受到深深震撼，向簡素華承認了自己的錯誤，並答應幫助莫家彬克服官僚主義。醫務站劃歸工區領導，顧惠英也一天比一天熱心下工地，莫家彬想去看看怎麼回事，工人們歡呼著把「下凡」的站長抬了起來。沈浩如帶馬菲霞看準備結婚用的洋房，說出不久前在簡素華面前的同樣的話簡素華。工地蔓延流行性感冒，高昌平也病倒了，沈浩如參加送防疫藥品來到工區，簡素華敏銳地感覺出他不喜歡這個地方，沈浩如不辭而別。簡素華當上一等勞模，完成基本建設過程的高昌平又要去新的地方，他望著來送行的簡素華說「到新工地來吧，我等著你！」

新文藝出版社一九五七年十一月初版《浮沉》，三十二開本，定價八角，印數三萬三千冊。一九五八年四月更換封面，至六月第五次印刷累計十三萬五千冊。第七次印本掛牌上海文藝出版社。上海文藝出版社一九八〇年二月印行新一版七萬冊，至一九八二年一月第二次印刷累計十三萬九千冊。其時長篇小說初版印本一般為大三十二開，《浮沉》以三十二開初版印行比較少見。

紅旗譜
——梁斌的第一部長篇小說

梁斌（一九一四至一九九六）原名梁維周，河北蠡縣梁莊人。一九四八年隨軍南下，曾履職湖北襄陽地委首任宣傳部長及《襄陽日報》社長。梁斌親歷了一九三二年一月的蠡縣人民反「割頭稅」鬥爭和次年的保定「二師學潮」（七六慘案），這就是他寫書的動機，「不寫出來就是欠了人民的債，寫不出來的時候，就像有一根鞭子在背上播。」一九三五年起，梁斌先後創作的短篇小說《夜之交流》、中篇小說《三個布爾什維克的爸爸》，《紅旗譜》中很多人物、情節在其中已經初具雛形。南下的過程，是他採訪、記錄、收穫的過程，所聞所見所記錄的百姓故事成為第一手素材，有一些素材就寫進了《紅旗譜》。一九五三年六月，梁斌正式開筆創作多卷本長篇小說《紅旗譜》，創作的衝動催促他快快把小說寫出來，為此，梁斌先後請辭武漢日報社長、中央文學研究所機關支部書記和天津市副市長之位，留下「為寫《紅旗譜》，梁斌三辭官」的文壇佳話。小說從醞釀到問世跨越了二十多年的時間，梁斌也以

《紅旗譜》這部反映中國農民革命鬥爭的史詩式作品成為馳名中外的作家。

《紅旗譜》是一部以階級鬥爭展現生活主線的長篇小歷史小說。全書分五十九章，通過朱老忠、嚴志和兩家三代與馮老蘭一家兩代的歷史，成功地塑造了一系列鮮靈活現的人物形象，朱老忠這樣豐滿的現代革命農民的英雄形象獨一無二，被茅盾譽為當代文學史上「里程碑式的作品」。故事從大鬧柳樹林開始：地主馮蘭池要砸掉千里堤上的古鐘、霸佔官地，朱老鞏和嚴老祥奮力抗爭，結果朱老鞏被活活氣死。小虎子隻身闖關東，人剛走，姐姐受到惡人污辱又跳河自盡。小虎子取名朱老忠並成家，夫妻倆在二十五年後帶著兒子大貴、二貴回到鎖井鎮決心報仇。嚴老祥的兒子嚴志和是朱老忠的朋友，有運濤、江濤兩個兒子，他一家負擔兩家人的生活。橫行鄉裏的馮老蘭（馮蘭池）勢力比從前更大，他把賠償逃兵的五千大洋分攤到老百姓頭上，朱老明領著窮人打官司，從縣裏打到北京，三年下來，輸得一塌糊塗。朱老忠說「早晚他有下馬的一天」！

北方黨派遣縣委書記賈湘農來到農村開展地下工作，鼓勵運濤走上革命道路，介紹江濤加入共青團。運濤在國民黨「四一二」反革命政變中被捕，判處終身監禁，江濤和朱老忠從濟南探監歸來，決心繼續哥哥的事業。江濤按賈湘農的意圖，與朱老忠、張嘉慶和一群農民在集市突然召開反割頭稅大會，洶湧的群情嚇壞了縣長，乖乖地取消反割頭稅。在江濤家中，朱老忠、朱老明、嚴志和、伍老拔、大貴舉行了入黨儀式。江濤和嚴萍幫助張嘉慶考入了保定第二師範，保定十三所學校同時罷課，要求當局停止剿共，一致抗日。當局派軍隊包圍了第二師範學校。馮老蘭的兒子馮貴堂對陳旅長煽風點火，「一切

『懷柔』都是錯誤的」、要「惡而治之」，敵人對學生開始兇殘屠殺，老夏和十七、八個學生在與敵人搏鬥中犧牲，江濤等三十多人被抓。張嘉慶身負重傷在教會醫院養傷，由鎖井鎮的馮大狗看守，朱老忠裝扮成車夫拉張嘉慶逃出保定城，馮大狗扛著槍跟他們離開了反動軍隊，朱老忠泰然一笑，「天爺！像是放虎歸山呀！」「冀中平原上，將要掀起壯闊的風暴啊」……

《紅旗譜》完成了一百四十萬字的初稿之後，蕭也牧和張羽一起審讀，明確表示列入中青社的重點書稿，並建議分成三部出版。梁斌開始夜以繼日地修改《紅旗譜》，散幗英回憶當時的「手稿摞起來，比他本人還高」。一九五六年底交稿之後，編輯室主任江曉天決定由蕭也牧來當責任編輯，小說中許多極有個性特徵的情節或細節滲透著他的智慧與辛勞。小說出版之後，梁斌因稿費問題而遷怒蕭沒有為朋友「兩肋插刀」，拒絕把後兩部書稿交給中青社。不久蕭也牧被打成右派，也未能繼續為梁斌的小說做責任編輯了。

中國青年出版社一九五七年十一月初版了《紅旗譜》，大三十二開本，總印數五萬二千冊，其中平裝本定價一元三角，精裝本一萬二千五百冊，定價二元一角。韓恕封面設計，蕭也牧為書名題字，扉頁書名下置一幀漂亮的雄雞剪紙。《梁斌傳》的作者之一田英宣為了查證《紅旗譜》的版本多次造訪國圖，最終確認還沒有進入電子檢索系統的初版本還是國圖的孤本藏書，不過這個孤本是已經散失了護封的精裝本。蕭也牧十分看重小說的裝幀，希望好好打扮《紅旗譜》，給小說出大開本、插圖本、精裝本，甚至可以送到萊比錫參加國際博覽會的特藏本。蕭也牧的願望基本實現了，一九五八年六月的大三十二開布面精裝本既有黃潤華的彩色插圖，也正是道林紙的印刷本，這個版本非常罕見，或許就是蕭也牧心目中的特藏本，至於是否送到了萊比錫就不得而知了。

《紅旗譜》的版本記錄比較混亂。初版僅僅一個多月，中國青年出版社重印的平裝本版權頁為「一九五八年一月北京第一版一九五八年一月北京第一次印刷」，定價一元六角。由於現在很難見到初版本，這也造成有的當代文學史著作誤認《紅旗譜》是一九五八年才出版的。實際上租型版本反而正確標注了版期，比如一九五八年八月，上海第五次印刷、武漢第六次印刷的普及本版權記錄均為一九五七年十一月北京第一版。一九五九年九月，人民文學出版社為國慶十周年印行了一批精裝本小說，其中初版的《紅旗譜》定價二元一角，這個版本在新時期列入各種叢書多次重印。一九五九年十月，中青社印行紅色封面的版本，增加了梁斌的「漫談《紅旗譜》的創作」作為代序，附錄王浦源、李治華、李順興、韓金坡、郝希孟等人的「《紅旗譜》方言土語注解」。外文版本有英、法、西、日、俄、越以及朝鮮、哈薩克語等少數民族譯本，《紅旗譜》各種版本的累計印數已有數百萬冊。《紅旗譜》的多種版次封面、裝幀、開本各異，以郭沫若書名題字、黃冑封面畫的版本發行量最多。《紅旗譜》內容修訂的變異，以初版本作為第一手的版本來研究是毫無疑問的。

苦菜花

——馮德英的第一部長篇小說

馮德英（一九三五），山東牟平（今乳山市）人。一九四九年入伍。一九五五年開始創作。著有長篇小說《苦菜花》、《迎春花》、《山菊花》、《大地與鮮花》、《染血的土地》、《晴朗的天空》及《馮德英中短篇小說選》等等。《苦菜花》從一九五五年開始創作，一九五八年正式出版，處女作成為他的第一部長篇小說。與陸續創作出版的《迎春花》、《山菊花》並稱「三花」。就作品的影響而言，《苦菜花》無出其右。

《苦菜花》分為二十章，以「楔子」起頭。小說的故事情節是：仁善打昏了調戲德賢媳婦的王竹，王唯一殺害了他和德賢一家，仁義離家出走。娟子參加了農民暴動，姜永泉代表抗日民主政府宣佈王唯一的死刑，德松選為農救會長，姜永泉告訴娟子母親世道變了。負有與日軍秘密聯絡任務的王柬芝回到王官莊，騙取信任當了校長，把宮少尼和呂錫鉛發展成黨羽，設計暴露杏莉母親的「醜事」，逼迫王長鎖傳遞情報。母親得知娟子是共產黨員，支持她和德強同永泉一起去打鬼子。在殘酷的抗日鬥爭中，娟子「心房裏早已印上姜永泉這個影子」。母親像疼愛自己孩子一樣給八路軍戰士做每一件衣服每一雙鞋。娟子與宮少尼搏鬥負傷，王柬芝殺人滅口斃了宮少尼。娟子擔任婦救會副會長有意疏遠姜永泉，會長星梅告訴她自己的心上人是紀鐵功，紀鐵功為保護彈藥庫犧牲。區中隊員化裝成老百姓同鬼子和偽軍激戰，拿下了敵人的一個據點。敵人突襲和包圍了村子的百姓，逼問兵工廠的下落，鬼子龐文示意偽中隊長王竹打昏王柬芝，殺死了蘭子和星梅，母親和嫚子母女二人被敵人抓去遭受酷刑，五歲的嫚子被敵人殺害。於團長帶領部隊同鬼子短兵相接，戰鬥慘烈，接到德強送來解圍的信，林政委的部隊出擊打跑敵人。王長鎖和杏莉母親救出母親，德強向杏莉表達愛情。村裏傳開王長鎖與杏莉母親私通，母親告訴杏莉王長鎖才是她的親爹。王柬芝在家裏發報被發現，刺死了杏莉。王柬芝、呂錫鉛等漢奸在公審大會被槍斃。姜永泉和娟子結婚，母親為花子買賣婚姻的事連夜到區裏反映，花子和老起終成眷屬。仁義回來，母親一家團聚，與敵人激戰中仁義被王竹抓住，仁義趁機拖王竹一起跳到河裏並淹死了他。敵人把抓來的人押到王官莊，要老百姓挑出自己的家人，其他人全部殺掉，母親認了孔江子、娟子認了王東海、花子避開老起朝姜永泉走去……敵人滿城搜捕，母親為了掩護德強和他的隊員，生平第一次拿起來槍來參加戰鬥。母親在秀子獻的花束中看到金黃色的苦菜花露出了幸福的微笑。

《苦菜花》實際上的主要情節遠不止這些，我們現在看到的《苦菜花》已經歷經多次修改，並且有了第三版。作品是解放軍文藝社自己編輯出版的第一部長篇小說，在人文社的初版本之前，所有版次應該都屬於《苦菜花》的原貌文本。與同時期出現的其他長篇小說相比，《苦菜花》展現了最多的大量豐富細膩的愛情描寫，不僅沒有沖淡主題，反而讓讀者在心目中與高爾基的《母親》對比，凸現出來一位中國母親的革命形象。一九六四年年八一電影製片廠攝製完成的同名電影受到無數觀眾的喜愛，使《苦菜花》在全國範圍內產生廣泛影響，小說得到更加廣泛的傳播。

解放軍文藝社一九五八年一月初版《苦菜花》，大三十二開本，定價一元七角，印數六萬三千冊。張德育插圖，道林紙印刷。七月第四次印數累計十九萬三千冊。八月改為三十二開素白色封面，定價九角，印數十萬冊。九月累計印數三十五萬冊。十月換深藍色封面三十二開本，標注第五次印數累計四十三萬冊，而一九五九年六月大三十二開本第七次印數累計印數卻標為三十萬三千冊。九月有遼寧租型印本。十月印行精裝本，定價三元，印數一千冊。一九六三年有哈爾濱租型印本。因為版次頻繁，版權記錄頗多不確。上述累計印量從大小三十二開本分別或合計印數來看都是自相矛盾的。人民文學出版社一九五九年八月初版精裝本，定價二元一角五分，印數二萬冊。作者的後記說明對初版本進行了修訂。一九五九年八月，《全國新書目》第二十二期對《苦菜花》印次的統計是：印六次，共印五十一萬冊。同年有俄文譯本，之後陸續翻譯出來還有英、日、朝、越、羅、蒙等譯本。

一九七八年開始大量重版或重印「十七年文學」，解放軍文藝社在三月印行《苦菜花》第二版，吳建堃封面設計。到一九八三年十二月第四次印數累計已達五十四萬九千冊。這個時期還有湖北、濟南、吉林、廣州等地的第二版的租型印本，湖北一九八〇年九月第二次印刷標注累計二十三萬八千冊，其他租型印本均無印數記載。其中吉林印本使用薄凸紙即字典紙印刷，至今為止，薄凸紙印刷的當代長篇小說只有四種，《苦菜花》之外還有《青春之歌》、《李自成》和《鐵道游擊隊》。

《苦菜花》第三版的版次欠規範。解放軍文藝社有兩個不同的記錄：一為一九八六年九月第三版，九月第二次印刷的精裝本五百冊，累計數五十五萬九千冊。加上一九五九年十月的一千冊，精裝本共印行了一千五百冊。一為一九九〇年四月第三版，到一九九五年十月第十三次印刷，累計七十二萬零五百冊。第三版出現兩種不同的版期，令人費解。解放軍文藝社以多個封面或文庫陸續印行《苦菜花》，比如一九九四年列入中國當代文學名著精選等。此外還有春風文藝、時代文藝、燕山、二十一世紀等等出版社的版本以及改編本、縮編本，人民文學出版社一九九四年和二〇〇七年分別列入「中國文庫」和「中國當代長篇小說藏本」出版。二〇一一年，解放軍文藝社出版《馮德英文集》，長篇小說《苦菜花》收入其中，成為這部作品的最新版本。

青春之歌

——楊沫的第一部長篇小說

楊沫（一九一四至一九九五）原名楊成業，祖籍湖南湘陰，生於北京。抗戰爆發後赴晉察冀邊區投身革命，並開始文學活動。一九五一年至一九五七年創作長篇小說《青春之歌》，歷時六年而成。這是楊沫的第一部長篇小說，也是她的成名作。小說出版的當年，一大批長篇小說相繼問世，如《鐵道游擊隊》、《林海雪原》、《烈火金剛》、《敵後武工隊》等等，但是影響最大的還是《青春之歌》。《青春之歌》是第一部描寫學生運動、塑造革命知識份子形象的長篇小說，作品塑造三十年代覺醒、成長的革命青年林道靜這一典型人物，成為當年的青春偶像，在幾代讀者的心中留下深刻印象。

《青春之歌》分為兩部六十六章節，描述了「九・一八」到「一二・九」這一歷史時期，北平的青年愛國學生在革命風暴中進行的頑強鬥爭。出生於大地主家庭的林道靜，為了反抗封建家庭的束縛，中學畢業後毅然隻身出走到了北戴河。一系列的挫折和打擊使她對前途充滿絕望，「她正要縱身撲向大海時，一雙溫暖的臂膀抱住了她。」余永澤的溫存和體貼讓林道靜暫時感到情感上的滿足。與共產黨員盧嘉川等人交往之後，林道靜痛苦地發現余永澤「原來是個自私的、平庸的、只注重瑣碎生活的男子」。林道靜斬斷了小資產階級感情的羈絆，離開了余永澤，在「親愛的導師和朋友」盧嘉川的影響下，「投身到新的生活中了」。她參加遊行、散發傳單、宣傳鼓動群眾參加抗日救亡運動，經受了鐵窗的考驗，並擔任北平沙灘街道支部書記，化名路芳從事黨的地下工作。小說生動地描繪了林道靜由一個小資產階級知識份子逐步成長為一名無產階級革命戰士所經歷的曲曲折折、反反覆覆的人生歷程，揭示了一代知識份子走向革命的必由之路。小說成功塑造了盧嘉川、林紅、江華、余永澤、王曉燕等一大批具有鮮明時代特徵的人物形象，其中有為民族解放英勇獻身的革命烈士，有投機鑽營以求平步青雲的統治階級的奴才，也有叛徒、特務以及自甘墮落的青年，形形色色人物的精神面貌得到了展示，這又使得小說包含了廣闊、豐富的時代內涵。

小說出版後引起轟動是非常自然的。作品情節曲折複雜，以細膩的筆觸伸入到主人公的內心世界中，真實地刻劃人物的心理。無論是林道靜「第一次感到了愛情的饑渴，感到了渺茫的相思的痛苦」，還是少女王曉燕「心臟好像燃燒似的」第一次戀愛，細節描述生動感人。雖然林道靜同余永澤決裂後，剎那間藕斷絲連的感傷被指責為小資產階級情調作品，但是在描寫小布爾喬亞與革命的關係中，小說以自然的情節展示出人性的與社會政治的因素，不但引起讀者的強烈共鳴，也具有極強的藝術感染力。

小說出版後引起爭議也是非常自然的。《中國青年》和《文藝報》展開作品討論。其中《文藝報》

從一九五九年第二期至第七期，辟「讀者討論會」專版，刊登了討論《青春之歌》的二十七篇文章，兩種觀點碰撞激烈，一部長篇小說引起如此大的影響也極為罕見。廣泛討論之後，楊沫對小說進行了重新修改，重大的修改處之一，在第二部第六章後增寫了七章，這七章是可以獨立城篇的，所以，一九五九年九月出版的《收穫》雜誌以《林道靜在農村》先行發表了修改稿。人民文學出版社《青春之歌》的「再版後記」中，作者說，「其中變動最大的，是增加了林道靜在農村的七章和北大學生運動的三章。」「同時也對其他人物或情節作了某些必要的修改。」儘管如此，小說依然沒有逃脫接踵而至的鞭撻，終於成為文革中猛烈批判的「大毒草」。九十年代初，北京十月文藝出版社重版《青春之歌》，楊沫作「新版後記」，對小說幾十年中如何影響一代代讀者的同時，又如何因為郭姓「工人代表」發端，遭到鞭撻、批判，進行了一番回顧與梳理。

文革中兩千多種小報均涉對小說的口誅筆伐，其中北京在一九六七年印行的十六開刊物《東紅文藝》，創刊號居然是「批判《青春之歌》專輯」，六萬多字的「檄文」中首當其衝是一篇「打倒中國的赫魯雪夫——徹底批判《青春之歌》及其黑後臺」，作者就是楊沫在新版後記提到的「郭先生」，此君當年第一個在《中國青年》向《青春之歌》發難，只是到了文革又上綱上線了。刊物中可以看到當年《青春之歌》的「吹捧」者、「批判」者名錄：劉少奇、鄧小平、彭真、陶鑄、陳雲、茅盾、胡耀邦、鄧拓、老舍……四十多人讚揚《青春之歌》的「反動」言行，批判《青春之歌》的除了「廣大的工農兵」，僅列出陳伯達、康生二人，現在看來，不免感到諷刺和滑稽。

《青春之歌》出版之後，許多讀者認為主人公林道靜是作者自己，在初版後記中，楊沫也說過「這書中的許多人和事基本上都是真實的」。楊沫早在一九三三年開始接近共產黨人，七七事變後赴晉察冀邊區投身革命，並開始文學活動。林道靜和作者的家境、投身革命的經歷頗多相似之處，說《青春之歌》形影相隨著作者的影子大約不會很出格。至於林道靜的前夫余永澤，坊間盛傳指張中行，而作者與張相識於一九三一年，在一起生活過幾年時間。文革中，專案組欲從張那裏找到批判楊沫的「罪證」，豈知張中行回應「那時候，我不革命，楊沫是革命的。」楊沫獲知，十分感激、感慨。小說之外的一些傳聞並非完全失實，並且有助於多側面瞭解這部長篇小說問世以來的風雲沉浮

《青春之歌》的版權記錄比較複雜。小說的後記時間是「一九五七年九月於北京」，一九五八年一月，作家出版社第一版第一次印刷四萬冊，大三十二開本，定價一元六角，之後分別在四月到六月多次重印，其中四月重印二次，至六月第六次印刷十萬冊，累計重印已達三十九萬冊，定價一元二角。版本學者龔明德認為版權頁的登記「有不確的登錄」，這給讀者或研究者帶來困惑，比如同為作家出版社北京母版印刷，到了七月，版本記錄忽然又變成第一版第一次印刷三十五萬冊，不知是否與大三十二開本改為三十二開本有關係。

《青春之歌》第二版的「再版後記」時間是「一九五九年十二月於北京」，一九六〇年三月，人民文學出版社第一版第一次印刷五萬冊，大三十二開精裝本，定價二元四角。這是文革之前冠名人民文學出版社唯一的版本，也是第二版的初版本。《青春之歌》從新時期文學開始的冠名人民文學版的不斷重

印，版本沒有採用一九六〇年三月第一版的記錄，而是標注作家出版社一九六一年三月的第二版，儘管版本內容一致，但實際上作家出版社一九六一年三月的第二版比人民文學版正好晚了一年，也許這個版權記錄並不傾向精裝本，但是，作家出版社在一九六四年一月也印行了一千冊精裝本。

《青春之歌》問世以來，分別有有英、俄、日、朝、韓、世界語以及蒙、維等外文和少數民族文字譯本。並相繼被改編成電影、京劇、評劇、話劇、評彈、歌劇、連環畫……上海、湖北、山西、重慶、陝西等地租型重印之外，人民文學出版社列入中國當代長篇小說藏本系列，時代文藝出版社列入紅色記憶系列，花山文藝出版社列入共和國長篇小說經典叢書，北京十月文藝出版社收人楊沫文集，還有若干節編本、縮寫版等等，累計發行量數以千萬冊。中國現代文學館編輯的「中國現當代文學茅盾眉批本文庫」中，長篇小說卷一即為《青春之歌》。還有一個鮮為人知的趣聞是，粉碎「四人幫」之後，全國各地租型重印十七年的文學作品中，有四部小說的版權記錄標明「薄凸版紙」重印，即《青春之歌》、《李自成》、《鐵道游擊隊》和《苦菜花》。就是說，為瞭解決當時的「書荒」問題，有關部門把字典紙調撥出來印刷這些小說，以滿足讀者的迫切需要。在當代小說家中，作品使用字典紙印刷，是一個時代特例。

在昂美納部落裏

——郭國甫的第一部長篇小說

郭國甫（一九二六），江西永修人。一九四七年開始發表作品。著有長篇小說《夢回南國》、《黎明即將來臨》，短篇小說《國境線上》、《林中炊煙》、《節日的懷念》、《銀雪照丹心》等。部分作品譯有俄、英、法外文版本。《在昂美納部落裏》是他的第一部長篇小說，也是為數不多的反映少數民族生活的作品之一。

《在昂美納部落裏》分為五十四章，通過描寫解放軍部隊進軍佧佤山的故事，反映了黨的民族政策在邊疆取得的勝利。小說的主要內容是：位於佧佤山中部的昂美納部落保持著佧佤民族最古老的習俗。第一支解放佧佤山的部隊正向這裏行進，連指導員余立毅告訴戰士們，要取得這場特殊戰鬥的勝利需要克服很多困難。岩弄將來犯的土匪說成漢人欺騙娜妮，岩坎講述漢人官兵如何欺壓佧佤人，「要永遠記住這仇恨」。頭人阿郎猛與部隊交火，卻意外遇到「拿槍的人讓赤手空拳的人」。連長李樹人帶著翻譯員阿閃同佧佤人溝通，岩戛敦相信漢人和土匪不一樣，他告訴岩坎和娜妮，解放軍是來幫助佧佤人打土匪的。戰士們進寨子看到婦女圍短裙、孩子光身子、男人披樹葉，皮毛、大煙、豬牛被土匪搶走，佧佤人過近乎原始社會的生活。部隊構築工事、幫老鄉蓋房屋、給岩坎治病，感動了頭人阿郎猛。費處長處心積慮把岩弄培養成對付共產黨的心腹，帶的一幫土匪吃了敗仗後，派岩弄挑動昂美納和蠻格魯兩個部落互相殘殺，娜曼臨死前說出真相，岩坎親自懲處了岩弄這個佧佤人的叛徒。部隊在昂美納部落贏得了佧佤人的尊敬和信任，準備迎接就要來到這裏的強有力的工作隊。

《在昂美納部落裏》一九五五年五月至一九五七年二月寫於昆明，由作家出版社一九五八年一月初版，大三十二開本，定價一元二角，印數二萬冊。這個版本在重印時收入解放軍文藝叢書，改換李化吉裝幀的彩色插圖本，到一九六二年八月第四次印刷累計發行四萬冊。外文出版社還分別印行了英、法文的精裝本。

藍色的青棡林
——長篇小說《潛力》第三部

雷加（一九一五至二〇〇九）的長篇小說「潛力」第一部《春天來到了鴨綠江》、第二部《站在最前列》分別在一九五四年九月和一九五六年七月初版，到一九五八年三月《藍色的青棡林》問世，歷時三年半，長篇小說三部曲始告完成。其中第一部出版前曾在《人民文學》選載，第三部《藍色的青棡林》最先刊登在《收穫》一九五七年第三期。這部長篇小說的終卷，作者一九五七年十二月在「後記」寫下「艱苦、漫長的創作之後的一段回憶文字」，簡要說明瞭前兩部作品描寫的背景以及復工過程、準備撤退的史實。

《藍色的青棡林》二十六萬多字，共二十四章節，各章有小標題。小說「描寫了工人撤退到長白之後的生產自給，四保臨江的戰鬥。為了寫作方便，它分為上下部，下部一直寫到一九四七年底蒸罐大樓的竣工。」丘全善在撤退的夜晚與廠長何士捷會合後意識到艱苦的生活開始了，根據地從長甸河口轉移到長白無疑「像打仗一樣」，沿途都有國民黨匪幫隨意開槍殺人，帶傷的何士捷制定了搶運計畫，工人幹部梁滿富在搶運物資時犧牲，也出現有動搖和逃跑的人，經過盪氣迴腸的四保臨江戰鬥，工人和家屬們終於勝利完成撤退任務。何士捷面對別離了七個月的工人們，依靠他們無窮的智慧和全體的努力，解決了糧食問題之後，全面復工從破壞得最厲害的蒸罐大樓工程開始，「因為它是共產黨恢復戰爭城市的標誌」。工期只有短短的一個半月，為了加快進度，黨委書記烏士濂號召在工人中開展勞動競賽，徐家齊、衣廷秀等人積極應徵，工人家屬們也參與搜集資材，克服了重重困難，不但比原計劃減少了幾千個人工，還提前完成了任務。小說描述的一批各具性格的人物形象，充分反映出工人階級的鋼鐵意志和非同尋常的精神面貌。

作家出版社在一九五八年三月初版了「潛力」三部曲的最後一部《藍色的青棡林》，大三十二開本，定價一元二角，印數三萬五千冊。一九六三年一月，作家出版社重印「潛力」三部曲，統一裝幀，全部為大三十二開本，由柳成蔭設計封面。這個統一裝幀的版本之後沒有再重印過，三部曲的印數也各有不同。至一九六三年一月，各書的印次分別為：第一部《春天來到了鴨綠江》第九次印數累計十二萬零九百冊，第二部《站在最前列》第六次印刷累計九萬九千六百冊，第三部《藍色的青棡林》第四次印刷累計九萬四千冊。

三尺紅綾

——邵子南未竟的長篇小說

記得七八歲的時候就聽說過《三尺紅綾》這本書，那時候竹山縣城小，有一點談資就能家喻戶曉。《三尺紅綾》所以引起人們的興趣，是因為它寫的是竹山的事兒，並且，作者曾把革命烈士許明清事蹟寫成《一個共產黨員成了神的故事》，許多人會唱一首歌「（民國）三十五年六月間，太陽出來照竹山，來了一位許縣長，為民把事辦……」，每年清明，老師照例要帶著學生去許明清犧牲地走馬崗（即現在的北大街）祭奠烈士。興許新華書店進貨不多，只聞其名，未見其書，一部小說竟只是坊間口碑而已。直到一九八〇年四川人民出版社出版《邵子南選集》之後，才看到收入其中的這部未竟小說《三尺紅綾》及邵子南的其他作品。

邵子南（一九一六至一九五五）是四川資陽人，一九四九年分別擔任過竹山和竹溪的縣委副書記職務，當年七月隨軍入川。《三尺紅綾》是邵子南根據清匪反霸鬥爭中發生在竹山當地真實的一件謀殺案創作出來的文學作品。小說以紅綾作為貫穿的主線（或曰道具），女主人公王秀芬的命運充滿感染力，也具有探案的懸疑色彩，又是沒有寫完的作品，這些因素增加了讀者的想像空間。雖然是一部小說，幾十年來被人們繪聲繪色宣傳，津津樂道其故事結構與人物情節，甚或是把小說當成了紀實文學作品來欣賞，更在口碑相傳過程之中，有多少人轉述就有多少種《三尺紅綾》的「版本」，也因為如此，《三尺紅綾》出版於重慶，卻在十堰市的竹、房三縣（竹山、竹溪、房縣）及兩鄖（鄖縣、鄖西）地域產生了廣泛影響。

重慶人民出版社一九五八年四月初版《三尺紅綾》，三十二開本，印數二萬三千冊，定價三角八分。封面和內封的「邵子南遺著」頗有特點，一是作者姓名採用邵子南手跡，在當時出版的文學作品中比較少見，再是作為文學作品的小說冠於「遺著」亦很罕見。創造社、淺草社詩人鄧均吾（一八九八至一九六九）在「後記」裏介紹說，小說「據以整理的三份原稿，都是作者沒有寫完的未定稿，故事寫到解放時為止。從其情節的發展來看，女主人公隨著革命的勝利而獲得解放的主題思想，已經揭示出來，可以成為一個段落，未竟的篇幅，已不會太多了。」從這裏或許可以推斷出，《三尺紅綾》的裝禎設計，不是僅僅出版作者的小說以饗讀者，實在也是對才華出眾的邵子南表達一種紀念之情。

邵子南的中篇小說《李勇大擺地雷陣》名噪一時，與趙樹理的《李有才板話》同為「抗戰以來文藝作品的傑出者」（郭沫若語）。抗戰時期，邵子南寫了大量的街頭詩和歌詞，如《全民武裝》、《組織起來》、《娘子關謠》、《中華民族》等等，經著名音樂家周巍峙、劫夫譜曲，在晉察冀邊區廣泛流傳。中國歌劇發展史上具有里程碑意義的《白毛女》來源於邵子南深入陝北民間、體驗生活寫出的《白毛女》長詩，可以說，沒有邵子南就沒有經典的《白毛女》。不少讀者和文學愛好者都關注到《三尺紅綾》，這部小說初版之後多次重印，並收入《邵子南選集》，已經說明瞭作品長久的藝術魅力。探究邵子南包括《三尺紅綾》在內的全部文學創作歷程以及作家在現代文學史上產生的影響，應該是很有意義的一件事。

原載《崇文》二〇〇七年第十一、十二期

百煉成鋼

——艾蕪建國後的第一部長篇小說

艾蕪（一九〇四至一九九二）原名湯道耕。筆名劉明、吳岩、湯愛吾等。四川新繁人。筆名湯愛吾漸次衍變為「艾蕪」並伴隨他一生。一九三二年參加中國左翼作家聯盟後終生從事文學創作，一九三五年出版的代表作短篇小說《南行記》成就最高，影響最大。著有短篇和中長篇小說《南行記》、《故鄉》、《鄉愁》、《豐饒的原野》、《山野》、《春天的霧》、《風波》以及散文特寫、報告文學、評論等等，各類體裁作品出版五十餘部。四川人民出版社的《艾蕪文集》印行有前三卷。《百煉成鋼》是艾蕪建國後的第一部長篇小說。

《百煉成鋼》二十五萬字，分為二十九章，各章若干節不等。小說的主要情節是：見到出鋼口打不開，爐長秦德貴打開七號爐的鋼口，自己的九號爐頂卻熔化了，袁廷發對表揚秦德貴不服氣，廠長趙立明向新來的黨委書記梁景春當面誇獎老袁才是第一個煉鋼能手。老袁的徒弟張福全約孫玉芬看電影被拒絕，孫玉芬和秦德貴搭路一起回到村子。袁廷發告訴秦德貴說張福全與孫玉芬挺要好，張福全託師母撮合能不能快點定下婚事，丁春秀催他早些搞出快速煉鋼超過秦德貴。有豐富經驗的袁廷發想辦法創造不化爐頂的煉鋼新記錄，對工會主席何子學讓他在會上交流進行搪塞，梁景春要秦德貴走群眾路線找到爐頂掉磚的原因。秦德貴懷疑張福全有意早兌鐵水整他，梁景春走訪工人中瞭解到他們對袁廷發的意見。趙立明接受蘇聯專家建議把冷打爐底改成燒結爐底，梁景春把這事交給秦德貴辦，並與袁廷發作了一次長談。秦德貴提出炸三號爐沉渣室鋼渣縮短修爐時間，這個合理化建議得到梁景春支持，趙立明諷刺是不切實際的空想，蘇聯專家在實地看過後興奮地說可以做到。秦德貴的事蹟上了報紙，張福全說他是個人英雄主義。梁景春瞭解到廠長不屑於小煉，而五號爐超過規定會發生漏底。孫玉芬要張福全與秦德貴坦誠相見消除仇恨，兩個人因此發生爭執。袁廷發要工友們輪流做爐長來指揮，大家把他看成最好的師傅，梁景春表揚他這種教學法比快速煉鋼的價值還大。李吉明一直挑唆張福全同秦德貴的關係，九號平爐發生漏鋼事故後秦德貴受傷，經過調查是李吉明有意蒙混過張福全搞的反革命破壞活動……

《百煉成鋼》的第一個文本首發一九五七年七月《收穫》創刊號。作家出版社一九五八年五月初版，大三十二開，定價一元一角，印數十萬冊。六月重印四萬五千冊。七月初版三十二開普及本，定價六角，印數十萬冊。八月重印十萬冊。一九五九年更換封面印行，前言稱採用成語作書名不只是小說裏的人物在煉鋼，主要意思指「新的人，是鍛煉出來的」。一九六一年印行外文版英文精裝本。一九六二年十月第二版更換封面，大三十二開本，印數一萬零五百冊，有遼寧的租型重印本。一九六三年十一月的第五次印刷本標注兩種三十二開本累計印數五十八萬七千冊。一九五九年八月人民文學出版社初版精裝本，定價一元六角五分，印數八千冊。一九八三年七月人文社新一版大三十二開本，印五萬五千冊。新版後記封面與初版略有不同，並在封底標注封面設計者是施力行。二〇〇八年人文社收入中國當代長篇小說藏本印行。

上海的早晨
——第一部城市題材的長篇小說

周而復（一九一四至二〇〇四）原名周祖式，筆名吳疑、荀寰等。原籍安徽旌德，生於南京。一九三三年開始創作詩和小說，一九三六年出版第一本書《夜行集》。著有中篇小說《西流水的孩子們》，長篇小說《白求恩大夫》、《長城萬裏圖》等等。代表作《上海的早晨》以改造民族工商業者為題材，塑造了各具個性的資本家形象。一九五八年第二期《收穫》雜誌全文刊發，末尾注明「第一部完」、「一九五四年三月十三日，初稿。一九五七年十一月十四日，改稿。」

《上海的早晨》分為四十八章節，故事梗概是：建國初期，滬江紗廠總經理徐義德被迫答應按時發工資，換取工人復工，針對統配統銷政策，他詭計多端地把「包袱」丟給政府，「自己只問經營管理」，同時又煽動資方「在工繳上要採取攻勢。」二太太讓徐義德透支戶頭幫助自己的弟弟復業福佑藥房，朱延年配假藥複方龍膽酊賺黑心錢。共產黨員余靜帶領大家在勞資會議上追查原棉的品質問題，徐義德暗自認為志願軍在朝鮮戰場打不贏美國兵，迷惑工人，把責任推到花紗布公司。興盛紗廠在上海舉足輕重，馬慕韓思想比較進步，願意服從國營經濟領導。「三反」、「五反」的開展在工商界引起觸動。小說中描述的燈紅酒綠是五六十年代所有作品中未曾出現過的場面，法式洋房、黑色的「奧斯丁」小車、白金的勞萊克斯手錶、銀色的「朗生」打火機、大鋼琴一些細節描述，以及黃金、美鈔、債權人、股票等等名稱的輪番出現，讓讀者在對大上海的抽象認識中又感到一種新奇。從建國算起的三十年裏，《上海的早晨》是唯一的一部描寫城市題材為主的長篇小說，文藝界在小說出版後的評論並不多，也許與此有關。

作家出版社一九五八年五月初版《上海的早晨》，大三十二開本，定價一元五角，印數四萬六千冊。王榮憲封面設計，上海灘的速寫與書名相得益彰。七月，印行了三十二開普及本，定價七角五分，印數十萬冊，到九月重印累計二十三萬冊。一九六二年二月，印行大三十二開修訂第二版，平裝定價一元八角五分，精裝定價二元七角五分。

山鄉巨變
——周立波的長篇小說

周立波（一九〇八至一九七九）原名昭儀，號鳳翔。湖南益陽縣（今赫山區）人。一九二八年開始寫作。一九三九年在延安任魯藝文學教員、編譯處處長，頗多文藝理論文章行世，翻譯有肖洛霍夫《被開墾的處女地》等外國作品。一九四六年參加東北土改工作，創作了長篇小說《暴風驟雨》，聲名鵲起，作品在解放區讀者中引起熱烈反響，甚至作為教科書發給土改隊員人手一冊，獲得一九五一年史達林文學獎。周立波在一九五五年出版了工業題材的長篇小說《鐵水奔流》之後，深入益陽農村體驗生活，創作出以農村合作化為背景的長篇小說《山鄉巨變》。

《山鄉巨變》內容提要稱，小說可以看成是《暴風驟雨》的續篇，農民在土改中得到土地之後，現在要廢除私有制，走農業合作化的道路。《山鄉巨變》就是反映的這場深刻的革命。女主人公鄧秀梅以團縣委副書記的身份到清溪鄉「三同一片」（幹部和農民同吃同住同勞動之謂），與鄉支書李月輝、團支書陳大春等人一起領導農民建立合作社。她以「亭麵糊」盛佑亭生活總是不夠好，是因為被小農經濟所限制的例子，宣傳成立合作社的優越性。在這個過程中，她對不肯入社的農民進行耐心細緻的思想教育，還要提防龔子元這樣的破壞分子散佈謠言。小說描寫了農村中兩條路線之間的尖銳鬥爭，刻畫出一批個性鮮明、栩栩如生的人物形象。「心地純良，又吃得虧」的劉雨生深知這場革命的重要性，他抱定「不能在群眾面前，丟黨的臉」這樣一個信念，在大是大非面前選擇了跟老婆離婚；想當地主的「自由主義」式人物盛佑亭則說服了老婆，「全家五口，都願入社」；遠近聞名的頑固分子陳先晉入了社，儘管入社前還去田裏痛哭一場……小說通過複雜的階級關係，把農村社會形形色色的人物在巨變時代的作為及其內心世界展示的淋漓盡致。

小說分為二十六章，各章兩個字的標題也很有意思。如直接採用人物的「支書」、「麵糊」、「淑君」等，是著重寫人的面貌和性格，「爭吵」、「辛勞」、「成立」等，又以情節敘述為主，各章即使單獨當作短篇欣賞也充滿情趣。此外，作品採用了一些方言土語，並在註腳給予解釋，使小說憑添一股鄉土氣息，有身臨其境的閱讀感覺。小說埋下不少伏筆，設置了一些懸念，讓讀者欲罷不能，急切想知道故事的後續發展，這也是作者的高明之處。《山鄉巨變》出版後，周立波在答讀者問中明確說明還要「寫作續篇」。

《山鄉巨變》末章節附註「一九五七年十二月，北京」。《人民文學》從一九五八年第一期開始連載這部小說。其中在續完的第六期發表了安林為小說作的兩幅插圖。一九五八年六月，作家出版社出版了《山鄉巨變》單行本，大三十二開本，定價八角，印數十萬冊。至七月第三次印刷，累計印數二十萬冊。一九五九年三月，印行吳靜波插圖的精裝本一千冊，定價二元。人民文學出版社同年八月出版精裝本定價一元五角五分，印數五千冊。九月出版定價一元的平裝本。這個版本增加了作者的前言一篇。

春雷

——林斤瀾的第一本小說集

林斤瀾（一九二三至二〇〇九）原名林慶瀾。曾用名林傑、魯林傑。浙江溫州人。有「短篇聖手」之譽的林斤瀾與汪曾祺並稱為「文壇雙璧」。一九五〇年年發表的反映抗美援朝的《祖國在召喚》，是他的第一個劇本。一九五七年，中國青年出版社將《布穀》、《螺絲釘》、《落花生》、《番茄》、《梁家父子》等劇作結集為《布穀》出版，這是林斤瀾的第一本書。此後，林斤瀾專事寫小說、散文，並在一九五八年出版了第一部小說集《春雷》。

《春雷》收入林斤瀾十四個短篇小說，大部分反映的是農村生活面貌。永定河農民劉有餘對毛驢入社想不通，「我的叫別人拿著，老婆子心疼」，王金說「什麼你的我的，不會說咱們的，大家的，集體的。」（擂鼓的村莊）「連人帶心全入（社）」（孫實），「建立當家作主的思想」（春雷）。趙司機開卡車運貨，在一個叫「一瓢水」的地方突然發病，跟車的小劉留精心照顧他，放心地請合作社的農民照管卡車，並得到農民的幫助（一瓢水）。一個細微的情節或人物簡短的一句話，都刻下農業合作化運動的烙印。其他題材的小說如江南一個外號「駱駝」的醫生救下小紅軍戰士（駱駝）、「我」和李傻子遇到的細瘦姑娘（草原）等，都給讀者留下比較深刻的印象。臺灣「二・二八」起義後在火燒島監獄的楊老頭（楊）以及「娃莫栽」的故事（臺灣姑娘）是臺灣題材的短篇小說，令人耳目一新。

一九五八年六月，作家出版社初版《春雷》，三十二開本，定價六角六分，印數一萬九千冊。其中的短篇小說《臺灣姑娘》首刊《人民文學》一九五七年第一期，是林斤瀾的代表作之一，或可看為是成名作，以精確細膩的手法表現深廣的社會現實內容，影響了劉恒、何立偉、葉兆言等一些作家。雖然在文革中擱筆十餘載，林斤瀾複出後發表的第一個短篇力作《竹》曾改編為電影，之後的小說以其精巧多變的結構屢獲獎項，尤其晚年的作品冷峻、深沉，讀者眾多，應證了老舍一九六二年說過的話，「今後有兩個人也許會寫出一點東西，一個是汪曾祺，一個是林斤瀾。」（王勇《著名劇作家汪曾祺傳略》）

水流千轉

——長篇小說《水向東流》第二部

李滿天（一九一四至一九九〇），甘肅臨洮人。新華書店中南總分店一九五〇年出版的兒童文學《安元和小保》是他的第一本書，陸續印行了五版。此外有短篇小說《啞巴講話》、《家庭》、《絆腳石》等等，這些作品均署名林漫，一九五六年發表長篇小說《水向東流》後改用今名。《水流千轉》的內容提要稱「本書是『水向東流』的第二部」，作者至此才揭曉是多卷本的長篇小說。《水流千轉》的故事情節緊接第一部，反映了農業社初建時豐富多彩的生活場景。

《水流千轉》共十七章：連山關心趁心的婚事。萬福要使社裏的大馬被趁心拒絕，貴堂打著社長的招牌牽來牲口把萬福送到親戚家，長海支部的黨員勝奎當天夜裏被人打死。技術指導葛啟從縣農場來到村裏，向村民推廣山藥溫床育苗新技術，連山帶社員提前試種棉花，趁心幫老絲瓜蓋房拉瓦軋傷了腿。辛生瞞著家裏自己入社，她娘沒有責備他，還從女婿那裏帶書給他看。洛節賽不過農業社反而家裏成天矛盾不斷，兒子增桂請萬福出面說合全家入社，連山要洛節自己提出要求。副社長細珠做工作，安寡婦答應辦起來托兒所。菊兒透露出羨慕洛節會過日子，聽說要她頁下地勞動，同連山發生爭吵，家庭會議不歡而散。新元幫忙拾掇安裝的水車鏈子折斷，造成二百多畝山藥秧苗爛在地裏，新元帶頭吵鬧，貴堂趁機挑唆萬福。縣農場調回技術員葛啟，葛啟鼓勵玉成繼續把風動水車試驗下去。長海告誡連山「平地也要起風波」。縣委書記張亮瞭解到村裏的一些複雜局面，，告訴支部書記長海抽時間去社裏看看。吳成豹等農戶辦社得到支持，高興地告訴長海「我們的社也合了法了」，長海被他的歡樂情緒感染，連夜趕回大楊莊去了。

《水流千轉》列入中國青年出版社的「播種文藝叢書」在一九五八年七月初版，三十二開本，定價六角，印數三萬三千冊。無插圖。與第一部《水向東流》不同的是，初版並非在北京印刷，而是出自瀋陽的安東印刷廠。

毛主席詩詞十九首

——毛澤東詩詞的第一個版本

一九四五年十月六日，毛澤東在重慶談判期間，以一九三六年二月的舊作《沁園春・雪》重新抄錄贈柳亞子。毛澤東返回延安後，柳亞子與尹瘦石十月二十五日舉辦了為期四天的「柳詩尹畫聯展」，《沁園春・雪》的手跡在聯展公諸於眾，自此輾轉傳抄，流傳開來。其時，吳祖光正接替黃苗子、郁風主編的《新民報晚刊》「西方夜譚」副刊，他從黃苗子處得到《沁園春・雪》，為了補足遺漏的幾句，先後找到三個傳抄本才完整地拼湊起來，一九七八年第一期《新文學史料》刊吳祖光文：「當時唯一的念頭便是在我編的『西方夜譚』上發表。」最終以《毛詞・沁園春》為題刊登在十一月十四日的重慶《新民報晚刊》。這是毛澤東詩詞的首次公開發表。

一九五六年冬，籌辦中的《詩刊》徵集到八首廣為傳抄的毛澤東詩詞，編委之一的徐遲提議在創刊號發表，並起草了致毛澤東的徵求詩稿信函，主編臧克家用毛筆將信抄錄一過，諸編委一一簽名，時為一九五六年十一月二十一日。一九五七年元月十二日，《詩刊》收到中央送來的毛澤東信和詩詞稿。編輯部寄去的八首詩詞，毛澤東作了校訂，還添加了各個時期的十首詩詞作品。一九五七年元月二十五日，一次刊登十八首毛澤東詩詞的《詩刊》創刊號以道林紙、報紙本兩種印刷本在全國發行。這是建國後毛澤東詩詞的首次公開發表。

一九五七年十月，中國青年出版社印行《毛主席詩詞十八首講解》，臧克家講解，周振甫注釋，四十八開本，定價二角六分，初版發行十二萬冊。這是含有十八首毛澤東詩詞的第一本正式出版物。該版本一九五八年一月重印了六萬六千冊，七月發行第二版，易名《毛主席詩詞講解》，增加了《詩刊》一月號發表的《蝶戀花・遊仙（贈李淑一）》一首，累計印數達三十七萬六千冊。中國青年出版社的這個《講解》並非嚴格意義上的毛澤東詩詞版本。

毛澤東詩詞的第一個版本是《毛主席詩詞十九首》，收錄一九五七年十月至一九五八年五月公開發表的毛澤東詩詞十九首，人民文學出版社一九五八年七月初版，紫紅絹面，二十五開，繁體豎排，仿宋字體的線裝宣紙本，定價八角，僅僅發行了一千冊。毛澤東詩詞的講解、注釋版本以及漸次增添的專集版本無論版式、開本、用紙都各有特點，在數千種版本中，人民文學出版社的毛主席詩詞第一個版本卻十分珍貴和稀缺。

原載《藏書報》二〇一一年第六期

紅旗插上大門島

——孫景瑞的第一部長篇小說

孫景瑞（一九二二）筆名孫梅、幽草。河北新城人。一九三四年開始發表作品。他的第一本書《不能入庫》是短篇小說集，武漢通俗圖書出版社一九五一年出版發行。一九五二年夏天，孫景瑞從荊江分洪工地採訪結束，開始創作長篇小說，經過歷時七年的努力，「改寫五次」，終於完成第一部長篇小說《紅旗插上大門島》。這是為數不多的反映海防戰士精神面貌的小說。

《紅旗插上大門島》卷首題「獻給相識的和未相識的海防戰士同志們」，分為二十二章，各章一到五節不等，以主人公雷大鵬為主線，敘述了一九五〇年春夏之間，人民解放軍某部駐島守備連在副連長雷大鵬帶領下，團結和依靠漁民，掃蕩沿海殘敵，解放大門島，並從事恢復和建設工作、保衛國防的故事。小說既刻畫了副連長雷大鵬、指導員徐文烈及陳明德、李福生、趙二虎……一批英雄人物形象，也描寫了林傳友、羅九叔父女等漁民如何與解放軍一起，警惕地守衛在海防線上。面對蔣介石集團的二十艘軍艦，駐島守備連不怕犧牲，英勇作戰，粉碎了敵人的大規模進攻，終於取得了最後的勝利。小說有主人公雷大鵬在北大荒的戀人來信以及林傳友、羅天娥之間的愛情等情節，符合那個年代革命加含蓄的情景，也使得作品中因為愛情的描寫而富有濃郁的生活氣息。小說以十分抒情、優美的語句描寫大海，充滿了作者對海防戰士的熱愛和對大海的眷念，也讓讀者為之神往。

這部長篇小說在卷末附注「一九五二年至一九五五年，武漢；一九五六年至一九五八年，北京蓮花池」，小說後記寫於一九五八年五一國際勞動節。一九五八年八月，新文藝出版社初版《紅旗插上大門島》，三十二開本，定價九角，印數五萬冊。董辰生插圖。十月，冠以「普及本」由上海文藝出版社重印，封面插圖外的白底改為紅底，印數八萬冊。這個重印本的版權頁稱作「新一版」，上海文藝出版社一九六三年列人「收穫創作叢書」分為上下冊重印，累計印數超過四十萬冊（包括一千一百冊的精裝本）。作家出版社一九六四年十一月的「新一版」在上海首印，發行五萬冊，定價一元五角。

一九七五年，出版社遵照中央關於出版物修改重印的精神，邀請孫景瑞在黃浦江畔完成了長篇小說的修改，於是，《紅旗插上大門島》易名《不息的浪潮》，內容提要稱「努力學習和運用革命樣板戲的創作經驗，進行了重大修改。」《不息的浪潮》「重大修改」表現在：林傳友和羅天娥之間的愛情修改為主人公雷大鵬和羅天娥之間的愛情，犧牲了的指導員徐文烈「復活」，指導員寓意戰鬥並未窮期的話「敵人是不會死心的」變成主人公雷大鵬意味深長地說壞蛋「這回抓完了，還會有新的」……可以說，修改本遠遠不能與初版本相提並論，在讀者的記憶裏，《紅旗插上大門島》才是難忘的故事，這個書名連接美麗的大門島，連接美麗的大海，連接真實的歷史。筆者請孫景瑞寓目本文，先生動筆增改了準確的史實，並且在文末附上「尊重真實的歷史，作家不要跟風轉，這是應該接受的教訓。」

筆者就這部長篇小說與孫景瑞進行過較長時間的對話，他對當時的艱苦創作過程記憶猶新。對於《紅旗插上大門島》各個時期的版本，作者如數家珍，清楚地說出不同的版期和不同的封面，遺憾的是他自己並沒有保存有初版本，所以半個多世紀後重新見到初版本，抑制不住激動的心情，為這本難覓蹤影的初版本作了這樣的題跋：「我一見到這個初版本，眼淚刷地流了下來。回想一九五二年業餘寫初稿，到一九五八年出版，七年中，經常是晚上不睡覺，星期不休息，飲食不知味，兩眼紅不棱登，走路一搖三晃，再加上寫了改，改了寫作的苦惱，這種艱辛，如今過了半多世紀，仍難以忘懷。當年，長篇小說很少，我以陌生面孔，於一九五八年八月出版了本書，九月又出版了《糧食採購隊》，兩個月出版兩部長篇小說，引起文藝界關注，有人驚呼：『打哪兒蹦出來個孫猴子！』遺憾的是，我這孫猴子沒有真孫猴子頂風涉險的本事。文革期間，把本書修改了，改名《不息的浪潮》，面目一變，愧悔一生。」

原載《芳草地》二〇一一年第二期

草原烽火
——烏蘭巴幹的第一部長篇小說

烏蘭巴幹（一九二八至二〇〇五），內蒙古科爾沁人。蒙古族。一九四五年參加八路軍，在科爾沁草原目睹了反動王爺勾結舉行武裝叛亂、屠殺蒙漢人民的罪行，戰鬥的生活讓他有了寫作的願望，並開始創作《草原烽火》，一九五六年調內蒙古黨委宣傳部文藝處修改這部作品。出版有《牧場風雪》、《初春的山谷》、《草原上的老摔手》等，《草原烽火》也是他的第一部長篇小說。

《草原烽火》全二十章節，各章有標題。小說梗概是：黨組織派李大年到科爾沁草原建立抗日革命根據地，遇到達爾罕王爺府的奴隸巴吐吉拉嘎熱。李大年在阿都沁屯與扎木蘇榮接頭，住在奴隸桑吉瑪家家裏。達爾罕勾結鬼子秋山次郎，金川大校和杜福貴蒙古包的集會合股做生意。旺親老爺為了抓住共產黨，對巴吐吉拉嘎熱謊稱漢人殺了他的爹媽，扎木蘇榮告訴巴吐吉拉嘎熱旺親才是兇手。鬼子為了保住炸藥庫要淹死阿都沁屯的奴隸，巴吐吉拉嘎熱與扎木蘇榮摸到鬼子的崗樓決開黑龍壩淹沒炸藥庫，保住了阿都沁屯。鬼子殺害了扎木蘇榮。旺親將巴吐吉拉嘎熱逮到鬼子那裏，向巴拉頓道爾吉逼親要娶烏雲琪琪格，並害死了巴拉頓道爾吉。李大年和鋼鐵木爾給草原抗日游擊隊佈置工作時起被捕，巴吐吉拉嘎熱在牢裏知道自己的幹姐姐小蘭原來是李大年的親妹妹。小蘭炸了王爺府，燒了杜福貴的全部財產，越獄的人們同敵人展開激烈的肉搏戰。金川命令旺親參加鬼子的圍剿部隊，小蘭犧牲自己救出巴吐吉拉嘎和烏雲琪琪格這兩個相愛的人。扎木蘇榮在獄中時給看守兵巴特爾和小禿子指出革命之路，他們也參加了游擊隊。巴吐吉拉嘎在山林與親爺爺重逢，李大年告訴他們爺爺早已是游擊隊的功臣。敵人的汽油庫在遠處燃起大火，游擊隊員們唱起了國際歌……

一九五八年第二十四期《文藝報》刊登烏蘭巴幹「寫作《草原烽火》的幾點感想」一文，作者介紹他從一九四九年十月開始創作這部小說，八年的時間寫出來四部的初稿。作者所感激的「出版社的教導與幫助」當指責任編輯唐微風。《出版史料》二〇〇三年第一期江曉天文「不該被遺忘的人」：「從他在《作品》上發表的『火燒王爺府』這一章來看，經過編輯加工，是可以改好，就決定採用。誰來擔當責任編輯，我想到了唐微風」，「經過近八個月的奮戰，終於把四十多萬字的原稿，修改成文筆明快流暢的三十多萬字的長篇小說」。烏蘭巴幹的「感想」一文作於一九五八年十一月二日，次年五月修改後成為人民文學社初版本的後記，後記稱「將來四部出齊」，實際上是以「草原三部曲」出版了另外兩部《科爾沁戰火》和《燎原烈火》。

中國青年出版社一九五八年九月初版《草原烽火》，三十二開本，定價九角三分，印數三萬三千冊。黃胄裝幀設計，俞沙丁插圖十七幅，每章有題花。插圖未單獨插頁而是分置正文。次年六月長春租型的一次印本改為大三十二開，定價一元一角五分，印數七萬冊。這是小說早期的兩個版本。此外，一九五九年九月北京四印的彩色插圖本累計十四萬八千冊，其中包括了精裝本五千冊。同年，人民文學出版社初版精裝本。一九九五年，人文社收入「中國當代長篇小說藏本」、貴州人民出版社收入「中華之魂叢書」出版。一九九六年，中國國際廣播出版社收入「中國現當代文學茅盾眉批本文庫」卷二出版。

烈火金鋼

——劉流的第一部長篇小說

劉流（一九一四至一九七七）原名劉其庚。河北省河間尊莊後念祖村人。一九四五年開始創作。著有敘事詩《啞巴大娘的話》、短篇小說《鍛煉》、話劇《血屍案》及鼓詞、獨幕劇等等。他的第一部成名作長篇小說《烈火金鋼》是通俗文學的代表作，也是新中國第一部長篇「評書」，傳奇情節家喻戶曉，影響了幾代讀者和聽眾。

《烈火金鋼》同長篇小說《敵後武工隊》一樣，敘述了一九四二年日本侵略者在冀中殘酷的「五一大掃蕩」中，冀中軍民「震山河，蕩人心，驚天地，動鬼神」的抗戰壯舉。小說採用傳統的評書形式分為三十回，故事梗概是：史更新為掩護主力部隊轉移，身負重傷，獨身衝破重兵包圍。維持會長何大拿給鬼子開出黨員、幹部、民兵的名單，小李莊的群眾被敵人圍住，五十五名婦女關在一個教室裏，偵察員蕭飛和孫定邦、丁尚武夜入橋頭鎮救出了她們。蕭飛把何志武。何大拿捆在高粱地，搜出盒子炮和特務證，闖進特務機關的藥房買藥，貓眼司令的快速部隊追到三岔路口，抓住高粱地裏的何家父子。貓眼司令命令毛利配合部隊連夜分路包圍放了火的幾個村莊，等待天明「清剿」，孫振邦為保護群眾英勇犧牲。孫小虎誆騙鬼子兵和特務到高粱地，金月波的戰士和齊英的人馬前後夾攻，齊英爭取刁世貴反正。貓眼司令派人試車驗工，田耕指揮避開敵人的主力，武工隊的伏擊戰消滅敵人的尖兵小隊，掩護群眾完成破路任務。何志忠的部隊布成三角陣形，八路軍打得鬼子兵死傷潰敗。史更新他們裝成打敗仗的日本兵，在刁世貴的偽軍們配合下，殺死崗樓的鬼子，起義偽軍來把前來增援的偽軍中隊長繳了械。蕭飛帶隊員去南面炮樓收拾鬼子，刁世貴的叔叔刁二東用鐵鍬戳死了豬頭小隊長。民伕們看到炮樓冒出濃煙，路旁的鬼子兵一個一個地被砸爛，霎時間，一股子巨流洶湧澎湃的翻滾……

《烈火金鋼》完成於一九五七年八月一日前夜，重版後進行過修訂。比如何志武發現蕭飛後先下手為強，開槍打傷了他，刁世貴帶人追擊何志武，改成蕭飛一槍將何志武打到糞坑裏，刪除丁尚武與林麗、蕭飛與志茹的愛情描寫等等。《烈火金鋼》是作者長篇小說計畫中的第一部，因為眾所周知的原因，作者沒能繼續創作下去，並英年早逝。收入「紅旗飄飄叢書」的《烈火金鋼》由中國青年出版社一九五八年九月初版，三十二開本，定價一元零二分，印數四萬五千冊。次年二月第三次印本改為大三十二開，定價一元二角五分，累計印數十萬五千冊。九月第五次印本的孫世濤插圖本印數包括精裝護封本五千冊。一九六二年十一月香港三聯書店印本印數不詳，定價港幣四元五角。

《烈火金鋼》在一九六三年十二月印行第二版，三十二開普及本分為上下冊，僅一九六六年的重印即達三十八萬三千套。一九六五年三月印行第二版的大三十二開本。一九七八年印行精裝本。到一九九七年四月北京第二十七次印本累計發行一百七十四萬六千冊。印行了中國青年出版社建社六十周年珍藏版圖書精裝本，還收入各種文叢不斷重版，如一九九四年「中國當代文學名著精選」、一九九八年「中學生文庫」、二〇〇五年「中國文庫」以及「當代長篇小說精品系列」、「紅色青春經典書系」等等。此外，還有一九五九年八月以來的上海、長春、南寧等地的租型印本。連環畫版本琳琅滿目。無數聽眾和觀眾還通過評書形式耳熟能詳史更新、丁尚武、蕭飛這三個足智多謀的八路軍戰士。小說的責任編輯黃伊回憶當年「不論大街小巷，或是窮鄉僻壤，凡是有收音機或大喇叭的地方，平頭百姓都尖著耳朵聽『蕭飛買藥』」。著名評書演員袁闊成、陳清遠等老藝術家的精彩演繹評書對《烈火金鋼》的廣泛傳播功不可沒。

糧食採購隊

——《難忘的戰鬥》初始版本

一九五八年八月，新文藝出版社印行了孫景瑞的第一部長篇小說《紅旗插上大門島》。次月，該社又出版了作者的另外一部小說《糧食採購隊》，這部小說在文革中易名《難忘的戰鬥》，根據這部小說改編攝製的同名電影風靡一時，也讓小說被更多的讀者競相閱讀。

《糧食採購隊》的故事發生在武漢剛解放的一九四九年春天。當時，武漢三鎮一百多萬市民面臨缺糧的危機，副團長田文中調到軍管會的首要任務就是要深入漢水中游一帶採購糧食保證市場供應。組織上調集了十位南下幹部與田文中一起工作，這支糧食採購隊經雲夢到鐘祥，在這裏建立轉運站，分別在荊門、京山、宜城等地採購糧食。武大癩子一幫土匪在黃泥塘進行破壞遭到失敗，又偽裝成解放軍在太平集搶劫農民賣的糧食，採購隊識破敵人陰謀，抓了三個土匪審訊，瞭解到「鄂豫皖反共自衛軍」襲擊後方城市宜昌、沙市，妄圖破壞交通、搶劫糧食等情報。在青峰口，鐵拐李雖然感到十幾個解放軍難得逃出包圍，還是把一百多土匪已經埋伏在周圍的情況告訴了田文中。土匪抓住了負傷的范可君，並讓她出面勸降，詭計未得逞，武大癩子槍殺了年僅十九歲的范可君，秦老寶為保護糧食英勇犧牲，採購隊和區小隊以寡敵眾與土匪進行了一場激烈的戰鬥。危急關頭，縣大隊和解放軍及時趕到，一舉全殲了這幫窮兇極惡的土匪。糧食從太平集順利運進武漢，隊員們深入到更遠的鄉村去採購糧食。

筆者與孫景瑞先生有關於這部作品的幾次對話，瞭解到小說創作過程的一些細節。五十年代初期，孫景瑞、李瑛等奉命帶領十七八條大木帆船，沿漢水到襄樊緊急採購糧食。沿途土匪出沒，活動猖獗，趁隊員晚上開會暗打黑槍，甚至在辦公的房屋埋下地雷，採購隊的同志有犧牲的，也有負傷的，就是在這種險惡的環境下，採購隊克服了重重困難，完成了糧食採購任務。孫景瑞親歷了這些複雜的鬥爭，也到過山大人稀的鄂西北，鄖陽老城、武當山、房縣等地都留下過他的足跡，以真實難忘的生活體驗創作出來《糧食採購隊》，小說自然真實可信，具備一種震撼人心的力量。先生說，這部小說「是繼《紅旗插上大門島》一個月後出版的。一九五七年，我在等待出版社審閱前稿的空閒，寫了這個《糧食採購隊》。出版社編輯來談前稿意見時，順便把這個稿子也帶走了。出乎我意外的是，兩部長篇小說竟於一九五八年八、九兩個月先後出版。」新文藝出版社的這個版本大三十二開本，定價七角五分，首次印行二萬冊。一九五九年一月，上海文藝出版社以「新一版」印行一萬冊，作家出版社上海編輯所一九六五年一月的「上海新一版」印行六萬五千冊，小說累計發行已經超過二十萬冊。此外，遼寧美術出版社一九六〇年還印行了馮吉令的同名連環畫。

文革後期，孫景瑞在上海打浦橋旁對《糧食採購隊》進行了「大改」，並將小說易名《難忘的戰鬥》。初版本《糧食採購隊》共九章，十七萬一千字，《難忘的戰鬥》共十四章，章外有「尾聲」，二十四萬七千字。內容增加了一小半，故事情節進行了拓展，人物結局有所變化，人物形象也相對豐滿，是當時文壇比較難得比較優秀的十七年文學的改編本。一九七三年九月，上海人民出版社的「新一版」印行三十萬冊，遠遠不能滿足讀者的閱讀需求，十一月第二次刷本印行了五十萬冊。尤其是同名電影搬上銀幕後，羅希賢的同名連環畫和電影連環畫發行數量更是巨大。

中央文獻版的《毛澤東傳》一書在「臨終的日子」一章中，敘述毛澤東晚年喜歡懷念舊事，看這方面內容的電影。當銀幕上出現解放軍進入剛攻克的某城市，受到群眾歡迎的鏡頭時，毛澤東「控制不住自己的感情，先是陣陣抽泣，隨即失聲大哭」。電視記錄片《毛澤東》第十二集中明確了這部電影就是《難忘的戰鬥》。影片是由嚴勵編劇，孫景瑞執筆，一九七五年攝製完成的，孫景瑞為小說《糧食採購隊》題跋中說，「我看了這個畫面，既震驚又激動，心情久久未能平靜。應該說，這是此生難忘的印象。」《糧食採購隊》和《難忘的戰鬥》豐富的書外故事，讓人感受到流金歲月的輝煌。

原載二〇一一年六月二十七日《三峽晚報》

童年時代的朋友

——任大霖的第一本書

任大霖（一九二九至一九九五），浙江蕭山人。一九四七年開始業餘從事兒童文學創作。有童話《鷹媽媽和她的孩子》、小說《稻田發綠的時候》及《兒童小說創作論》等三百多萬字的作品行世。華東新華書店一九五六年六月出版他的第一本書是收入「通俗演唱叢書」的越劇《水淹春花田》。《童年時代的朋友》是任大霖的第一本兒童文學，內容介紹說「包括十三篇散文」，雖然具備散文神韻，其實也是故事性比較強的兒童小說。

《童年時代的朋友》以優美樸實的語言，描述了媽媽、小哥、小夥伴；草舍、風箏、渡口；雞、鴨、狗、牛、水胡鷺……等妙趣橫生的農村生活，人與自然，共生畢現，內容親切動人，煞是好看。馬三和作插圖十二幅，使這本五萬多字的小說集圖文並茂，為讀者增添了閱讀情趣。本書的《蘆雞》、《牛與鵝》還選進小學語文教材。

長江文藝出版社一九五八年九月初版《童年時代的朋友》，二十八開本，定價二角六分，印數五千冊。一九五九年六月，作家出版社初版了任大霖另一本書《蟋蟀及其他》，大三十二開本，定價五角四分，印數兩萬冊。該書選入《童年時代的朋友》中十篇作品，原題目作為冠名「童年時代的朋友」的十個章節。其中「蟋蟀」的故事著力描寫了鬥蟋蟀的情節，小說依次出現的「黑鬚大將」、「紅頭大王」、「黑頭元帥」饒具情趣，作者通過細緻觀察，把各種蟋蟀生龍活虎的特性表現得淋漓盡致，是不可多得的兒童文學精品。

最負盛名的小說《蟋蟀》，首發在一九五五年七月號的《人民文學》，沒有注明寫作日期，收入《蟋蟀》一書中，作者注「一九五五年七月寫」，疑為筆誤。第七期《人民文學》七月八日出版，短短的幾天時間「等米下鍋」好像不太可能，所以應該是六月寫比較合理。《蟋蟀及其他》有七篇作品，包括六個短篇小說和一個獨幕劇，均附有寫作時間。「蟋蟀」獲首屆全國兒童文學一等獎，列入中國文聯出版公司的《中國新文藝大系》。

《童年時代的朋友》成為中國兒童文學的經典之作，以這兩個作品篇目冠名的小說多次出版。《蟋蟀》有人民文學、中國少兒以及湖北少兒列入「百年百部中國兒童文學經典書系」的版本，《童年時代的朋友》有少兒、浙江文藝、湖北教育的版本等等。

敵後武工隊

——馮志的第一部長篇小說

馮志（一九二三至一九六八）原名馮祿祥。河北靜海人。抗戰時參加八路軍，一九四二年擔任冀中九分區的敵後武工隊小隊長。一九四五年開始發表文學作品。河北人民出版社一九五八年出版的中篇小說《保定週邊神八路》是他的第一本書，同年發表《敵後武工隊》，成為他創作生涯中第一部長篇小說，後來又創作出三部長篇小說初稿，尚未出版即被「四人幫」迫害致死。

《敵後武工隊》發生的故事與長篇小說《烈火金剛》一樣，同為一九四二年日本侵略者在冀中殘酷的「五一大掃蕩」時期，在保定週邊一支敵後武工隊的鬥爭活動。小說共二十七章，描寫小隊長魏強和他的武工隊同敵人大大小小的三十多個戰鬥故事。傳奇性是小說魅力所在，一個伏擊戰，武工隊把鬼子強征的糧食截走，打死了員警所長侯扒皮。松田讓鐵桿漢奸劉魁勝當夜襲隊長，包圍住武工隊員，在兩次突圍中，魏強他們靠青紗帳掩護，化裝智突。打梁家橋炮樓分別採取喪事掩護，棺材裏伸出歪把字，抬槓的、送殯的、撒紙錢的、趕大車的都拽出槍來，巧妙的戰鬥獲得不小的勝利。敵人捕住指導員劉文彬和汪霞關在夜襲隊隊部。魏強爭取了偽軍小隊長田光，打劉守廟炮樓救出劉文彬和汪霞，活捉了憲兵隊隊長松田少佐和夜襲隊長劉魁勝。智勇雙全的武工隊把敵人打的地覆天翻，鬧得鬼子暈頭轉向。抗戰順利了，鬼子投降了，魏強和他的武裝工作隊，神出鬼沒單獨活動了近三年，今天成為子弟兵團的前衛，作為行進部隊的一支尖兵朝北大踏步地前進！

《敵後武工隊》一九五六年三月初稿於保定，次年十二月修改於北京。武工隊的一些驚險、感人的故事時常出現在馮志的腦海，置卷首的「寫在前面」他這樣說，「不寫出來，在戰友們面前似乎欠點什麼。」所以他前期創作的短篇小說《護送》、《打集》、《化襲》等，分別成為《敵後武工隊》裏護送幹部過鐵路、懲辦漢奸侯扒皮、攻克南關火車站這些重要的章節。可以說小說揉進了他和戰友們同敵人鬥智鬥勇的戰鬥經歷，傳奇的藝術魅力讓讀者感到真實可信。

解放軍文藝出版社一九五八年十一月初版了《敵後武工隊》，大三十二開本，定價一元三角，印數八萬冊。初版本封面劉碩仁設計，梁玉龍插圖。次年七月第三次重印另外換了封面，十月印行精裝本一千冊，定價二元六角。一九六三年七月的修訂二版再次換封面，一九七四年七月分別有平、精兩種路坦的套色木刻插圖裝幀，係第十八次重印，均未標注印數。同時印行有農村版。由於印次頻繁，一九七九年十月仍然標注第十八次重印，只是記錄了累計印數為八十六萬冊。此後不同封面的重印本陸續印行。二〇〇六年一月，人民文學出版社收進「中國當代長篇小說藏本」初版，多次重印。外文譯本之外還有花山文藝、海峽文藝等版本。多家出版社的套裝連環畫版本亦陸續重印。長影的同名電影一九九五年搬上銀幕及電視機的播放，使《敵後武工隊》長久留在人們的記憶之中。

石愛妮的命運
——谷峪的第一部長篇小說

谷峪（一九二八至一九九〇）原名谷五昌。又名谷武昌。河北武邑人。一九四六年在冀南藝術學校學習，開始寫劇本、小說、故事，一九五〇年發表的短篇小說《新事新辦》在《人民日報》副刊頭條轉載，與李準的《不能走那條路》收入當年的語文課本中。一九五三年谷峪在中央文學講習所成了丁玲身傳親授的得意弟子，丁玲帶著他到東北深入生活，寫了《蘿北半月》。同時谷峪著手長篇小說《石愛妮的命運》創作。

《石愛妮的命運》人物原型是一個童養媳成長起來的全國勞模。在邢臺縣許多人都知道折戶村有個郭愛妮，她耐心教會婦女學會了紡織，折戶村榮獲的錦旗上就繡有「紡織方向」四個大字，郭愛妮是抗戰時期紡織運動第一人，成為遠近聞名的支前模範。谷峪在小說裏，敘述一個普通的農村婦女如何成長為共產黨員和抗日幹部的故事。石愛妮一家受盡地主王國棟的摧殘壓迫，窮困潦倒，劉三活告訴她「長工生長工」不是天定的，石愛妮開始思索面對的「這個世界可是誰呢？」村裏來了八路軍，石愛妮以前所未有的新鮮感覺目睹了振奮人心的變化，她似乎明白了窮人的隊伍就是要改變「這個世界」，昔日的農村婦女變成抗日積極分子，石愛妮參加識字班、歌詠會，並當選為抗日婦女救國會的主任。在反掃蕩鬥爭中，石愛妮的二兒子被鬼子殺害，而救下她的八路軍戰士唐新生正是自己失蹤多年的大兒子鐵蛋。小說生動展現了抗日根據地人民英勇艱苦的對敵鬥爭，反映出個人命運與時代的、階級的命運息息相關。

一九五六年，谷峪當選中共「八大」候補代表。一九五七年一月十五日，谷峪完成《石愛妮的命運》第二稿，次年五月，大型文學雙月刊《收穫》在第三期刊登了這部長篇小說。一九五八年十一月，作家出版社初版發行長篇小說《石愛妮的命運》，大三十二開本，定價六角四分，印數二萬冊。時與「反右」不期而遇，又因為谷峪得到丁玲厚愛，受到「丁陳反黨集團」事件殃及在所難免，不僅補了谷峪一個「漏網右派」，發配到團泊窪勞改農場監督勞動，《石愛妮的命運》也遭到封存，所以，這部小說實際存世量非常之少。

文革結束以後，谷峪得到平反，八十年代初，丁玲邀他同去蘿北「探親」。谷峪重新煥發出寫作激情，成名作《新事新辦》結集為中短篇小說選、中篇小說《春歸雁》均由人民文學出版社出版，散文、特寫、短篇小說發表在各種報刊。創作的春夢被病魔擊碎，《石愛妮的命運》沒有重印問世，成了谷峪的第一部、也是最後一部長篇小說。

原載《悅讀時代》二〇一一年第五期

監獄裏的鬥爭

——茅珵的第一部長篇小說

茅珵（一九〇九至一九六六）又名茅蘊輝。江蘇海門人。一九二六年參加北伐軍。一九二八年因奪取地主武裝的鬥爭被捕並在監獄度過八年時光。抗戰時期到蘇北通海地區開闢工作並主持軍政事務等。參加過淮海戰役和渡江戰役。一九五三年任大連海運學院院長、黨組書記。一九六四年受到錯誤審查再次入獄直到含冤病逝，一九八一年得到平反昭雪。著有小說和回憶錄等，一九五八年七月十日脫稿於上海的《監獄裏的鬥爭》，是根據自己獄中經歷創作的第一部長篇小說，也是唯一的存世作品。

《監獄裏的鬥爭》二十三萬字，分為二十四章及尾聲，各章均有小標題。小說的主要情節是：大革命失敗後的第二年，武工隊到趙莊發動群眾消滅地主政權，因為叛徒倪二父子的出賣，「土皇帝」趙四設伏包圍了武工隊。趙四賄賂縣長判了隊長金真等人無期徒刑，把他們押去蘇州監獄。金真、鄭飛鵬等人在獄中成立臨時特支委，金真幫助楊四上訴使無期徒刑改判為半年，難友們更加相信這些政治犯了，黨組織團結群眾得到發展和鞏固。李復和關進來的政治犯兒子小葛相認後被敵人執行了槍決。獄史苛刑毒打鄭飛鵬和沈貞激起眾怒，絕食鬥爭取得勝利。李復他們趁律師團參觀之機驅走了瘟神二科長，原所長職務被賈誠取代。賈誠唆使王小二竊取秘密材料以分化政治犯，收進三個特殊犯人從難友內部進行破壞。看守所老宋被接受入黨，再次的絕食鬥爭激怒了賈誠，柳繼明因嚴刑拷打而壯烈犧牲。獄中成立了行動委員會和指揮部，金真製定的行動計畫等待上級黨批准。倪二的兒子化名萬真甫混進號子來打探消息，朱之潤勇敢機智保護住黨的秘密文件。金真他們移押在員警隊，冒子仁通過警士老黃與上級黨取得聯繫。越獄失敗後我們的同志被敵人成批地槍殺，只有冒子仁和老黃脫險轉往內地。敵人採用攻心戰讓金真看被扣下的冰玉的來信，用叛徒倪保忠等人輪流勸降未果，捉來母親和冰玉讓她們眼睜睜看到把金真送上絞刑架上……

上海文藝出版社一九五八年十一月初版《監獄裏的鬥爭》，大三十二開本，定價一元，印數五萬冊。陳煙橋封面木刻。一九五九年一月重印五萬冊。一九五九年二月以三十二開本印行平、精兩種裝幀五萬零一百冊，其中平裝定價一元，精裝定價二元一角。改換封面後，平裝本到一九六一年第九次重印，累計印數三十一萬八千一百冊。一九六三年列入收穫創作叢書印行二次。八十年代再更換封面多次重印，但版權記錄已比較混亂，如一九八二年十月第五次八萬冊的刷本標注累計印數二十六萬二千冊，明顯與一九六一年第九次重印的累計印數相悖。加上一九八四年第六次印刷的版本，小說的總印數當有五十萬冊。

小清河上的風雲
——胡遠的第一部長篇小說

胡遠（一九三〇至一九九七），山東省博興縣人。一九四七年參加革命。創作時間不可考，《小清河上的風雲》是他的第一本書，也是他唯一的一部長篇小說。

《小清河上的風雲》分為十六章，主要故事情節是：小清河的耿家道口是一個有名的村莊，一九四七年六月的一個下午，在西頭觀音廟復查鬥爭大會上，農會主席趙英奎宣佈沒收地主耿月槐的全部財產，逮捕法辦。縣委批准陳志剛繼續領導民兵隊工作，他和隊伍打了邱麻子的還鄉團一個漂亮的伏擊戰。敵人的飛機在秋收時轟炸，趙英奎他們動員全村把守北岸，堅決不讓匪兵南渡小清河，耿月槐的偽軍從渡口東邊悄悄摸進村裏，把群眾趕到西頭瘋狂地反攻倒算，陳志剛被俘後在牢裏遇到李指導員。指揮部命令組織委員孟慶三、趙英奎他們夜襲閻家堡的敵人，邱麻子狼狽逃走，陳志剛趁機跑出牢房。武工隊和聯防隊出擊河對岸的孫家集，逮住孫大頭，打了個勝仗，岔河套地區的工作打開了局面。在野戰醫院養傷的陳志剛收到英奎和孟同志的信，歸隊心切，上級安排他去縈軍大隊。邱麻子阻擋小清河「防止共軍南逃」，郭隊長和趙英奎智取南岸的匪軍，孟慶三帶領隊伍順利突圍。在耿家道口，陳志剛和聯防隊接受了支援前線的任務。戰鬥勝利結束了，村裏人在議論，大軍去打濟南府，小清河也將歸人民所有啦！

這部長篇小說一九五二年冬初稿於渤海海濱，一九五六年秋重寫於小清河畔。作家出版社一九五八年十一月初版《小清河上的風雲》，大三十二開本，定價六角三分，印數三萬三千冊。此書沒有重印也沒有再版過。

達吉和他的父親

——高纓的第一本書

高纓（一九二九）原名高洪儀。原籍天津。生於河南焦作。一九四六年開始發表作品。建國後在作協重慶分會從事專業創作。一九五一年創作長詩《丁佑君之歌》，以此冠名的多人合著詩集由重慶人民出版社一九五四年出版，一九五八年作家出版社印行了他的《大涼山之歌》等。《達吉和他的父親》發表在一九五八年第三期《紅岩》雜誌，是高纓的第一篇小說，也是他的代表作，一時眾說紛紜論「達吉」，文學界出現難得一見的活躍景觀。同名電影搬上銀幕後，小說得到更加廣泛的關注。

小說以日記體形式講述了一個「關於父親、關於女兒、關於人間的愛與恨的故事」：「阿候」家的奴隸主掠來漢族石匠任秉清的女兒妞妞，五歲的妞妞在大涼山淪為奴隸受盡欺凌與虐待。彝人老奴隸馬赫捨命救出妞妞，給她改名達吉並撫養成人。生父任秉清重回涼山工作，通過達吉的右頰上的紅跡認出了自己的女兒，達吉是去是留，在任秉清與馬赫爾哈之間產生了激烈衝突。社長沙馬木呷與漢族幹部李雲耐心做三個人的思想工作，老馬赫終於同意達吉「跟你的親阿大走吧」，目睹馬赫爾哈和養女別離的感人場面，任秉清老淚縱橫，體會到「恩情比海還深」的老馬赫比自己更愛達吉，決定讓女兒留在老人的身邊，「馬赫爾哈向任老漢奔了過去，兩雙衰弱而又充滿力量的手臂，緊緊地摟在一起了……」

電影《達吉和他的父親》由峨影和長影聯合攝製，一九六一年七月一日在全國公映。高纓根據自己的同名小說改編的電影文學劇本「寫於一九六〇年九月，整理於一九六一年八月」，同名電影文學劇本與原作有很大差別，時代背景從農業社之初改為大躍進和人民公社時期；小說裏的任秉清、馬赫爾哈分別升級為水利技術人員和社長，達吉則成為青年突出隊長。小說和電影成了熱門議題並引發出學術討論，四川人民出版社一九六三年印行了《〈達吉和他的父親〉討論集》。

《達吉和他的父親》主要有兩個成書版本。作家出版社編輯的「農村通俗文庫」《文藝作品選》一次推出四輯，各輯均為八冊，一九五八年十一月出版。其中第三輯冠名《達吉和他的父親》，刪除了原作的最後三段。其他兩篇是反映少數民族生活的「特寫」。這個小冊子三十二開本，沒有版權頁，封底注明第三輯的八冊書目，定價一元，版權記錄應該在第一冊或者第八冊上。小冊子另有新疆人民出版社一九六四年翻譯的三十六開維吾爾文版。一九六二年三月，上海文藝社出版電影文學劇本《達吉和他的父親》，三十二開本，定價三角八分，印數八千冊。沈尹默題寫書名，王仲清插圖五幅，頗具少數民族生活特色。除電影文學劇本外，另外附錄了小說原作，這是一個比較重要和完整的版本。

野火春風鬥古城

——李英儒的長篇小說名作

李英儒（一九一三至一九八九），河北清苑人。一九三七年參加八路軍，曾任記者、編輯、八路軍某部團長，並長期從事地下鬥爭。一九五四年第一部長篇小說《戰鬥在滹沱河上》問世之後，「一九五五年春日動筆」創作《野火春風鬥古城》，在「一九五八年秋天寫成」這部反映黨的地下鬥爭題材的長篇小說，一九五八年十二月出版發行後，轟動全國。八一電影製片廠一九六三年八月改編了同名電影之後，進一步擴大了原著的影響，讀者繼續延續著小說的閱讀熱情。

《野火春風鬥古城》分為二十四章，各章有若干節。故事發生在抗日戰爭時期的保定，黨的地下工作者在這座華北古城與敵人展開了一場特殊的戰鬥。團政委兼縣委書記的楊曉冬奉命接受新的任務，武工隊梁隊長護送他以失業市民的身份打入到敵佔區工作，共產黨員金環是外線交通員，內線力量是金環的妹妹銀環和高氏叔侄。楊曉冬在西下窪找到老戰友的後代韓燕來和他的妹妹，動員自己的母親做地下交通員。銀環與楊母談心，對楊曉冬產生了由衷的愛慕之情。高自萍安排機會讓楊曉冬接觸敵偽上層人物，楊曉冬深入虎穴策反偽省長吳贊東未果，組織武工隊活捉了偽司令高大成的偽團長關敬陶。金環被捕後保護了關敬陶，簪刺日本總顧問多田時壯烈犧牲。高自萍被捕投敵供出楊曉冬，楊曉冬被捕。敵人以母子之情動搖楊曉冬的意志，楊媽媽識破敵人詭計，勇敢地跳樓自盡。梁隊長組織劫牢營救反被特務逮捕，銀環在教會醫院的太平間讓楊曉冬躲過敵人的全城大搜捕，楊曉冬帶領很少的同志，化裝襲擊敵人的車隊，救出梁隊長等同志，並成功敦促關敬陶率領一團人馬起義。韓小燕加入共產黨，並和哥哥繼續回省城從事地下工作，革命伴侶楊曉冬和銀環前往北京去開展新的地下工作，迎接新的革命鬥爭。

主人公楊曉冬的原型與李英儒從事地下鬥爭的經歷息息相關。所以，與同類題材相比較，《野火春風鬥古城》反映抗日戰爭另一條戰線上的鬥爭的複雜、緊張和尖銳，使得故事情節驚心動魄，懸念橫生，雖然具備傳奇色彩，卻非常真實生動。如楊母的個性來自李英儒的母親、李英儒也作過策反工作等等，小說塑造的英雄形象自然也就包含著人民的智慧和力量。小說問世、電影放映之後，坊間津津樂道，人們都認為楊曉冬和銀環就是李英儒夫婦。據作者的女兒李小龍說，自己的父親從辯解「不是，不是」到最後的默認，全是為了不拂讀者和觀眾的熱情，滿足他們的好奇心。

一九五八年秋天寫成的這部長篇小說，大型文學刊物《收穫》在一九五八年十一月出版的第六期刊登出來。一九五八年十二月，作家出版社初版了《野火春風鬥古城》，大三十二開本，定價一元二角，首印十萬冊。次年印行了精裝本。美術家王榮憲（別名溪水）封面設計，《青春之歌》、《播火記》等一些小說的封面亦出自他的手筆。小說的版本有多種，其中一九五九年十一月重慶第一次印刷的插圖本比較少見，作者裘沙將封面設計為保定城門的畫面，突出了「鬥古城」的含義。道林紙印刷的內文插圖，無論是人物肖像和故事場景，也都符合讀者對小說情節的理解。小說在各省租型重印的版權記錄有誤植，有的印本標注一九五九年一月第一版就是不準確的，只有北京印刷的母版準確記錄了版期，如一九六一年十二月的第二版封面仍舊，增加了裘沙的內文插圖，北京印刷的版權記錄就未改一九五八年十二月第一版的版期。

《野火春風鬥古城》出版以後，李英儒作了一些修改，「正面添補了一些情節，充實了一些情節」、「修訂了某些不妥善的愛情糾葛」，一九六〇年五月，李英儒為修訂本作的序言收入第二版卷首。這部小說的修訂本，也由人民文學出版社一九六二年六月印行了平、精兩種裝幀的初版本。《野火春風鬥古城》除了多種有外文譯本外，尚有河北、天津、江蘇等地美術出版社的連環畫版本。到文革之前的一九六五年，小說在全國上海、瀋陽、重慶、杭州、西安、武漢等地多次重印，累計發行數百萬冊。十年動亂結束後，《野火春風鬥古城》重印出版，還收入人民文學出版社的「中國當代文學名著精選」、「中國當代長篇小說藏本」、「新中國六十年長篇小說典藏」叢書和花山文藝出版社的「抗日戰爭文學叢書」等等。經典長篇小說《野火春風鬥古城》在中國當代文學史上展示出不朽，並會不斷地薰陶一代代讀者。

碧綠的湖泊

——倪尼的第一部長篇小說

倪尼（一九一六至一九八九）筆名倪瑞、尼尼。河北大城人。一九三七年參加八路軍，歷任文工團編劇、新華社記者、河南省文聯副主席、中國作協河南分會副主席等。一九五一年出版第一本書《朝鮮母親》。著有長篇小說《碧綠的湖泊》、《閃光的年華》、《沒有填完的履歷表》，中短篇小說《櫛風沐雨》《母親的燈光》、話劇和電影文學劇本、中篇評書、報告文學等等。《碧綠的湖泊》是他的第一部長篇小說。

《碧綠的湖泊》十七萬字，分為二十七章。小說的主要情節是：省裏調專員葉子明到官廳水庫擔任黨委書記，工程師蕭禮和他一起到了抗戰時期打過鬼子的官廳村。蘋果林村的柳香女送回山裏迷路的測量員呂宏義和史學銘，小護士方白雲向葉子明要求調回北京。工程局長易其名同總工程師安維世和蘇聯專家來到工地，馬德諾夫提出來壩址有地質斷層。葉子明勸易其名支持妻子徐淑清參加水庫建設，並組織討論安唯世和主任工程師顧光華的兩個不同設計方案。葉子明安排犧牲了的戰友的妻子劉秀英負責動員青年同志學習技術，村長馬雲龍帶柳香女等民工到工地參加水庫建設，柳香女和張秀姑跟著技師林中學習時遇到呂宏義和史學銘。局委會確定葉子明任工地指揮所主任，徐淑清在工地做保衛和工會工作成績突出。安維世斷然拒絕對隧道增加鑽孔，大家對馮得意的排水工程設計有重大缺陷還強制施工紛紛提出意見。混凝土輸送機試驗失敗後林中請安維世提出改裝意見，隧道裏出現塌方等事故在報紙上被點名批評。水利部重新調整工程局的領導班子，群眾自發地開展起來勞動競賽。呂宏義和史學銘救出被山洪困在小島的方白雲，葉子明挽留住辭職返京的安維世。易其名認識到錯誤要求完成全部的大壩運料任務，安維世與工人共同研究用機器打開河底感受到無窮熱力。方白雲和柳香女商量在水庫工程完成之後響應號召去黃河，葉子明眼前浮現出碧綠而清澈的巨大的湖泊……

北京出版社一九五八年十二月初版《碧綠的湖泊》，大三十二開本，定價七角，印數一萬冊。一九五九年十二月重印一萬冊。官廳水庫是新中國成立後建設的第一座大型水庫，以此為題材創作的長篇小說，《碧綠的湖泊》是唯一的一部作品。這部長篇小說問世之前，華東人民出版社在一九五四年三月初版了尼尼的報告文學《官廳水庫》，並有新知識出版社的新一版及多次重印。

風雨的黎明

——羅丹的第一部長篇小說

羅丹（一九一一至一九九五）原名羅士垣。廣東興寧人。早年曾任布店學徒、小學教師、汕頭統稅管理所文書，一九三八年赴延安抗大學習。一九四一年開始發表作品。著有長篇小說《風雨的黎明》，短篇小說集《飛狐口》、《戰鬥風雲錄》、《小號手》、《秘密情報員》，話劇劇本《秘密的鬥爭》等。《風雨的黎明》是他創作的第一部長篇小說，「放長線釣大魚」即語出這部作品。

《風雨的黎明》共有三十七章，各章分為若干節，是作者計畫中的《鋼鐵的洪流》第一部。小說的主要情節是：一九四七年春，國民黨行政院長張群在鞍山參加初軋廠開工典禮，次年，我軍解放了遼陽城，鞍山被重重包圍，工人們目睹了國民黨五十二軍潰敗的情景。社會上各色人等到鋼廠瘋狂盜竊，到後來發展到公開拉走變賣，一小撮國民黨殘餘分子秘密「護廠」，阻止恢復生產。聞長山和工人成立護廠隊，找到埋藏的元寶錫、皮帶、變壓器油等，整個鞍鋼出現白天挖器材晚上抓小偷的運動。上級運來糧食發給工人，幫助工廠開工生產。徐長春鬥爭解年魁父女引發眾怒，監委宋則周及時向工人說明事實真相，有錯誤的正是徐長春。工人們挖出來許多器材，甚至還有萬能銑床。聞長山發現高秉禮偷運埋藏的器材，在與他們的搏鬥中負傷，高秉禮一夥被逮捕。徐崇智在電錘裏釘鉚釘進行破壞最終敗露，逃跑中被偵察員擊斃。工人在大谷神鋼廠把最後一批寶藏馬達挖出來，「國民黨算是白埋一場」。鞍鋼變成了前線，一車車軍械從這里拉到戰場。敵人猛攻，佔領了遼陽，南下逼近鞍山。戰爭來了，鞍鋼撤退……

中國青年出版社一九五九年一月初版《風雨的黎明》，大三十二開本，定價一元五角四分，印數七萬冊。封面由劉劍青設計。四月長春租型重印。一九六〇年印行路坦的彩色插圖本。一九六三年一月改換封面印行修訂第二版精裝本和普及本上下冊，到十一月第六次印刷累計發現二十萬五千冊。次年八月長春二印累計十五萬六千冊。一九八〇年一月再度換封面印行六萬冊。初版本的扉頁注明這是《鋼鐵的洪流》第一部，實際上沒有再出版第一部以後的小說。《風雨的黎明》在當時產生了比較大的反響，馮牧在《文藝報》撰長文評價小說的成就及其弱點，《文藝紅旗》雜誌還發表了小說討論會上不同意見的記錄。

萬古長青

——辛雷的第一部長篇小說

徐辛雷（一九一五至一九八七）原名誠貴。筆名辛雷。廣州市增城縣人。一九三九年七月挺進敵後晉察冀邊區，和群眾在一起堅持反「掃蕩」鬥爭。他一手拿槍，一手拿筆，擔任戰地記者，用通訊報導和特寫，宣傳、組織群眾。解放後，徐辛雷致力於中國鐵路橋樑建設，並且醉心於文學創作，終於在五十年代完成了《萬古長青》，這是當代第一部描寫長江大橋建設者的長篇小說，是作者的第一部和唯一的長篇小說，成為徐辛雷一生酷愛文學創作的結晶。

《萬古長青》以武漢長江大橋第二橋樑基礎中隊的活動為中心，描述了大橋建設者的生活與鬥爭，反映了這一舉世聞名的橋樑工程雄偉壯麗的景象。幹了三十多年橋樑工人、修過百把座橋的朱玉峰擔當基礎中隊的隊長，盼來萬里長江第一橋這樣的橋樑工程，「修這座橋死了也值得！」轉業軍人馬文貴的犧牲深深觸動了金鬍子，他雖然與鄭工程師為技術上的事情有意見，卻千方百計為縮短工期積極想辦法……陳光華、張廣林、潘雲英、馬文貴一批有血有肉的人物為了長江大橋的建設上演了有聲有色的活劇。小說讚頌了長江大橋建設者忘我的勞動精神，批評某些落後思想和行為的情節處理也比較到位。小說最後，朱老頭的一席話尤其讓讀者感到振奮和自豪：「在我一生所修的大小百把座橋中，這是第一座堅固的橋！」由這支中隊負責的「橋墩和岩石凝結成一起！和黃河的中流砥柱一樣！」雖然是小說，倒也見證了朱老頭言之不虛，五十多年後，媒體報導專家檢測論證武漢長江大橋正值盛年，大橋的橋墩、鋼樑等主體結構可使用百年以上！

五十年代中期到六十年代初，徐辛雷一直深入在武漢長江大橋工地，幾乎參加了全部工程，長篇小說《萬古長青》記錄下了萬裏長江架起第一道彩虹，使天塹變通途的英雄們的偉大業績。作品首發在《收穫》一九五八年第四期，湖北人民出版社一九五九年四月初版《萬古長青》，大三十二開本，平裝本定價一元，印數九萬冊，精裝本定價二元一角，封面的長江大橋燙金製做，十分精美，印數僅有二百二十冊。殷全元、舒華、陳緒初、陳惠民等美術家為小說作的插圖以道林紙印刷分置內頁，為小說增色不少。

一九五七年十月十五日武漢長江大橋正式通車，五十多年後的二〇〇二年，武漢市對長江大橋進行了首次大修。而與第一橋相距數公里的長江三橋在二〇一〇年迎來建成通車後十年間的第二十四次維修，讓人看到雖然科技不斷發展，新大橋維修的頻次還會如此之高。通過小說《萬古長青》的故事，感慨當年的艱苦條件下，大橋建設者們圖百年大計的科學精神萬古長青。

原載《書友》二〇一〇年第十一期

風雪春曉

——尹家成的第一部長篇小說

尹家成（一九三五）筆名尹君。浙江紹興人。一九五七年在部隊開始文學創作，《人民前線報》及駐地《無錫日報》有發表詩歌、散文。次年調南京軍區撰寫戰爭歷史回憶錄等創作活動。一九七八年以來從事短篇小說和散文寫作。《風雪春曉》是其創作的第一部長篇小說，印行的精裝本曾選送萊比錫國際書藉博覽會參展。《柳堡的故事》作者石言作序，介紹這部長篇小說完成之時，作者還是解放軍駐無錫某部的汽車修理工，作品「和本人的經歷有密切關係」。

《風雪春曉》十八萬字，分為四章，各章共有三十節小標題。主要內容是：抗戰勝利並沒有給秉雄的父母帶來生活的改善，秉雄決定不再讀書以幫助家裏的生計。羅雪月早就垂涎趙仲希的家藏名畫，讓他以此作為抵押方才引薦秉雄去姚新記米號當學徒。秉雄一直忙於「瑣碎的事務和老闆娘的雜差上」，看迎會時遇到同學王菊芬。羅雪月要強買菊芬家的好地仙人坑，以「共產黨嫌疑」抓了哥哥長海，敖臍太公為救長海簽下「絕賣契」便撒手人寰。羅雪月要娶菊芬為偏房，菊芬告訴父親她已有心上人趙秉雄。羅雪月買通姚新富誣陷秉雄偷了店裏的米票，並挑唆仲希從家裏把他趕出去。被逼婚的菊芬為了弄清楚秉雄的事情要「活下去」，她偷偷逃到三頭岔的遠房姑媽那裏。秉雄在秦保林帶領下到巡捕房幹事，他看到趙志昂搭救一個姑娘，明白「這種地方竟也有好人」。秦保林出警抓賭被鄉長康金林打死，唐巡長卻說一定是遇到了共產黨。趙志昂號召給保林娘捐錢，並告訴大家「窮人也有軍隊，也有自己的武裝」。趙仲希知道兒子被誣陷的真相後急火攻心而死，秉雄在趙志昂開導下懂得了不少革命道理。敵人逮捕了地下交通員，羅雪月來到三頭岔「勸降」碰了壁，唐巡長安排趙志昂把羅送回城裏。趙志昂讓秉雄把情報速交游擊隊，秉雄在路上看見羅雪月強忍住報仇的念頭，把情報送到聯絡點，接頭人原來是菊芬的姑媽，兩個年輕人終於重逢。菊芬告訴秉雄，哥哥長海就在游擊隊，要在這收拾羅雪月，救出交通員。菊芬出面把羅雪月引進屋制服，讓他命令保安隊員放下武器也進屋來。羅雪月衝出後門逃跑，被秉雄一槍擊斃。姑媽拿出一套衣服遞給秉雄，「我們不穿這狗皮，換了它！」……

《風雪春曉》一九五七年九月初稿於無錫，一九五八年十一月改於南京。江蘇文藝出版社一九五九年七月初版，大三十二開本，定價八角五分，印數十二萬。責任編輯黃天戈。封面設計餘連如。陳其、羅琪、陳鎮濤、尚君礪插圖。一九五九年十二月重印五萬冊。另有精裝本一萬冊，累計印行十八萬冊。

水歸大海

——長篇小說《水向東流》第三部

李滿天（一九一四至一九九〇）的第一部長篇小說《水向東流》作家出版社一九五六年初版之後，一九五八年七月，中國青年出版社列入「播種文藝叢書」又初版了第二部《水流千轉》。一九五九年出版的《水歸大海》是總題《水向東流》的最後一部。全三部故事性強，情節緊湊，僅僅三年多一點的時間出齊三部曲，屬於出版週期較快的「三部曲」長篇小說之一。《水歸大海》著墨於農業社完成歷史轉換時期的階級鬥爭較量，為農民下一步進入人民公社作了很好的鋪墊。

《水歸大海》共十六章，主要故事情節是：公安人員調查萬福和貴堂串親的事情，貴堂向洛節栽贓萬福是兇手，老蔡聽信讒言，又在萬福家門口發現血衣，彭家範認為連山是在包庇。連山冒雨收拾麥場淋出病來，張亮到大楊莊看望他，並調查鑒定出的假血衣。萬福被貴堂下藥害死前想告訴張亮的心裏話已經說不出來。縣委派陳任遠接替彭家範的職務，玉成在張亮支援下搞風動水車技術革新成功，妹妹玉池和辛生產生愛情。玉成調走參加水庫工程，葛啟派到村裏工作。副社長細珠做媒讓安寡婦和趁心成了親。常順坦白了貴堂攛弄他絞斷棉株的真相，貴堂欲殺害常順，被新元制服，他殺死勝奎、破壞農業社的種種罪行終於揭穿。縣裏的拖拉機站要建在大楊莊，馮洪瑞表示要學習和趕超連山的旗幟社。半年之後，農戶們又走上了人民公社的道路……

中國青年出版社一九五九年七月列入「播種文藝叢書」初版《水歸大海》，三十二開本，定價五角，印數三萬冊。由作家出版社和中青社兩家出版的單行本至此出齊，三種不同的封面各有特點。《水歸大海》的版期比一卷本《水向東流》晚了一個月。中青社一九五九年六月先有大三十二開本的《水向東流》印行，未標注「播種文藝叢書」，是三部曲全一冊的初版本，定價一元六角七分，印數二萬五千冊。秦耘生插圖十二幅，用道林紙印刷置於卷首。正文分為一至三部，共五十章，每部有題頭插圖。九月印行精裝本，定價二元一角，印數三千冊。一九六四年九月吉林租型的三十二開本分為上中下三冊，定價一元三角，印數九萬六千套。

太行風雲

——劉江的第一部長篇小說

劉江（一九一八），山西和順人。參加過抗日戰爭，冒著敵人的炮火採訪報導，並在從事新聞工作時開始業餘創作。一九四六年創作了《未婚夫婦》、《大柳莊記事》等短篇小說。《太行風雲》是他的第一部長篇小說，他也是建國後第一個文學流派——「山藥蛋」派的重要作家之一。

《太行風雲》描寫抗日戰爭和解放戰爭時期，太行山一個叫七里鋪的山村，農民在黨的領導下組織起來，開展武裝鬥爭，改變自己的命運，真正成為土地的主人。《太行風雲》通過元英過門第二天變成小寡婦、三孩以尋死替父報仇等情節，再現了舊中國的農民沒有槍、沒有政權，任由代表封建勢力的李寶泰、趙慶裕這些人的欺凌。小說成功塑造出觀音保、小五、元英、海生等性格鮮明的農民英雄形象，他們的革命經歷也是悲慘命運引起反抗的必然結果。海生大鬧義倉，鄭紅權介紹觀音保入黨，宣傳「要把政權一步一步統到人民手裏」，一直到抗日武裝自衛隊的成立……主人公觀音保體會到「為甚在舊世裏大家受欺受熬，還不是毛草繩先從細處斷，就因為咱窮人都是獨門小戶。」點明瞭覺醒的農民只有組織起來、團結起來，才能在取得革命戰爭勝利之後，繼續走向社會主義道路的主題。小說應用了不少歇後語，使語言顯得生動活潑，具有很濃郁的鄉土氣息。

《太行風雲》的兩種版本都各有特色。一九五九年八月，山西人民出版社初版《太行風雲》，大三十二開本，定價一元八角，印數五萬零一百二十五冊。文末附注「一九五九年五月二十日於山西太原脫稿」，分一、二部計五十二章節。這個版本至一九六〇年三月另外印行了一萬零三十冊精裝本，定價二元五角。是月累計發行八萬零一百五十五冊。一九六二年十二月，作家出版社初版，大三十二開本，定價一元五角五分，印數二萬冊，租型的印數一般少於初印數，如一九六三年九月在瀋陽重印一萬冊等等。這個版本共六十章節，在內容提要中說明「此次經作者全面修訂、增補」，並由美術家潘世勳作封面和內文的線描插圖。新時期文學階段，人民文學、北嶽文藝兩家出版社分別在八十年代初和九十年代末重新出版了這部長篇小說。

原載《溫州讀書報》第一六五期

三家巷

——歐陽山長篇小說《一代風流》第一卷

歐陽山（一九〇八至二〇〇〇）原名楊鳳岐，筆名凡鳥、羅西等。湖北荊州人。第一篇短篇小說《那一夜》在上海《學生雜誌》上發表，時年十六歲，從此開始了文學創作。一九二七年發表第一部中篇小說《玫瑰殘了》，是年魯迅在廣州講演《魏晉風度及文章與藥及酒之關係》，歐陽山是這場講演的記錄者。一九二八年到上海成為職業小說家。著有中長篇小說和短篇小說集《桃君的情人》、《蓮蓉月》、《愛之奔流》、《密斯紅》、《再會吧黑貓》、《流浪人的筆跡》、《鐘手》、《戰果》等等。其小說代表作主要是《高幹大》、《前途似錦》和《一代風流》。其中《三家巷》影響最大，被稱為寫美女的這部小說的書名甚至成為廣州的代指。

《三家巷》是多卷次長篇小說《一代風流》的第一卷，二十八萬字，分為四十章，各章有小標題。小說的主要情節是：三家巷住著周家、陳家與何家三房。親戚鄰裏說周炳長的俊俏卻天生笨拙，周鐵讓他退學跟著自己打鐵，並認了陳家乾爹乾媽。周炳自小喜歡跟表姐區桃玩耍，把乾爹跟使媽阿財姐偷情的事告訴她，被陳家攆出來後在區華那裏做了鞋匠。青雲鞋鋪的少東家林開泰欺負區桃被周炳打跑，區華告訴周炳沒錯的人得避開有錯的人。周炳在郭掌櫃藥鋪被夥計郭標惡人先告狀手腳不乾淨，周鐵把他帶回震南村給何不周放牛，周炳拿米周濟胡源家被何不周送了回去。何應元陳萬利都想弄來區桃做妾，周炳把大哥哥們如何發誓要為中國富強而獻身的情形告訴給表妹陳文婷。周泉告訴陳文雄自家的房子要賣給陳家供周炳念書，陳文雄要他爸爸退回房契勾銷欠銀還要補貼周炳上學。周泉被陳文雄創造新式家庭的革命行動所打動。陳文娣在選擇周榕與何守仁之間茫然無措。陳萬利要參加國民黨，周炳對著給區桃畫的像說這是他唯一的知心人。外國軍隊血腥鎮壓廣州工人的遊行隊伍，區桃英勇犧牲。陳文婷周炳的演出感染了工人們。陳文雄周泉結婚。陳周兩家為大姑爺張子豪和周炳出征北伐舉行家宴，張子豪升為營長，周炳參加了省港罷工工人組成的運輸隊，周炳與陳文婷爭論說要做徹底的革命者就要站在共產黨一邊。周榕給陳家兩姊妹看毛澤東《中國社會各階級的分析》，陳文娣反對妹妹跟周炳談戀愛。陳文雄當了洋行經理，何守仁當了教育科長。周榕被學校解聘不忘讓回到廣州的周炳升學。何家丫頭胡杏被痛打，胡柳請周炳多扶持她妹妹。陳文娣決定跟周榕離婚，周炳寫下與陳文婷的絕交信。憲兵和員警在學校抓共產黨帶走了一百多人，楊承輝通知周家兄弟和參加罷工的工友注意安全。陳文娣與何守仁結婚，何守仁要偵緝課長貫英把周家兄弟當作共產黨抓起來，周金被捕遇難。周榕分別應約見到楊承輝和金端，提醒周炳不要讓陳文婷參加時事討論會。雖然三次爽約周炳還是相信陳文婷真心革命，不料她答應了跟宋子廉的婚事。工人代表大會決議舉行武裝起義，赤衛隊佔領了反革命的政治和軍事中心廣州公安局。張太雷要周炳做一個忠實可靠的通訊員，周炳結識到葉劍英、葉挺、周文雍、陶鑄、惲代英等人。回隊的周炳和赤衛隊員痛擊日本海軍陸戰隊，張太雷宣佈成立工農民主政府。英、美、日、法和國民黨的軍艦向沙堤赤衛隊的陣地開炮，赤衛隊在觀音山擊退敵人的進攻。胡杏把利市錢全部送給周炳做盤纏，員警去拘捕周炳的時候他已經乘往去上海的輪船。

《三家巷》附注第一卷完，一九五九年七月一日脫稿於廣州紅花崗畔。廣東人民出版社一九五九年九月初版，大三十二開本，定價一元二角五分，印數三萬零二百冊。至一九八〇年二月印數累計超過七十八萬冊，還不包括租型本印數。作家出版社一九六〇年一月以黃新波木刻封面初版，次年六月分別印行三十二開本和大三十二開的精裝本，七月第二版印行三十二開普及本九萬冊。一九七八年開始，廣東人民、人民文學、花山文藝等出版社不斷印行，其中人民文學出版社收入「中國當代長篇小說藏本」「新中國六十年長篇小說典藏」「中國文庫」。

紅旗歌謠

——版本異同小考

說到《紅旗歌謠》，需從一九五八年的大躍進運動談起。是年四月十四日《人民日報》發表了社論《大規模地收集全國民歌》，《民間文學》雜誌從三月號開始選登各地的大躍進民歌。二十六日，中國文聯、中國作協和民間文學研究會的民歌座談會議建議成立全國編選機構，統一規劃。文壇的領軍人物郭沫若、周揚身體力行，由此開端以「運動」的形式搞民間文藝活動。這場「運動」在迅猛展開的過程中，出現了停工停產放「文藝衛星」、「人人寫詩」、「人人唱歌」的「發燒」的景象，盛極一時的浮誇風同樣也反映在民間文學的創作之中。

根據中華書局《全國總書目》的統計，一九五八年出版的新體詩歌、民間詩歌多達一千零八十八種（一九五八年版三百一十頁至三百五十五頁），《紅旗歌謠》問世的一九五九年，新體詩歌、民間詩歌的出版仍有七百二十五種（一九五九年版上冊三百零三頁至三百三十四頁）。需要說明的是，這只是《全國總書目》對正式出版社的統計，當時還有一些縣級出版機構的民歌結集尚未計入，新民歌「大躍進」出版的氣勢可見一斑。這兩年的詩歌出版數量之多，遠遠超過了新詩（五四）產生以來的詩歌總量，後來「文革」期間的批鬥詩會、「小靳莊民歌」運動也難望其項背。

一九五八年的民歌運動開了以「運動」形式製造民歌的先河，又有毛澤東的支持，《紅旗歌謠》的誕生就順理成章了。一九五八年底，郭沫若、周揚將當年（少數出版於一九五七年）各地出版的歌謠選集精編成書，以《紅旗歌謠》為書名，由紅旗雜誌社在一九五九年九月出版發行。《紅旗歌謠》收入的三百首新民歌分為四輯：黨的頌歌（四十八首）、農業大躍進之歌（一百七十二首）、工業大躍進之歌（五十一首）、保衛祖國之歌（二十九首）。周揚為此書撰《編者的話》是為序。在序裏，周揚盛讚收入的歌謠是新時代的「新國風」，「連詩三百篇也要遜色」，可見，新民歌選編三百首也大有寓意。

《紅旗歌謠》有多種版本，均有異同，現就中文各版略述之。

《紅旗歌謠》係郭沫若題寫書名。在正式出版前，有兩次審訂本，筆者所見的第二次審訂本於一九五九年六月印行，均無印數和定價。一九五九年九月，紅旗雜誌社正式出版第一種版本，由張仃設計，均為大三十二開本，分精、平兩種裝幀，首印三萬零六百冊（含精裝本一萬零三百冊），其中平裝本定價二元二角，護封為刺繡圖案，精裝本定價二元七角，不知何故反而沒有護封，或者說，目前舊書市場能夠一見的初版本，鮮有護封者。《紅旗歌謠》的精裝本到一九六〇年累計發行了七萬五千三百冊，該年的三十二開簡裝本定價為平裝定價一元五角，精裝定價一元九角。與初版本同時印行的還有一種定價四元的絨布面精裝本，用道林紙印刷了三千四百冊，這個印數應該包括在精裝本一萬零三百冊之內。就是這一版，曾在北京圖書拍賣會上拍出二千元的價位。這本書目前市場價位不菲，除了它典型的時代痕跡外，書中彩色插圖均為名家所作也是重要原因。這些國畫、木刻共二十四幅，分別是米谷、趙瑞椿、力群、黃胄、張光宇、古元、王叔暉、夏同光、袁運甫、周令釗、苗地等人的作品。一九九七年安徽美術出版社出版的《中國現代美術全集插圖》就有《紅旗歌謠》的插圖作品，其中收入趙瑞椿二幅，古元、黃胄各一幅。作家出版社在一九六〇年六月印行了三十二開本的《紅旗歌謠》普及本。該版首印一萬冊，定價一元零四分。普及本編輯體例與紅旗版相同，總數仍然保持三百首，只有個別篇目有所刪調。如增加《好不過毛澤東時代》（青海）、《山村漁家》（河北邢臺）、刪去《社長夜夜查管道》（北京）、《進北京》（陝西）易名《我心裏有個毛澤東》等等。作家版普及本的封面沿用了紅旗版平裝本護封的刺繡圖案。

一九六一年五月，作家出版社將《紅旗歌謠》輯入「工農文藝讀物」叢書，印行了拼音版，首印五萬冊，定價一元四角五分。拼音版的封面採用了一幅剪紙圖案，其內頁插圖比紅旗版少了三幅，刪去米谷、王叔暉、袁運甫等人四幅作品，增加一幅李琦的國畫《主席走遍全國》。拼音版沒有採取首欄式編排，歌謠之間區分行界而已。該版有部分書籍漏印了版權頁。筆者搜集的第一本並無損毀痕跡，然而卻沒有版權記錄，因此無法判斷其版次。直到再次購入一冊，才發現版權記錄在內封背面，遂斷定部分書籍的確漏印了版權頁，雖然應該算「次品」，卻也頗有意思。《紅旗歌謠》均有各版次的重印，以上僅指初版的第一次印本。此外，外文出版社一九六一年還出版有英譯精裝本，因本文只涉中文版，不贅。

《紅旗歌謠》最後一個版本是一九七九年六月修訂的新一版。時值採風運動二十年，人民文學出版社根據作家出版社一九六〇年六月第一種版本，將其列入「中國民間文學叢書」第一種印行，仍為精、平兩種裝幀，平裝本定價一元零五分，精裝本僅印一千冊，定價一元五角五分。修訂版仍由郭沫若領頭編選，並有比較大的變動。歌謠由原來的三百首增刪為二百五十六首，如刪去《山歌向著青天唱》、《三顆原子彈》，增加《彝家跟著共產黨走就光明》、《工人學哲學》等等。插圖亦只收入十八幅，其中米谷的《好不過人民當了家》在修訂版裏易名《我心裏有個毛澤東》，題意與畫面遠不如原畫題目貼切，並使讀者感到費解，無論是作者或編者的意思，都應視為「敗筆」。這一版本的封面由繆印堂設計為剪紙圖案，與此前各版不同的是，書名置於圖案的下面。書末係周揚一九七八年七月十二日的《重版後記》，就修訂事宜進行了說明。

近半個世紀以來，《紅旗歌謠》對民間文學的發展產生了很大的影響。其中有的歌謠在當時就被選入語文教材，如《人民公社是金橋》、《好姑姑》等；有的歌謠如陝西安康的《我來了》「天上沒有玉皇，地上沒有龍王，我就是玉皇！我就是龍王！喝令三山五嶽開道，我來了！」在某種意義上幾可成為時代符號；農民史掌元從《紅旗歌謠》選出《唱得幸福落滿坡》（陝西商縣）譜曲一舉成名，在音樂史上擁有價值和地位……各版《紅旗歌謠》只注明產地，均未對作者署名，所以幾十年後也發生有版權訴訟。如陝西商州農民房天舍的詩作《南山坡上唱山歌》選入《紅旗歌謠》易名《唱得幸福落滿坡》，其後人一九九九年勝訴中唱公司而維護了自己的權益。

周揚在《民間文學論壇》一九八二年創刊號發表《「紅旗歌謠」評價問題》一文，指出這些新民歌「反映了當時『左』的領導思想」。「大躍進」時期已經過去近半個世紀，「紅旗歌謠」因其是時代產物，備受爭議，褒貶不一，主要集中在「『左』的領導思想」、「偽浪漫主義」諸方面的爭論。就《紅旗歌謠》本身而言，它可能不會塵封，因為研究「大躍進」時期的文學運動，「採風大軍總動員」成果之一的《紅旗歌謠》是繞不過去的一種書，在出版史上也具備一定的研究價值。二〇〇三年十月，商務印書館出版了《青春讀書課》這套叢書，語文「選本」就是這門課的「課文」，課文中就有「大躍進」時期的紅旗歌謠。況且《紅旗歌謠》現在還有收藏價值，許多讀者善價搜尋，難以置信全是研究需要。

原載《藏書報》二〇〇八年第四十二期

寄到湯姆斯河去的詩
——袁鷹的國際題材詩集

《寄到湯姆斯河去的詩》在第一次全國兒童文藝創作評獎中獲得二等獎，詩作者是袁鷹。《芳草地》雜誌在北京主辦的讀書年會上，譚宗遠請來「自己人」袁鷹，我有緣得見先生。己丑秋收到《寄到湯姆斯河去的詩》，袁鷹鈐印題跋如下：「《寄到湯姆斯河去的詩》是一九五三年九月所寫，在《中國少年報》發表後，引起小讀者的熱烈的反應，報社轉給我上百封信，許多孩子在信中要求將那兩位受到迫害的美國小朋友接到中國來讀書。孩子們真誠的愛心使我受到感動和教育。我們新中國的下一代多麼可愛多麼好！人民文學出版社在建國十周年時出了一批作品，這本詩集有幸列入叢書。我很感謝，也得到很大的鼓勵，立志為祖國下一代繼續歌唱！」

題跋中提到的這套叢書中就有《寄到湯姆斯河去的詩》，這本詩集收入包括《寄到湯姆斯河去的詩》在內的三十首詩篇，分為三輯。第一輯「保衛紅領巾」十一篇，第二輯「寄到湯姆斯河去的詩」

十篇，第三輯「四十八顆心」九篇。作品體裁雖然是兒童詩，卻包括了諸多的政治內容，尤以國際主義題材見長，比如反映一九五六年的匈牙利事件（保衛紅領巾）、希望越南小朋友能夠有美好的生活（河內小姑娘）、對美軍干涉他國的敵愾（黎巴嫩一小孩）、控訴民族歧視（在美國，有一個孩子被殺死了）……為了便於小讀者閱讀，第二輯的兒童詩大多有題記，幫助小讀者瞭解詩歌的創作背景。如「題蘇聯畫家葉菲莫夫和中國畫家張樂平合作的一幅畫」（三毛和阿廖沙）、「題一位伊拉克畫家的畫」（七月十四日黎明）以及美國兒童系列詩等。其中題記比較長的兩首詩，一為《遠方的花種》，介紹蘇聯婦女給廣州小朋友寄來六種花草種籽；一為《寄到湯姆斯河去的詩》，平民羅森堡夫婦被指控向蘇聯洩露原子彈秘密的間諜罪，雙雙被美國政府殺害，他們的兩個孩子也被強迫退學。一部兒童詩集包羅這麼多重大的國際題材，實為罕見。袁鷹先生在後記中說，這些詩篇的創作本意，是讓新一代孩子們「需要有一顆關心世界大事、關心祖國建設、關心人類解放事業的紅色的心。」事實上，袁鷹先生的這些詩篇一經發表，就讓許許多多的小讀者受到深刻的教育，先生題跋中披露收到那麼多的來信就證實了這一點。

《寄到湯姆斯河去的詩》由人民文學出版社一九五九年十月初版，大三十二開本，定價三角三分。版權頁沒有標注初版印數，《全國新書目》和《全國總書目》亦未標注，故本書印數不可考。

原載《藏書報》二〇一〇年第四十四期

煉

——蘇鷹的最後一部長篇小說

蘇鷹（一九二一至一九六六）原名李叔英。筆名蘇鷹。河南沈丘人。四十年代開始文學創作。一九四八年參加革命，任開封市文教局秘書，一九五三年任作協武漢分會創作委員會副主任，一九五八年任河南開封市文聯副主任。著有長篇小說《隱蔽的戰鬥》（合作）《賈魯河邊》《煉》、中篇小說《萬紫千紅》、短篇小說集《襲擊》、長詩《老監督崗》、特寫《力量的源泉》《戰勝時間的人們》等等。《煉》是他創作的最後一部長篇小說。

《煉》十七萬字，分為十四章，各章若干節不等。故事主要內容是：李志堅約張忠去妹妹李秀玲那裏告訴他們被批准去煉鋼了，秀玲說她也在申請參加煉鋼，和張忠的婚事以後再說。書記王濤安排志堅張忠分別擔任隊長和第一小隊的隊長，撥錯了算盤的劉興旺開小差悄悄溜走被張忠發現。劉興旺向外地參觀回來的江廠長獻殷勤，大家對江振說不出來煉鋼的好經驗表示失望。志堅的父親東明老漢找到徒弟王濤要來當煉鋼的義務兵，十六歲的小夏也嚷著參加煉鋼，江振想這簡直是養老院和托兒所。李志堅張忠合計改進坩堝煉鋼的土爐，廠長說還是搞大的、洋的才行，王濤卻很支持土洋並舉，兩人意見不一致。市委鋼鐵辦公室鑒定了志堅他們的「簸箕爐」試驗後通報推廣，江振認為煉出的鋼經不起鍛打只是鐵塊，東明老漢當場用「鐵塊」打出來的虎頭鉗齊齊剪斷粗鐵條。公公丈夫住在廠裏，玉珍一人帶兩個孩子，王濤、江振送李志堅回家，王濤勸玉珍也去煉鋼。支委會上除了江振大家都支持志堅和張忠改簸箕爐為小轉爐的建議。玉珍找到江振也要來廠子上班，小轉爐試煉失敗，江振找到土法下馬的理由，在職工辯論會上擁護他的人卻倒向支持繼續試製。小轉爐終於試煉出來，市委書記林雪通知江振要開現場會議推廣經驗，江振向王濤檢討自己的錯誤。玉珍給要辦喜事的張忠秀玲買了被面床單，王濤稱讚他們是煉鋼爐旁的夫妻。志堅為搶救玉珍燒傷住院，一直鬧彆扭的這對夫妻重歸於好。為向國慶獻禮，志堅從醫院跑回廠裏奪帥旗，張忠統計煉出的四百二十噸鋼全部合乎標準……

《煉》一九五九年勞動節前夕完稿於開封。上海文藝出版社一九五九年十二月初版，大三十二開本，定價七角五分，印數五萬冊。這部長篇小說次年重印，並有精裝本行世。記載作者的資料比較罕見，筆者通過王不天博客得到簡歷，方知蘇鷹在文革中含冤去世。

小馬倌和「大皮靴」叔叔

——顏一煙的中篇小說代表作

顏一煙（一九一二至一九九七），北京人。滿族女作家。一九二八年開始發表作品。創作體裁廣泛，著有小說《我的童年》《初夏》《活路》《小馬倌和「大皮靴」叔叔》《鹽丁兒》、散文《烽火明星》《大海的女兒》、譯著《歌德論》《饑餓的人們》、電影劇本《中華女兒》以及話劇、秧歌劇等等。代表作電影劇本《中華女兒》和中長篇小說《小馬倌和「大皮靴」叔叔》《鹽丁兒》分別獲國際電影節及全國少年兒童文學獎項。早期小說《活路》描述了一家三口相繼參加抗日聯軍打鬼子的故事，《小馬倌和「大皮靴」叔叔》的小馬倌是在東北抗聯中成長為一名勇敢的小戰士的。這部中篇小說借鑒並發揮了《活路》的故事情節，問世以來一直受到小讀者和大讀者的喜愛，

《小馬倌和「大皮靴」叔叔》九萬字，分為十六章。小說描寫了東北抗日聯軍的一個小戰士在戰爭中的成長過程。小江的爸爸被日本鬼子抓走，媽媽含恨死去。地主以父債子還為由叫八歲的小江當長

工滿山遍野去放馬。穿大皮靴的官兒在山林發現小馬倌後把他留下，小江被惡夢驚醒趁夜出走。部隊再次遇到負傷的小江，大皮靴叔叔告訴抗日聯軍是一支窮人的隊伍。大隊長安排小江放馬當上革命的小馬倌，小江告訴老炊事員爺爺挖那些能吃的野菜、打來野物改善戰士們的生活。小江在軍事訓練中取得成績私自拿槍打野羊被關了禁閉，在大皮靴叔叔的教育下認識到自己違反組織紀律的錯誤。小江目睹鬼子血洗蘇官屯的殘暴罪行，到四合鎮完成了給康爺爺送情報的任務。抗聯隊伍拔掉了四合鎮這顆釘子，大皮靴叔叔發給小江一支馬槍。小江領老鄉們找出黑狗隊藏在暗倉的糧食給部隊送給養，隊伍奔去雲頭山開展抗日游擊活動。大皮靴叔叔在戰鬥中被敵人打壞一隻腳，小江在犧牲了的班長墳前發誓這個仇一定要報。小江執行任務遇到鬼子的「討伐隊」要去雲頭山打抗日軍，小江領他們轉的暈頭轉向來到懸崖絕壁並從獅子峰跳下去。大隊長派人順著鬼子人馬的腳印終於找到被打傷腿的小江，指導員大皮靴叔叔宣佈吸收小江成為中國共產主義青年團團員！

中國少年兒童出版社一九五九年十二月出版《小馬倌和「大皮靴」叔叔》，定價三角，印數二萬冊。華克雄封面內頁插圖。一九六一年五月重印二萬冊。一九六二年四月印行精裝本一千冊並更換封面，定價六角，累計四萬一千冊。到一九六四年二月累計十六萬五千冊，是文革前最後一次印行。一九七八年五月第七次印刷後還收入戰鬥的童年叢書陸續重印，九十年代初第二版收入兒童傳世名著書系印行。此外還有花山文藝版收入抗日小英雄叢書、農村讀物版收入中國兒童文學名著、新疆青少年版收入少兒紅色經典叢書等等。

藺鐵頭紅旗不倒

——文秋、柯藍的長篇小說

《藺鐵頭紅旗不倒》是文秋、柯藍合著的長篇小說。夫婦二人另有《風滿瀟湘》等行世。王文秋（一九一八至一九九三）原名王文繡，筆名文秋。江蘇江陰人。一九四四年開始發表作品。柯藍（一九二〇至二〇〇六）原名唐一正，筆名亞一、木人，湖南長沙人。一九三七年參加八路軍。在延安認識的醫院護士柯藍犧牲於日寇的轟炸中，一段刻骨銘心的初戀，讓唐一正一九四〇年起開始使用「柯藍」一名。一九四二年開始發表作品。一九四四年出版第一本書《洋鐵桶的故事》，著有《紅旗呼啦啦飄》、《不死的王孝和》、《鐵窗烈火》、《早霞短笛》、《起飛的孔雀》等，體裁涉及秧歌劇、中長篇小說、短篇小說、詩、散文、傳記、通俗故事、兒童文學、評彈、電影文學劇本。

《藺鐵頭紅旗不倒》分為二十章，均有標題，標題具有章回小說的特色。一九二八年平江起義後，瀏陽各區相繼成立了蘇維埃政權，小說描寫的就是這個時期發生的故事。岩前鎮的紙工委員長藺鐵頭敢於同地主惡霸鬥爭，殺富濟貧，找赤衛隊的途中遇到敵人掛了彩，帶傷找游擊隊又被聯防隊抓了壯丁，鄭世蘭、李鬍子救下藺鐵頭。鬍子鶴介紹藺鐵頭入黨，他與胡隊長一起參加消滅白匪的戰鬥。敵人殺害了李鬍子並割下他的頭來示眾，藺鐵頭抱著炸藥塞進敵人的碉堡，游擊隊一次消滅了白軍兩個排。藺鐵頭、李長勝帶領中隊一槍未發端了碉堡，殺光裏面的全部白匪軍，受到縣委批評。藺鐵頭讓隊員綁了去劉書記那裏請罪，劉書記向他講解了黨的任務和政策。藺鐵頭的中隊採取毛澤東的游擊戰術弄得白軍人困馬乏，白軍包圍了游擊隊，李長勝在戰鬥中犧牲。叛徒張老四向敵人告密，藺鐵頭和隊員在仙女廟陷入絕境，最後只剩下五個人。白軍打死了兩個隊員，另外兩個隊員脫離了革命，藺鐵頭懷揣兩支短槍獨自與白匪抵抗，雙槍神手的名聲讓敵人聞風喪膽。藺鐵頭帶領新隊員重新成立了第二中隊，邊打白狗子邊找游擊大隊。

《藺鐵頭紅旗不倒》附注「第一部完，全文未完」，於一九五九年八月至十月寫完，創作中，小說前面部分內容先行在第三期《收穫》選載。作者在後記中說明第二部正在寫作中，實際上並沒有出版同名小說的第二部。中青社一九八二年出版的長篇小說《風滿瀟湘》上下冊署「柯藍文秋」著，故事也發生在該書反映的歷史時期，雖然人物、情節完全不同，但很容易與「藺鐵頭」產生聯想。作家出版社一九六〇年一月初版《藺鐵頭紅旗不倒》，大三十二開本，定價七角六分，印數二萬冊。版權頁漏載定價，而是印在封底。羅盤為小說插圖四幅，道林紙印刷，分置其中。

戰鬥在敵人心臟裏

——呂錚的第一本書

長影廠一九七九年攝製的《保密局的槍聲》是文革結束後的第一部諜戰影片，是根據呂錚中篇小說《戰鬥在敵人心臟裏》創作改編的。呂錚曾在敵佔區做過幾年軍事情報工作，根據自己的經歷進行藝術加工，一九五八年完成這部中篇小說，一九五九年六月二十三日至八月十一日在《解放日報》連載時即配有徐甫堡插圖，讀者反響熱烈，所以很快就出版了單行本。作者是江蘇大豐人，具體資料不詳，但可以斷定這是呂錚的第一本書。

《戰鬥在敵人心臟裏》八萬字，分為七章。小說的主要情節是：劉嘯塵我打進蔣幫特務機關保密局駐滬第二組兩個月後，史秀英與我接上關係傳達黨組織要求清查叛徒的任務。地下黨在百樂門舞廳設計引誘出來的叛徒原來是當過參謀的華微，叛徒向組長冷鐵新指認我是共產黨，我打死他們後用槍對準自己右肺葉扣動了扳機。新組長張仲年接我出院去看一具女屍，說她就是槍擊我和冷鐵新的兇手。張仲年吩咐我去一個工人秘密集會的地方逮捕李阿全，我被李阿全當成工賊趁他們不提防逃脫掉。我在報紙刊登尋人廣告聯繫上史秀英，她說張仲年在審查我的過程中建立了一種特殊關係，組織上搜集到的其他情況讓我不久成了他的上尉隨從副官。我從行動組得到晚上調動隊伍到學校執行大規模逮捕，我與張仲年去學校的路上急中生智把消息送了出去，各校聲勢浩大的示威遊行讓張仲年的陰謀受到慘重打擊。輕襲隊到四十七號二樓執行抓捕，我們的同志偽裝淞滬警備司令部的人反把楊隊長等人繳了械。我接到新任務要從阿陳手裏得到保險櫃的鑰匙，張仲年通過對百姓的一場屠殺發現了我的疑點。我和史秀英一道找阿陳取到了需要的文件，在與敵人的戰鬥中，我們聽到解放的炮聲隆隆不絕，黎明的曙光出現在黃浦江上空。

《戰鬥在敵人心臟裏》由上海文藝出版社一九六〇年一月初版，三十二開本，定價三角八分。置徐甫堡四幅滿頁插圖。文革前累計印數逾三十萬冊，其中不含租型印數，如黑龍江人民出版社一九六二年租型印一萬冊等。上海文藝出版社一九七九年二月印行第二版，封面設計陸元林，置張培礎四幅滿頁插圖。第二版仍為七章，字數增加到九萬字，內容相應作了部分修改，如淞滬警備司令部改為保密局等等。小說最後一次重印是在一九八〇年，第十三次印刷累計印數五十萬冊。而多家出版社根據小說改編繪製的連環畫在這前後的印數卻有數百萬冊之巨。

太陽剛剛出山

——馬烽名作版本小考

馬烽（一九二二至二〇〇四）原名馬書銘。筆名閻志吾、孔華聯、莫韻、時英、小馬等。山西省孝義縣人。「山藥蛋派」第二號代表人物，與西戎一起創作了長篇小說《呂梁英雄傳》。著有《一架彈花機》、《三年早知道》、《我的第一個上級》、《飼養員趙大叔》、《我們村裏的年輕人》等等。《太陽剛剛出山》發表的第二年，同名電影就由長影搬上銀幕。

《人民文學》一九五九年第十二期首刊短篇小說《太陽剛剛出山》，距第六期發表《我的第一個上級》正好半年。小說以第一人稱敘述了發生在一九五七年冬季一個頗具生活情趣的故事。主人公「縣委高書記，是我家老二」，雖然老二是哥哥的上級還是入黨介紹人，當上公社副主任的弟弟覺得「有時候還特別和我過不去！」「我」買劉成貴的地是為老二著想，老二卻說「想當剝削階級了」；我們為了備戰春耕打成九眼井，還需要縣上撥來鍋駝機，老二爽快答應，「我」正暗自高興，不料老二提出三個村聯合打井，原來是「用我們的井澆東、西照村的地」，「我這是自己鋪下繩子把自己套住了」。見「集中打井，合流送遠」說服不了「我」，老二批評「我」自私，「我」氣得走了。沒想到老二一直跟著「我」，慢慢地，兄弟二人在地塄上閒扯起來家事、公事，「我」終於想通了，「合到一起集體打井！」沒過多久，三個村就合成一個社了。小說在不長的篇幅中融入豐富的內容，人物風貌刻畫的十分到位，故事具備濃郁的鄉土氣息和時代特點。

上海文藝出版社編輯了「通俗文藝叢書」，第一輯二十五種就收入《太陽剛剛出山》，是該作品的第一個單行本版本，一九六〇年二月初版，三十二開本，印數二萬冊，定價八分錢。這個版本有四幅插圖，其中三幅是滿頁插圖，是比較難得的一個版本。次年，這個短篇再度收入該社「工農通俗文庫」初版。除此之外冠名《太陽剛剛出山》的版本均係短篇小說結集，依序分別是：作家版一九六〇年三月大三十二開本，收入馬烽的八部短篇小說，初版印數平裝五萬冊、精裝二千冊；同期列入「文藝作品選」第八輯合集，另有劉澍德和魯彥周的兩個短篇小說，三十二開本，初版印數一萬五千冊；山西人民出版社一九六〇年五月三十二開本，初版印數平裝六萬零一百五十冊、精裝一萬五千五百冊等等。解放軍文藝版一九六〇年五月三十二開本亦為合集，一九六二年還有英文版行世。

十月的陽光

——周潔夫的最後一部長篇小說

周潔夫（一九一七至一九六六），浙江鎮海（今寧波）人。一九四八年開始發表作品，是第四野戰軍頗獲聲名的軍旅作家。著有中長篇小說《祖國屏障》《走向勝利》《十月的陽光》，短篇小說《追擊》、《老戰士》、《海上》、《堅強的人》《回馬槍》，報告文學《人民的炮兵》、《鋼鐵的連隊》，長詩《開墾》等等。文革前夕從解放軍文藝社調廣州軍區任文化部副部長，參加林彪委託江青在北京召開的部隊文藝工作座談會之後，周潔夫感到十分意外和困惑，回廣州後既未彙報也未傳達，一九六六年八月自戕辭世。《十月的陽光》是他最後一部長篇小說。廣東教育出版社一九九九年出版了精裝本《周潔夫文集》。

《十月的陽光》十九萬字，分為四十章。描寫的這支部隊由野戰軍總部直接掌握，所以有毛澤東、朱德、劉少奇、林彪、羅榮桓等描述。小說的主要情節是：某野戰軍師長丁力勝率部隊從東北進入湖南追蹤白崇禧匪軍，團長葉逢春在目的地告訴他敵人又跑掉了，還在集鎮焚燒糧食鑿沉全部貨船漁船。師政治委員韋清泉通知部隊進行山地作戰的訓練，沙浩的妻子何佩蓉領著章麗梅找到二連長李騰蛟瞭解練兵事蹟。丁力勝帶部隊插進敵佔區拖住敵人的全線撤退，佔領連山迎擊白崇禧三個師的兵力，接著趕到鐵道線附近斷敵後路。沈光祿跟李騰蛟一起摸敵情在和敵人的遭遇戰中犧牲，李騰蛟從俘虜那裏證實我們的部隊在一個山頭堅持打退了敵人的十多次衝鋒，混進敵人隊伍到了一團長沙浩所在的三星嶺。丁、韋師決定在一處平川衝亂和消滅敵軍部及七十二師，戰士們與被分割的敵人進行激烈的肉搏戰。負傷的翟華支撐著為連副胡安華處理傷口，何佩蓉奔向陣地及時救治重傷患。一團機炮連迅速佔領有利地形與二團形成夾擊之勢，被打敗的殘餘敵人在村子裏到處築起工事。部隊圍殲敵人並俘虜了軍部參謀、副官和警衛營長等人，何佩蓉和章麗梅連夜縫製出來國旗並暗示她在部隊安家。丁力勝和韋清泉注視著火光點點的西南方，廣西即將成為進軍的下一個目標。

作家出版社一九六〇年二月初版《十月的陽光》，大三十二開本，定價，印數三萬冊。一九六一年三月、一九六五年三月兩次重印累計七萬五千冊。一九六五年三月開本標注錯誤。長春一九六一年租型第一次印刷四萬冊，版期標注誤為九月初版。

平原殲敵記

——符成珍、曹陽的第一本書

符成珍（一九一三至一九六六），安徽六安人。一九二七年參加紅軍，歷任分區司令員、師長、南京警備政治部主任等職。曹陽（一九三三）原名曹崇義。江蘇吳江人。一九四八年開始發表小說、詩歌。著有小說、報告文學多種。《平原殲敵記》後記中稱，報社和出版社的同志特地派了編輯同志整理和加工稿件。這個編輯同志即時在《青年報》供職的曹陽。一九八六年十一月印行《平原殲敵記》第三版，這部中篇小說始署作者為符成珍、曹陽。這是他們的第一本書。

《平原殲敵記》十萬字，分為二十章，各章有小標題。主要情節是：白洋澱三合鎮的王欣報名參軍打鬼子得到家裏的支持，未婚妻秀英向家裏要一匹馬送給他，好夥伴趙大海也用鐵匠擔子換得馬借到了兩支槍。軍民聯歡會上的王欣、楊阿青、胡水生等人展現各自的強項。司令員傅剛和政委馬勝接受命令在大清河一帶牽制敵人兵力，馬勝告訴一心想到正規部隊的王欣打游擊也是艱巨的任務。傅剛得到情報決定襲擊鬼子的軍事運輸車，游擊隊第一次出戰就取得了勝利。游擊隊抄下公事包的文件後放回鬼子的兩個通訊騎兵，楊阿青立即把情報送到區黨委。游擊隊在李大嫂家擊斃偽軍繳了漢奸的械，化裝進城趕集的戰士們掩護王欣趙大海炸毀了鬼子的城牆，中隊長松山開始向周圍的村莊掃蕩。傅剛帶戰士襲擊了水段村的鬼子，打中了松山的左臂。鬼子帶人衝到大楊村，村長楊二奎命令女兒秀英帶民兵掩護群眾隱蔽，他和楊成富被叛徒出賣，鬼子刺殺了他們和十幾個抗日戰士。部隊在高碑店燒了敵人的車站，把白洋淀的鬼子牽制回來，繞過新城轉移到三台鎮，王欣帶戰士殺掉多田河和漢奸。王欣楊阿青佯裝送禮與內應阿毛接頭，戰士們裏應外合拿下鬼子的碉堡，把繳獲的武器彈藥運給了主力部隊。周保坤告訴鬼子八路軍在村子挖坑道，傅剛帶游擊隊嚴懲了這個漢奸。游擊隊把坑道挖到敵人的母堡下面炸掉了大何莊最堅固的碉堡，八個子堡的鬼子全部作了俘虜。敵人包圍了地委機關辦公的占崗村，王欣把戰士們分成三個戰鬥小隊逼迫鬼子突圍逃走。傅剛他們赴平漢鐵路執行破壞敵人交通線的任務，部隊分成六個爆破小組在橋墩裝好炸藥炸毀了沙河大橋，胡水生在這場戰鬥中犧牲。楊阿青引誘鬼子進了趙大海的地雷陣，松山和他的部隊被全部消滅。行進隊伍前面等著新的戰鬥和更大的勝利！

少年兒童出版社一九六〇年二月初版《平原殲敵記》，三十二開本，定價三角二分，印數五萬冊。馬如瑾裝幀。費龍翔、施偉樑滿頁插圖十二幅。一九六三年七月第二版，二十八開本六印累計十九萬五千冊，陳劍英裝幀插圖，其中滿頁插圖六幅。少年兒童出版社一九八六年十一月印行《平原殲敵記》第三版，署名符成珍、曹陽著。累計印數標為二十二萬四千冊。

《平原殲敵記》第三版揭示了小說在二十多年時間裏為何未完整署名。附錄符上海「永遠的紀念」一文說，這部小說反映的是其父符成珍的一段戰鬥生活。曹陽在重版後記說明小說雛形始於他為老紅軍符成珍整理的回憶錄，這個回憶錄在《青年報》連載後才重新加工成小說。五十年代末曹陽因政治錯案連累，小說在發排之際撤下，是符成珍千方百計保存了書稿，方能在一九六〇年出版。一部深受少年兒童歡迎的小說，幕後有如此歷盡曲折的故事，令人唏噓。

美麗的南方
——陸地的第一部長篇小說

陸地（一九一八至二〇一〇）原名陳克惠。壯族。廣西扶綏人。一九三七年開始發表作品。歷任延安《部隊生活報》特派記者、編輯，東北日報社副刊部編輯組長、廣西作家協會首屆主席等。著有中短篇小說《生死鬥爭》、《北方》、《鋼鐵的心》、《好樣的人》、《故人》、長篇小說《美麗的南方》、《瀑布》以及散文、詩稿、文論等等。《美麗的南方》是他創作的第一部長篇小說。根據小說改編的二十集同名電視劇作為廣西自治區成立五十周年推向螢屏。

《美麗的南方》二十三萬字，分為三十章節，描述建國初期廣西某僮、漢族雜居地區進行土改鬥爭的故事：外號梁大炮的民兵隊長梁正把打聽的工作隊消息告訴大財主覃俊三，覃俊三有意留梁大炮與亞珍過夜。韋延忠趕圩場領工作隊一起回長嶺村。工作隊的李金秀向全昭介紹鄉裏的情況，馮文和區振民把工作隊分成兩個小組開展工作。一直盼望當醫生的全昭幫韋延忠送小孩在醫務所治好了病。省裏派韓光來瞭解情況，馮辛伯和他一起參加老鄉的勞動，摸到一些以利於下一步工作的線索，馮文認為是浪費時間。團長鄭少華要求克服工作漂浮的毛病，堅決執行依靠貧雇農，團結中農，孤立富農，打擊地主的方針。省委書記賀寒橋來到長嶺村肯定了韓光與群眾「同食、同住、同勞動」的做法。杜為人接替馮文的職務，工作隊把幹部作了一番調整，馮辛伯搬到韋延忠家住。在小馮的開導下韋延忠開始思索是誰養活誰的問題。柳眉從山上見到美國空罐頭盒，全昭給杜隊長講了趙光甫上山當土匪的事情，並勸說則豐、蘇嫂敢於講出來埋在心裏的仇恨，跟覃俊三算賬、伸冤。三太太用金戒指拉攏韋大娘被全昭發現，覃俊三讓梁正唆使趙佩珍害死了懷孕中的韋大娘。長嶺鄉的鬥爭大會激發了韋延忠的階級覺悟，他與覃俊三徹底劃清了敵我戰線。亞珍投河被延忠救起，工作隊掌握了敵人讓梁大炮幹掉趙光甫的一系列陰謀。小馮為救落水的亞升而犧牲，覃俊三的「上峰」何其多被解放軍押來，當場逮捕了梁正，敵人組織土匪武裝暴亂的企圖徹底破滅。杜為人送走北京的工作隊回來，發現借出的書放在床頭，書中一張全昭相片的背面寫著，「你把她留在美麗的南方吧！」

小說的創作過程比較長，作者自云一九五三年五月初轉到南寧郊區白沙住在一個農民家裏，一邊繼續深入生活，一邊開始了這部長篇小說的寫作。一九五九年五月，《美麗的南方》完成於桂林榕湖。作家出版社一九六〇年四月初版《美麗的南方》，封面設計宗其香。大三十二開本，定價九角九分，印數二萬冊。一九六四年五月第四次印刷，封面設計溪水。印數累計十五萬二千冊。一九七九年八月廣西人民出版社印行新一版，仍採用大三十二開本，印數四萬六千冊。

山鄉巨變續

——周立波長篇小說續完

周立波的《山鄉巨變》問世後激起讀者的興趣，也吸引了評論家的注意。《人民文學》一九五八年一至六期連載完這部長篇小說後，在第七期刊登了周立波「關於《山鄉巨變》答讀者問」以及王西彥的評論《讀「山鄉巨變」》，其他報刊也有評論文章從多方面肯定了小說的文學成就。小說由作家出版社一九五八年六月初版後，讀者更關心裏面的人物後來的命運，比如劉雨生的戀愛怎麼發展，比如有人偷砍茶、松、杉樹等良材，謠言「農業社駕的是隻沒底船」，「反動的主根到底是在別處呢，還是在本鄉？」時過一年多，作者完成了《山鄉巨變》續篇。

《山鄉巨變》續篇二十三章，仍然採用兩個字的標題。鄧秀梅、陳大春調去株洲支援工業建設，劉雨生被選為清溪鄉常青社社長，有落後思想的謝慶元勉強當上副社長。謝慶元把「農業社駕的是只沒底船」當作「群眾的意見」，受到劉雨生的批評。上村的秧爛了根，下村理應支援，謝慶元收了秋絲瓜的臘肉和大米，把多餘的秧私自許給秋絲瓜，鄉支書李月輝要常青社開群眾大會就此事進行辯論。龔子元的老婆在會上起哄，並挑撥謝慶元夫妻反目，謝慶元用水莽藤服毒尋短未遂。治保主任盛清明讓「亭麵糊」盛佑亭協助調查龔子元。經過公安部門的偵查，惡霸地主龍子雲殺害過不少共產黨員和進步人士，化名龔子元逃匿到清溪鄉，與國民黨特務聯絡，妄圖趁夏收的慶祝大會在楊泗廟和清溪鄉同時進行暴亂。清除了反革命分子的破壞，幾個鄉聯合起來歡慶農業社取得特大豐收，鄉黨委授給常青社「生產先鋒」錦旗，劉雨生和盛佳秀終成眷屬。

小說的續篇完成於一九五九年十一月，一九六〇年第一期《收穫》雜誌一次性刊載了《山鄉巨變》續篇。四月，作家出版社印行了初版本，大三十二開本，定價九角三分，印數五萬冊。這個版本只在扉頁注明「續篇」。與正篇相比，土紙刷本的續篇增加了吳靜波的插圖。小說在同年《全國新書目》第二十一期列目，一九六三年度的《全國總書目》收錄了注明下冊的普及本，定價八角五分。《山鄉巨變》還翻譯成英、俄等外文出版，其中外文出版社的英文精裝本一九六一年分上下冊出版，班以安翻譯，楊之光、尹國良彩色插圖。一九六四年四月，經過修訂的《山鄉巨變》由作家出版社統一裝幀，以上下冊形式出版三十二開插圖本，重慶、武漢、遼寧等地分別租型印刷。人民文學出版社一九七九年印行新版後陸續重印，二〇〇五年列入中國當代長篇小說藏本再度印行。

一個有趣的現像是，經典長篇小說改編的同名連環畫一般總有多種繪畫版本，賀友直創作的連環畫《山鄉巨變》，上海人民出版社一九六一年出版了緞面線裝本之後，再沒有其他畫家涉足。這套採用白描手法創作的連環畫獲得一九六三年繪畫一等獎，其抒情風格、民族特色具備連環畫史上里程碑式的意義，堪稱連環畫創作一個時代的最高代表。幾十年過去，連環畫《山鄉巨變》不斷變換開本出版，始終還是賀友直的原創一枝獨秀。

創業史

——柳青的長篇小說名作

柳青（一九一六至一九七八）原名劉蘊華。陝西吳堡人。一九三四年開始寫作，抗戰勝利後，任大連大眾書店主編。解放戰爭後期，輾轉回到陝北，幾十年如一日生活在農民中間，有著極其豐厚的生活積累，他的第一部長篇小說《種穀記》出版後在解放區引起很大反響。建國後出版有《銅牆鐵壁》、《皇甫村的三年》、《恨透鐵》等等。柳青一九五三年開始創作的多卷集長篇小說《創業史》，在有關中國當代文學史的各種著作中，無一例外都有專門的章節評述。《創業史》是柳青小說創作的最高成就，奠定了柳青成為第一流作家的地位。

《創業史》分為題敘、上下卷和第一部的結局，其中上卷一至十七章，下卷十七至三十章。小說的梗概是：民國十八年，蛤蟆灘的光棍梁三在災民群中領回寶娃母子，寶娃「起了官名叫梁生寶」，梁三發誓「說什麼他們也得創立家業」。但是等待他們的仍然是一貧如洗。二十年過去，解放了，梁三老漢要埋頭發家的創業念頭越來越強烈。梁生寶入了黨，當上民兵隊長，「完全沉湎在互助組的事務裏去」，父子之間由此爆發在創業上的激烈衝突。一九五三年的春荒籠罩著蛤蟆灘，村主任郭振山對貧雇農的困難、對自發勢力作壁上觀，梁生寶成了互助組和貧雇農的主心骨和帶頭人。他到郭縣為互助組去買百日黃稻種、帶領組員割竹子，解決貧困農民的困難，莊稼人看到了社會主義的優越性。秋天，互助組取得大豐收，統購工作也完成了，「梁生寶互助組的成功，使得總路線的意義在蛤蟆灘成了活著的事實了。」緊接著，梁生寶成為全區第一個農業社的領導人，「燈塔農業生產合作社的新名詞，就在湯河流域幾百個大小村莊裏，風快地傳開了」……小說成功地塑造了梁生寶、梁三老漢、郭世富、郭士傑、郭振山等一批栩栩如生的人物形象，梁生寶和梁三老漢已成為當代文學中最富有特色的典型形象。梁生寶買稻種一節還曾入選中學語文課本。

《創業史》一九五三年開始創作，計畫寫四部，第一部寫互助組階段，第二部寫農業社的成立和鞏固，既互相聯繫，也各自獨立。第一部完成於一九五九年十月初，《延河》雜誌從四月號起以《稻地風波——〈創業史〉之一》為題開始連載，八月至十一月號易名《創業史》載畢。《創業史》第一部的修訂稿在十一月出版的《收穫》雜誌第六期上全文刊載。柳青離開《中國青年報》後，仍與中國青年出版社的江曉天私交甚深，尚未脫稿的時候就與中青社簽訂了出版合同，雖然《延河》雜誌最先連載，中青社也提前在作者創作過程中陸續拿到了小說的部分初稿，《創業史》全部脫稿後，江曉天安排畢方當責任編輯，畢方說，正式出版小說時，「書的開本和封面設計，也都按作者設想辦的」。

所以，與其他長篇小說出版的情況不同，《創業史》的版本別具一格。一九六〇年五月，《創業史》先出版了比較鮮見的三十六開本，分為上下卷，其中布面精裝定價三元，印數不詳，在《全國新書目》和《全國總書目》中均未列目，可能係作者自留的特藏本。紙面精裝定價二元三角，印數四百冊。平裝三十六開本亦分為上下冊，定價一元五角四分，印數十萬冊。這三個版期的版本根據《全國新書目》和《全國總書目》而來，雖然十分難得一見，其記錄卻比較可疑。定價一元五角四分的平裝三十六開本印數並不少，很容易在近幾年的舊書市場現身，但是從來沒有見到這個上下冊的版本，如果書目的記錄誤為次月的版本，則定價與印數又有衝突，成為一樁版本「懸案」。此外，《全國新書目》記錄六月版印數八萬冊有誤，一九六〇年六月，中青社出版大三十二開本，定價一元三角七分，印數是十萬冊。九月的第二次印數是精裝本三千冊，大三十二開本，定價一元八角七分，這個精裝本在網路舊書市場不是很難見到的。由此看來，《創業史》版期為五月的兩種精裝本很有可能合計印數四百冊，除作者自留外，其他就作為出版社交流了，即便交給新華書店發行，數量之少，一睹真顏無異於大海撈針，而上下冊的三十六開平裝本或許根本不存在，可能是列入了計畫，次月則按大三十二開本初版發行的。

《創業史》第一部出版之後，《收穫》雜誌一九六四年第一期發表《梁生寶與徐改霞》，副題為「《創業史》第二部上卷不接連的兩章」，附注「等第二部全部完成後，先在報刊連載，以後才能出版，時間還需要兩三年」，實際上一九七七、一九七九年才分別出完第二部的上下卷。一九六四年，外文社出版了沙博理翻譯的英文版《創業史》，阿老插圖。《創業史》從《延河》初刊、《收穫》再刊以及一九六〇、一九七三、一九七七年各版次的印行，柳青都不斷進行了修改，修改頻次之多並引起爭議，在當代長篇小說中是少有的現象。無論是題頭的刪減、結構的調整還是內容的修改，都有政治與藝術的雙重因素。幾十年來，評述《創業史》各個方面的文章不少，在初版本之前，無一例外涉及到小說還在創作之中就已先行刊載的兩個文本，其獨特之處必然吸引後來者繼續深入研究。

原載《藏書報》二〇一一年第四十一期

金色的群山

——吳源植的第一部長篇小說

吳源植（一九三三），江西南昌人。一九五一年開始創作。一九五四年出版第一本書《江畔的花朵》。著有長篇小說《金色的群山》、《紫翎箭》、中短篇小說集《風雲邊哨》、《紅河之子》、《西南方的峽谷》、《佧佤人》、《佤族姑娘》等。作品以反映少數民族題材居多，《金色的群山》是其創作的第一部長篇小說。

《金色的群山》二十四萬字，分為五章，各章若干節不等。故事發生在一九五一年夏天，小說梗概是：楊散是佧佤山區最大的部落，鞭笞娃子艾布月的甲拉森很煩，管家岩王是中統特務王定彪，六七年前慫恿甲拉森把岩火龍送到東北面遙遠的山那邊，聽說兒子落在共產黨手裏，岩王告訴他佧佤山出現了這些可怕的漢人。幾十個人的民族工作隊來到佧佤山，張勇和萬小五兩個小夥子在山洪衝來前飛馬搶救出器材。任興隆正在李照那裏口若懸河，萬小五把熏黃的布匹丟在他們面前，批評任興隆三溜四轉，胡吹亂扯。商人們把住各道路的入口賺足了錢，當許多佧佤人發現趕街的工作隊買賣最公平時，半數人的背籮和筒巴已經空了。萬小五在伐木區被佧佤漢子砍傷，書記要求工作組深入下去接近群眾，打開局面，並把岩火龍的照片交給楊散工作組長張勇。張勇答應以三百半開錢從甲拉森那裏換回艾布月，加加老人終於和孫子團圓了。部落傳開艾桑接受漢人好處的流言蜚語，張勇在鬧事的人群裏發現了岩王，加加老人勸走了來艾桑這裏抄家的人們。疾病在寨子傳染開來，甲拉森懷疑漢人的醫治，張勇飲血酒起誓，岩王沒有想到工作組這樣快撲滅疾病。岩王得到工作組除禍石的消息，挑唆石強對漢人的仇恨，運炸藥的馬幫遭到敵人的襲擊。岩王聯絡國民黨殘匪要在楊散起事，從民族學院回來的岩火龍沒能阻止父親剽牛意欲暴動反被關起來，加加老人冒死給工作組送去消息。戰士們在無名山頭打退了殘匪的七八次攻擊，敵人開始放火燒山。目睹艾桑妻子拉柳被匪軍槍殺，石強想起砍毛主席的漢人、搶馬幫、仇視艾桑等甲拉森等，方如夢初醒。殘匪進入我軍的包圍圈，山頭的同志們半夜接到總攻命令。加加老人遇到逃跑中的甲拉森和岩王，岩王正要向老人開第二槍，右臂被張勇打中。在公審王定彪的大會上，石強搬起石頭朝這個岩王的腦袋砸下去……

這部長篇小說附記一九五九年元月初稿寫畢於昆明，一九六〇年三月在北京定稿後即首刊一九六〇年第三期《收穫》雜誌。《金色的群山》由中國青年出版社一九六一年二月初版，大三十二開，定價八角六分，印數一萬冊。一九六三年七月第三次印刷累計印數三萬冊。此外有三十二開的印本在一九六六年重印一次。一九八二年一月中青社更換封面第三次印刷，累計印數十七萬五千五百冊，加上大三十二開的三萬冊，小說總印數為二十萬五千五百冊。

不怕鬼的故事
——第一本這樣的故事書

《不怕鬼的故事》出版後，毛澤東多次向外國人推薦。如一九六二年一月先是讓廖承志送日文版給訪華的日本代表，後又把英文版、法文版送給另一個國家的訪華代表團成員，並說這是第一本這樣的故事書，很有意思。

很有意思其實也包括《不怕鬼的故事》出版歷程。是書由毛澤東直接過問，指導編選、修改序言，使這本「故事書」配合當時國內外鬥爭局勢，具備深刻的政治意義。《不怕鬼的故事》按照毛澤東指示在一九六一年二月出版，序文同步在五日的《人民日報》和半月刊《紅旗》雜誌第三、四期合刊轉載，多種外文版本也是先譯序，後譯書，英譯優先，由此可以看出毛澤東重視這本書的程度。筆者存有《不怕鬼的故事》多種版本，甚至包括「內印本」，該書的最後一個版本也已經過去十年，從版本的角度談談《不怕鬼的故事》應該不無意義。

一九五九年春在國際上掀起了反華大合唱。五月，毛澤東指示中央書記處的一位書記找有關部門從中國古代筆記和文言小說中選編一本《不怕鬼的故事》，就是說，這意味書名已有，需要內容了。這位書記把任務交給中科院的文學研究所。據時任文學研究所所長的何其芳回憶，「這年夏天，這本書基本編成。在一次中央工作會議上，毛主席選了這本書的一部分故事，印發到會同志。」（《何其芳文集》第三卷／人民文學出版社／一九八三年三月版一二五頁）

「印發到會同志」的本書的一部分故事即為《不怕鬼的故事》「內印本」。筆者所存的一冊編號為「一一五三」，可以看出係用號碼機分別打在右上角的，十六開簡印，封面標注「一九五九年九月五日」。內印本目錄附注「共七十七篇／四十八頁（注釋另見）／彩圖共十四幅正在請名畫家繪製」。可以說，編選進度不僅相當迅速，正式出版的準備工作也非常充分。內印本以魏晉人作《列異傳》之《宋定伯捉鬼》為開篇，次第選南北朝、唐、五代、宋、明、清等有關鬼的篇什，其中以選編清朝故事最多，如《聊齋志異》、《閱微草堂筆記》、《子不語》等等，占全書三分之二以上的篇幅。內印本印發後，何其芳請毛澤東為《不怕鬼的故事》作序。毛要何先寫一個，何其芳遵囑起草了序文，幾經修改後呈毛澤東審閱。毛澤東明確說「我是把不怕鬼的故事作為政治鬥爭和思想鬥爭的工具」，因此對序文修改多處，還加寫了一些話，在最後定稿時，把寫作日期改為一九六一年一月二十三日。

一九六一年二月，《不怕鬼的故事》署「中國科學院文學研究所編」，由人民文學出版社正式出版，大三十二開本，繁體豎排，首印五萬三千冊，定價精裝本一元零五角，平裝本四角五分。初版本將內印本的七十七篇簡編成七十篇，遺憾的是初定的十四幅彩圖未選入中文版的插圖卻收入了外文出版社楊憲益、戴乃迭的英譯本中。此外，還有俄文、越南文、德文、日文、法文等譯本。一九六一年十月，《不怕鬼的故事》在北京印行了修訂第二版，封面置淡藍色鑲朱紅篆體書名，定價調整為精裝本九角五分，平裝本四角二分，內容由初版的七十篇調整為六十六篇，注釋文字亦不同程度作了修改。人民文學出版社的中文版本之外，另有香港三聯書店的中文版。香港三聯版與人民文學出版社的版式完全一樣，於一九六一年四月出版，定價港幣一百五十元。十七年後，人民文學出版社一九七八年根據一九六一年十月修訂第二版重印了《不怕鬼的故事》，重印本改為小橫排簡體，三十二開本，一九八二年再次重印，使各版次累計印數達到二十三萬多冊。

《不怕鬼的故事》在一九八二年重印十七年後，人民文學出版社一九九九年八月再度改版印行。不同的是，署「中國社會科學院文學研究所編」，恢復大三十二開本，橫排簡體，印數二萬冊，定價九元八角。目前這是《不怕鬼的故事》最後一個版本，也是改動最大的一個版本，雖然冠於原書名，實際上是一個重新編寫的版本。這個新版本以「改版說明」取代了原各版次的「編輯說明」及序文，後記則追溯了初版本參加具體編輯、注釋的工作人員和參加新版編撰的名錄。正文由語體譯文、原文、注釋三部分組成，補選了三十四篇，使有關不怕鬼的故事正好一百篇。

雖然新版本未收入何其芳原序，但改版說明中著重介紹了毛澤東加在原序末尾的一句話，「但是讀者應當明白，世界上妖魔鬼怪還多得很，要消滅它們還需要一定時間；國內的困難也還很大，中國型的魔鬼殘餘還在作怪，社會主義偉大建設的道路上還有許多障礙需要克服，本書出世就顯得很有必要。」坊間對毛澤東與何其芳之間就該書的多次談話內容取捨不盡相同，其實第一手資料以當事者文真實可信，收入一九八三年人民文學出版社《何其芳文集》第三卷，篇名是「毛澤東之歌」。

原載《藏書報》二〇〇七年第二十六期

微山湖上

——邱勳最具影響的兒童小說

邱勳（一九三三），山東昌樂人。一九五五年開始發表作品。著有長篇小說《山高水長》、《烽火三少年》、《三色圓珠筆》、《雪國夢》，中篇小說《微山湖上》、《大剛和小蘭》、《飛吧，小燕子！》以及短篇小說等。其中《微山湖上》是影響最為廣泛的兒童文學作品。

根據同名小說改編的電影《鐵道游擊隊》由上海電影製片廠一九五六年出品之後，影片的插曲讓微山湖一夜知名。小說《微山湖上》顯然是受到《鐵道游擊隊》的影響，微山湖發生過可歌可泣的英雄鬥爭故事，新中國成立後，微山湖的孩子在這英雄的土地上又是如何學習和生活的呢？作者將三個孩子在美麗的微山湖上如何在老爺爺和老游擊隊員的關懷教育下成長的故事娓娓道來。全書分三十節，「小溝子學划船」，「丫頭告狀」這些章節充滿童趣，「在船上做客」，「逮魚」則描述了微山湖的風俗，從「趙大叔」一節開始，小說用相當的篇幅再現了「抗日島的傳說」和「老游擊隊員的故事」，並結合鐵道游擊隊的神勇，讓小讀者在學習英雄的過程中去熱愛勞動，熱愛生活。最終，三個孩子成為優秀的少先隊員。

邱勳諸多作品都有廣泛的讀者群，就影響而言，《微山湖上》則在先生小說中無出其右的。小說由毛震耀、劉文頡插圖並裝幀。毛震耀六十年代繪過《雷鋒的故事》，成為雷鋒圖書的各種版本中值得收藏的品種，《駱駝祥子》連環畫現在更是市價不菲。劉文頡以多集連環畫《暴風雨》為主要代表作。兩位作者為《微山湖上》插圖，正是藝術家創作活動成熟時期的作品，構圖、佈局揚傳統技法之長，又不乏個人的藝術風格，容易被小讀者們接受。這些插圖既能與故事內容相結合，也根據圖書特有的二十四開本進行插位安排。如《湖上》一節，在雙碼左頁上方是小主人公荷花從小船上揚著帶有鐵齒的長桿躍躍欲擲，在單碼右頁下方，廖廖數筆勾勒出一條靈動的小白條魚，而翻開書頁，文字與插圖渾然一體。可以說，在插圖過程中，藝術家一定也多次閱讀了這部兒童文學作品，因而才使圖文搭配得當，給人以賞心悅目的感覺。文、圖如此有機地結合，應該說《微山湖上》也是集體智慧的結晶。

上海少年兒童出版社一九六一年二月初版《微山湖上》，二十八開本，定價二角八分，印數三萬冊。二〇〇八年在淄博有幸請邱勳為筆者所存此書簽名，先生手撫這冊不知道經過多少讀者翻看過的舊書，十分感慨，他沉思片刻，寫下這樣的跋語：「此書睽違半個世紀，歷經風雨滄桑，又得相見，不勝今昔之感」。

原載《藏書報》二〇〇六年第四十九期

十萬個為什麼

——家喻戶曉的科普讀物

少年兒童出版社一九六一年陸續推出的多卷本《十萬個為什麼》成為科普著作出版的標誌性事件，稱之為幾代人家喻戶曉的品牌圖書毫不過分。《十萬個為什麼》的出版，既推動了當年小讀者學習科學知識、探索科學奧秘的熱情，也成為其他讀者爭相傳閱的優秀科普讀物。閱讀該書的讀者群非常廣泛，初版本在全國各地租型多次印刷，暢銷不衰，並印成蒙古文、維吾爾文、哈薩克文、朝鮮文等少數民族文字出版，至今，該套書的各版次累計總印數超過一億冊，不能不說是一個發行奇跡。而更加出彩的是，一九九八年，《十萬個為什麼》摘取了國家科技進步二等獎的桂冠，該獎項設立以來，這是第一次授予一套科普圖書的殊榮。次年，在國慶五十周年之際，《十萬個為什麼》又被千千萬萬讀者推選進入「感動共和國的五十部圖書」。

諾貝爾文學獎獲得者的英國作家盧·吉卜林有一首小詩「五千個哪裡，七千個怎樣，十萬個為什麼」，蘇聯作家伊林在上世紀二十年代取「十萬個為什麼」用作他的科普著作書名，使《十萬個為什麼》成為他的成名著作之一。筆者所見伊林的《十萬個為什麼》由開明書店一九三四年十月初版，董純才（一九〇五至一九九〇）翻譯，是為最早的《十萬個為什麼》中譯本。伊林用淺顯易懂又富啟發性的「屋內旅行記」的方式向讀者娓娓道來十萬個為什麼，《十萬個為什麼》也成為饒有興味的書名。但伊林著作畢竟只有五萬字的內容，知識的海洋使得「為什麼」的問題遠遠沒有窮盡，因此，中國版的《十萬個為什麼》就應運而生。

一九六一年，少年兒童出版社陸續出版了《十萬個為什麼》五個分冊，各冊均置「編者的話」於卷首，編者在文末說「請把讀了這本書的意見告訴我們，並把新的問題寄到我們編輯部來」。顯然，新的問題肯定源源不斷寄到了編輯部，所以，一九六二年又出版了三個分冊，三個分冊的「編者的話」之前又置「增編說明」：「五個分冊出版以後，受到了廣大讀者的歡迎，編輯部收到了大量的來自全國各地的讀者來信，要求繼續編輯出版這五個分冊所未能包括進去的科學問題。編輯部接受了讀者熱情的要求，決定在一九六二年繼續編輯三個分冊」。至此，《十萬個為什麼》第一版的八個分冊在一九六二年全部出齊。

初版的《十萬個為什麼》八個分冊均為三十六開本，張之凡封面設計十分巧妙，上下兩部分各占二分之一，統一為不規則的方格，上面三格三幅插圖，下面二分之一系書名，二分之一係插圖和阿拉伯數字的冊次。四幅格中根據分冊內容插圖，整體給讀者以科學迷宮的寓意，不規則的方格又象徵著科學大廈就是一塊塊基石搭建而成。各冊內文插圖由嚴折西、趙白山、劉開申、朱然、張之凡等創作。《十萬個為什麼》初版的八個分冊歷時一年九個月出齊，涉及各領域的「為什麼」共一千四百八十三題，分別是：

第一冊：物理部分。一九六一年四月，定價六角，收文二百零六篇；
第二冊：化學部分。一九六一年五月，定價六角五分，收文一百七十五篇；
第三冊：天文部分。一九六一年八月，定價六角五分，收文一百四十九篇；
第四冊：農業部分。一九六一年八月，定價八角五分，收文二百三十九篇；
第五冊：生理部分。一九六一年十月，定價七角五分，收文二百零一篇；
第六冊：礦物部分。一九六二年八月，定價七角五分，收文一百七十八篇；
第七冊：動物部分。一九六二年九月，定價七角，收文二百篇；
第八冊：數學部分。一九六二年十二月，定價六角五分，收文一百三十五篇。

《全國總書目》的版權記錄中，《十萬個為什麼》一至五冊的編著者為葉永烈等，六至八冊的編著者為石工等。參與編著的創作人員多達幾十人，如路明、湜介、徐青山、山邊石、童恩正、張作人、沈卉君、楊榮祥、趙易林等等。其中浙江溫州籍作家葉永烈是當時最年輕的作者，他寫的最多，並且主要在他參與下完成的，因此，《十萬個為什麼》也主要是與葉永烈的名字聯繫在一起的。

《十萬個為什麼》第一版出版後，又出版了修訂第二版。這個修訂本分為十四冊出版，編著者有趙憲初、茅以升、束世傑等等，並增加了審訂者周同慶、張鈺哲、鄭作新等等。其中一九六五年出版了九個分冊，一九六六年三、四月分別出版了四個分冊，尚缺第八分冊未見之於《全國總書目》的版權記錄。在比較繁榮的網路舊書市場中，一九六五年和一九六六年修訂本的初版印本極為罕見，可以見到的十四分冊的整套書，幾乎都是重印本。《十萬個為什麼》的文字作為科普小品，不僅通俗易懂，尤其貼進生活，所以，這套叢書很快在全國引起轟動當是情理之中。隨著科技的進步與發展，「為什麼」的內容越來越豐富，原有的科普知識也需要與時俱進予以更新，這也是《十萬個為什麼》不斷推出新版的原因，而初版本卻見證著《十萬個為什麼》的歷史。

原載《藏書報》二〇〇〇年第三十五期

紅色娘子軍
——梁信的第一部電影文學劇本

梁信（一九二六）原名郭良信。筆名金城。吉林扶餘人。祖籍山東。一九五〇年開始發表作品。有長篇小說《碧海丹心》《龍虎風雲記》等，主要成就是劇作。有話劇（合作）《和洪水賽跑》《我們的排長》《迎春麴》《南海戰歌》，電影劇本《紅色娘子軍》《碧海丹心》《從奴隸到將軍》《梁信電影劇作選》以及七卷本《梁信文選》等等。《紅色娘子軍》是其創作的第一部電影文學劇本，由謝晉執導的電影成名了第一個「影后」祝希娟，黃準為主題歌譜麴的「娘子軍連歌」風靡全國成為經典名曲。

電影文學劇本《紅色娘子軍》分為七章四十四小節及尾聲，主要情節是：紅軍幹部洪常青以「華僑鉅商」的身份「迴鄉祭祖」，讓南霸天相信了這是個「手眼通天的貴人」，想通過他在廣州、南洋辦一批軍火用來對付瓊崖的紅軍。洪常青救下三番五次逃跑的瓊花，告訴她去紅石鄉找娘子軍。瓊花、紅蓮兩個「沒活路了」的女孩兒結伴找到紅軍隊伍，成為中國第一支婦女革命武裝娘子軍連的戰士。偵察南霸天新脩的火力點時，瓊花不聽紅蓮勸阻開槍打傷了南霸天，洪常青說服瓊花革命戰士要一輩子不犯紀律。洪常青帶瓊花、紅蓮兩個「丫頭」和小龐再次造訪南府作內應，娘子軍連的「送糧隊」按計劃衝進團防偈院內繳了團丁們的槍，洪常青他們在南府也綑了南霸天，男紅軍與白軍在南門碉堡拼刺，娘子軍從後面殺入，敵人投降，主力入城。南霸天使計從暗道逃跑，黃鎮山舉槍打傷前來追擊的瓊花。在沒有麻藥的情況下，洪常青同意老醫生給瓊花開刀手術，終於在很短的時間傷癒出院。瓊花告訴洪常青要一個人去取南霸天的人頭，洪常青讓她看地圖上如小甲蟲樣的海南島，告訴她靠個人勇敢不能解放國家的道理。敵人分路圍攻蘇區，洪常青率連部和娘子軍三排在分界嶺完成了殂擊敵人的任務，命瓊花帶領娘子軍撤齣陣地，自己被敵人抓住綁在澆滿煤油的樹乾上。瓊花目睹洪常青英勇就義，向娘子軍們宣佈一定要堅持到主力部隊反攻。敵人要在椰林寨向村民大開殺戒，娘子軍用槍口包圍了南霸天，瓊花親手對準南霸天連開數槍。四週響起十幾隻軍號，男紅軍和娘子軍會師。戰場上誕生了另一支娘子軍，紅蓮從師長那裡接過「中國工農紅軍瓊崖獨立師娘子軍二連」的軍旂宣佈，請連黨代表瓊花同誌講話……

《紅色娘子軍》問世並非一帆風順。一九五八年夏完成的初稿劇名為《瓊島英雄花》，部隊作者的創作按規定先報八一廠，據說有意拍攝卻因故未成。次年輾轉到過珠影、長影、北影、天馬、海燕、江南等製片廠均無果。梁信感到無望之際，天馬廠文學部編輯沈寂獨具慧眼推薦給謝晉，謝晉連看三遍後請纓執導。劇本曾以十六開刻印本分發各製片廠，筆者所見到有天馬電影製片廠的油印本，封面《瓊島英雄花》之下署「梁信著」，標註一九五九年九月，並有作者附記「此稿只供導、演、職員用，不做文學本外傳」。未幾，天馬廠定稿油印新刻本劇名改為《紅色娘子軍》，封面署「編劇：梁信、導演：謝晉」，標註一九五九年十一月。

《上海文學》一九六一年第一至三期連載電影文學劇本《紅色娘子軍》，盛毓安插圖，這是《紅色娘子軍》問世的第一個公開文本。附註一九五八年夏初稿於瓊崖，一九五九年夏定稿於上海，一九六〇年元旦修改於北京。這個附註說明天馬廠一九五九年十一月的定稿新刻本印出後攝製籌備工作自此展開。在影片拍攝過程中謝晉仍然採用《瓊島英雄花》原稿的愛情情節，刻印本初稿第三十二節的題目即為「愛情」，是把洪常青和瓊花處理成戀人關係的，電影鏡頭也有不少兩人互相愛慕的場景。與此同時梁信也對劇本繼續有修改，其時正在進行「反右傾」運動，一九六〇年元旦改定的文學劇本中完全刪除了愛情線。因為這些原因，原本在一九六〇年攝製完成的電影，《大眾電影》雜誌一九六一年六月號才刊出《紅色娘子軍》劇照，七月在全國公開放映。謝晉雖然被迫刪剪了戀愛鏡頭，觀眾仍然可以在影片中心領神會男女主角感情交流的眼神。

《紅色娘子軍》之名並非自電影文學劇本始。《解放軍文藝》一九五七年第八期刊登報告文學《紅色娘子軍》，作者劉文韶附註「一九五七年春於海南島」，以自述形式回憶瓊崖獨立師「娘子軍連」的故事。一九五八年十二月，上海文藝出版社將報告文學列入「工農兵創作叢書」出版了《紅色娘子軍》，署名為「馮增敏口述劉文韶記錄」。單行本與首刊文本略有改動，至一九五九年三月累計印數三萬二千冊。再版增加的後記云「這本小冊子是紅色娘子軍的紀實」。

一九八六年八月海南戲曲誌編寫組的《瓊劇誌》記載，一九五九年一月二十五日開始、二月五日結束的「海南區職業劇團迎接國慶十週年獻禮劇目選拔會演」，評出優秀劇目六個，其中《紅色娘子軍》《紅葉題詩》選拔參加廣東省藝術會。天馬電影製片廠定稿油印新刻本署一九五九年十一月，可見《紅色娘子軍》之名，報告文學和瓊劇較之電影文學劇本問世的時間早了許多。

《紅色娘子軍》由中國電影出版社一九六一年六月初版，定價三角，印數二萬五千一百冊。其中對《上海文學》初刊的連載文本脩改之處微乎其微。一九六一年七月《紅色娘子軍》在全國正式公映，這個時間距初版本問世僅僅一個月。電影《紅色娘子軍》穫得巨大成功後，一九六二年十二月中國電影出版社印行精裝本《紅色娘子軍——從劇本到電影》，收入梁信的文學劇本和謝晉的分鏡頭劇本等等。電影《紅色娘子軍》問世前後，有同名報告文學、瓊劇、現代京劇、交響組曲、電視連續劇以及崑劇《瓊花》等多種文藝形式的作品。

瓊劇《紅葉題詩》《紅色娘子軍》選拔為廣東省藝術會演劇目，時為廣東瓊劇院剛剛成立，瓊劇院一團演員翁書英等人參加有故事片《紅色娘子軍》攝製工作，不過當時對於瓊劇《紅葉題詩》傾注有更多的精力亦在情理之中，瓊劇《紅葉題詩》一九六二年由珠江電影製片廠攝製成戲曲片。《紅色娘子軍》電影文學劇本名屬雖有羅生門眾說紛紜，作為梁信的電影劇本處女作並因謝晉導演的影片成為經典也是不爭的事實。

青春似火

——吳夢起的第一部長篇小說

吳夢起（一九二一至二〇一〇）筆名吳揚。山東煙臺人。一九四六年任《華北日報》記者開始發表作品。著有長篇小說《青春似火》、《隋唐新傳》、《大明盛衰》，中篇小說《紅石口》、《小將呼延慶》，短篇小說集《楊春山入社》、《方士信的道路》、《航行在綠色的海上》以及童話《小雁歸隊》、《啄木鳥姑娘》、《老鼠看下棋》等等。《吳夢起童話選》、《吳夢起百篇童話》等。早期創作的反特小說《紅石口》在文革末期出版。《小雁歸隊》和《老鼠看下棋》在新時期獲得全國性兒童文學獎。《青春似火》是他的第一部長篇小說。

《青春似火》分為十六章，均有標題。小說的主要內容是：抗戰時期，鬼子抓走了梁雲的父親，母親和弟妹被分散。十四歲的梁雲出走途中認識了小海兔，並遇到父親關在鬼子的監獄。馮德勝帶梁雲在碼頭幹活，尚惟成告訴他窮人總有一天要當家作主。地下黨組織工人罷工，鬼子和偽軍扣了工人代表，把頭被迫接受了談判條件。梁雲擔任地下交通員，給裴先生送情報時知道了自己的父親是共產黨員。梁雲在炸毀鬼子軍用倉庫的行動中機智勇敢，市委決定讓他撤離市區到游擊隊工作。梁雲回故鄉同母親重逢，母親要他做父親那樣的人，梁雲入黨。抗戰勝利，日本人要等國民政府接收，梁雲和偵察員們一起炸掉鬼子的輪船，日本人只好彎回碼頭投降。蔣介石向解放區大舉進攻，方城區副區長梁雲和游擊隊員伏擊了曹萬福匪幫，鎮住了還鄉團的反動氣焰。叛徒劉富當上還鄉團的隊副，在山裏追擊游擊隊被擊斃，梁雲被捕。市委組織劫獄，馮德勝為救梁雲犧牲，難友們和游擊隊一起和匪軍戰鬥。梁雲帶著游擊隊配合主力部隊向敵人軍部進攻，市民們紛紛把門打開歡迎人民解放軍……

少年兒童出版社一九六一年七月初版《青春似火》，大三十二開本，定價八角，印數三萬冊。陳劍英裝幀設計，並作六幅套色木刻插圖置於正文。該書的俄文精裝本很有意思，在內環頁標注出中文書名和出版社。小說僅出一次印本，至今沒有重印過。

朝陽花

——馬憶湘的第一部長篇小說

馬憶湘（一九二三），湖南永順人。土家族。從小當童養媳，一九三五年參加革命，經歷了二萬五千里長征。一九五八年在湖南軍區從事文藝創作工作。著有《在長征的道路上》、《我跟紅軍過草地》、《難忘的青少年時代》、《朝陽花》等等。一九五九年根據回憶錄《在長征路上》開始創作自傳體的《朝陽花》，一九六一年四月三稿於廣東從化，終於完成了她的第一部長篇小說。

《朝陽花》二十五萬字，分為二十三章，各章若干節不等。小說以第一人稱敘述，主要情節是：我們一家五口投奔姑婆家在龍家寨開荒種地，好收成倒欠下金陰人的閻王債，被抓去做工的滿哥和順姐大雨中挑炭滾進了深潭。媽媽為了不讓我被金家搶去送我到七裏坪劉家當童養媳，被折磨病倒的我受到隔壁龍大嬸的精心照料，她告訴我賀龍的紅軍隊伍一來窮人就有救了。紅軍消滅了龍家寨的白狗子鎮壓了金陰人，把土豪劣紳的財物分給群眾。爛眼公公和油嘴婆婆聽說我要參加紅軍把我關起來，我趁他們睡熟逃往鄉蘇維埃政府。謝淑惠說首長批准了我在醫院當看護，回七里坪時遇到的小劉聽說我當了紅軍找到了我。油嘴婆婆來醫院領我回去受大家的指責，爹爹見我在紅軍隊伍像自己的家一樣也放心回到農會。連長李志剛沒等痊癒留張紙條回到了前線，看護長要我留在農會堅持工作，我悄悄跟上了後衛部隊。嚴院長安排看護長和我等人留在後方負責照顧、接收新傷患，戰鬥打響後我跑到劉瑩們一組給負傷的機槍手包紮傷口。組織決定讓帶著孩子的陳真梅、病未痊癒的溫素琴和年齡還小的我暫時回去，我們幾人餐風露宿來到當了紅軍的王哈哈家中。在婆婆的照顧下溫素琴身體也好起來，陳真梅決定把孩子留給婆婆後我們三人重新追趕部隊。二十多天後在沅陵境內的冬田灣，父子兩個護送我們過了被保安團盤查很緊的渡口。偵察敵人的張隊長發現白匪追趕我們就向敵人開起火來，政治部首長讓我們回到了醫院。陳真梅說起婆婆的事來才知道班長王德民就是王哈哈。部隊穿過貴州的叢山峻嶺來到雲南邊境一個苗族聚居地，被炸斷右腿的溫素琴和其他重傷患留在這個村莊。部隊渡過金沙江向大雪山進發的途中到處沒有水源，陳真梅擠出乳汁餵進渴的發昏的田指導員嘴裏，小劉為取水被挑撥藏漢民族關係的國民黨特務打死。部隊的兩個軍團在甘孜會合進入草地，陳真梅愛人趙雲勝犧牲後她生出女兒紅紅。部隊從阿壩進入水草地後照樣缺糧，我試吃「青蘿蔔」中毒昏迷過去，羅政委和劉瑩要把我背出草地。部隊從甘肅南部的哈達鋪向會甯進軍與紅一方面軍勝利會師，組織上調我和陳真梅、劉瑩幾個女同志去保安學習，臨別時羅政委告訴我們他最喜歡朝陽花，因為它天天朝陽，永遠如此，堅貞不二！

中國青年出版社一九六一年十一月初版《朝陽花》，大三十二開本，定價一元一角五分，印數六萬冊。王盛烈彩色插圖四幅以道林紙分置內頁。一九六四年九月北京第九次印刷，包括三十二開本普及本在內，累計印數四十萬冊。一九六五年八月，島田政雄和伊藤克譯成日文《朝陽花》，青年出版社分上下冊在日本發行。小說從一九七八年五月開始陸續重印，換成丁世弼、詹忠効插圖。收入中青社的當代長篇小說精品系列。此外還有北嶽文藝出版社二〇〇一年九月易名《女紅軍（又名〈朝陽花〉）》的版本。

黎明時刻

——魯荻的第一部長篇小說

魯荻（一九二一至一九九六），山東濟南人。一九三七年開始發表作品。著有論文集《細雨集》、《黎明時刻》、《金色陽光》、《聖戰者的覆滅》、《叛逆》等。《黎明時刻》是其創作的第一部長篇小說。

《黎明時刻》全書十四章，描寫華北某城一個鋼廠在解放初期恢復生產的故事。軍管會的張文敏和朱明接管鋼廠，地下黨員李老屯等人找回工人開始修建鋼廠。留用人員劉金貴挑唆楊玉璞對政府不滿，在群眾中散佈謠言，工人找到了他埋藏的耐火磚。張文敏解開了楊玉璞心裏的疙瘩，楊玉璞揭露劉金貴殺害地下黨員的罪行，總工程師錢少亭讓劉金貴服毒自殺。張文敏和朱明在依靠誰的問題上發生爭論。張敬禹看出錢少亭提的修復計畫會讓工廠遇到更大困難。李老屯被特務砍傷後痊癒，他和周錫鴻都被選為工人代表，在會上向市長表態一定把鋼廠辦好。設計方案的錯誤導致工人李萬明死亡，錢少亭逃跑，張敬禹向軍管會說出錢少亭修改原計劃的真相。張文敏與戀人方麗珠在醫院重逢。南京解放了，煤氣爐點火了，鋼廠像街上的遊行隊伍一樣在沸騰。黎明時刻，鋼花飛濺，工人們參加到報捷的遊行隊伍出發了。

百花文藝出版社一九六一年十一月初版《黎明時刻》，大三十二開本，版權頁漏錄定價，而在封底標示八角四分，印數五萬冊。張德育封面設計。扉頁注明這是多卷本長篇小說《十年》的第一部，內容提要則稱，「作者還準備寫第二、三部」。實際上，作者沒有繼續創作下去，小說亦沒有再版和重印。

紅岩

——羅廣斌、楊益言的第一部長篇小說

羅廣斌（一九二四至一九六七），重慶忠縣人。抗戰時期投身於學生運動，並加入中國共產黨。一九四八年由於叛徒出賣在成都被捕，先後被囚於重慶渣滓洞、白公館集中營，在敵人大屠殺時從白公館越獄脫險。文革中被紅衛兵綁架，幾天後在關押地墜樓身亡。楊益言，（一九二五）四川武勝人。中共黨員。畢業於同濟大學電機系。一九四八年參加學生運動被特務逮捕，囚禁在中美合作所的渣滓洞集中營。劉德彬（一九二三至二〇〇一），重慶墊江縣人，一九三九年加入中國共產黨，長期從事地下鬥爭。由於叛徒出賣，一九四八年在萬縣與川東地下黨的江竹筠（江姐）同時被捕，一起被關至渣滓洞監獄。三人合著的長篇小說《紅岩》署名羅廣斌、楊益言，成為兩位作者的第一部長篇小說。

《紅岩》是以描寫重慶解放前夕殘酷的地下鬥爭，特別是獄中鬥爭為主要內容的長篇小說。基本情節是「中美合作所」集中營（包括渣滓洞和白公館）內的敵我鬥爭，革命者為迎接全國解放而進行的

最後決戰，歌頌了革命者在酷刑考驗下的革命氣節。這部作品塑造了一系列家喻戶曉的群體形象：許雲峰、江姐（江雪琴）、成崗、劉思揚、裝瘋的華子良和雙槍老太婆、小蘿蔔頭……即使是徐鵬飛、甫志高等反面人物也為讀者留下深刻印象，甫志高甚至是成書時代的「叛徒」代指。全書共三十章，再現了許多膾炙人口的華章。如江姐面對特務的拷打，「上級的姓名、住址，我知道。下級的姓名、住址，我也知道……這些都是我們黨的秘密，你們休想從我口裏得到任何材料！」葉挺的《囚歌》通過《紅岩》引用，也得到更加廣泛的傳播，「為人進出的門緊鎖著，為狗爬出的洞敞開著，一個聲音高叫著：爬出來吧，給你自由！我渴望自由，但我深深地知道——人的身軀怎能從狗洞子裏爬出！我希望有一天，地下的烈火，將我連這活棺材一齊燒掉，我應該在烈火與熱血中得到永生！」當年的許多讀者是在閱讀小說之後，不約而同都把這首詩工工整整抄寫在自己的筆記本或者日記之中，八一電影製片廠根據《紅岩》改編的電影片名就來自《囚歌》的最後一句「在烈火中永生」。

《紅岩》的雛形來源於一篇回憶錄。新華書店西南總分店發行的《大眾文藝》由重慶市文聯主編，一九五〇年六月二十一日出版的第一卷第三期是「紀念中國共產黨廿九周年特輯」，該輯刊登了署名羅廣斌、劉德彬、楊益言的「聖潔的血花——獻給九十七個永生的共產黨員」，全文分三節，一萬字左右。八月十五日，《新華月報》第二卷第四期全文轉載。文章開頭說「我們記下了關於『中美合作所』的回憶的一些片段，記下了我們所知道的一些共產黨員在魔窟裏怎樣堅強地生活，和怎樣英勇地赴死的情形；這裏記下的雖是一鱗半爪，但卻是十分真實的。」回憶錄中提到的余祖勝、龍光章、江竹筠、彭詠梧、劉國志、陳然、李青林、韓子重、王樸等後來分別成為小說《紅岩》中的余新江、龍光華、江雪琴（江姐）、彭松濤、劉思揚、成崗、李青竹、華子良、老石同志。鮮為人知的是，李青林和歌劇《白毛女》最初編劇的作家邵子南是一對戀人，邵子南曾經用過的筆名就是「青林」。

回憶錄已經具備創作一部長篇小說的可能性，並列入重慶人民出版社的重點選題。一九五六年底，三位作者寫出第一稿，書名為《禁錮的世界》，一些報刊根據油印的初稿發表了小說其中的部分章節。如《中國青年報》一九五七年四月二十五日發表「小蘿蔔頭」，七月一日發表「江姐在獄中」編者按均說明選自劉德彬、羅廣斌、楊益言的《禁錮的世界》。一九五八年二月，叢書《紅旗飄飄》第六集發表羅廣斌、劉德彬、楊益言的「在烈火中得到永生——記在重慶『中美合作所』死難的烈士們」，在「聖潔的血花——獻給九十七個永生的共產黨員」一文的基礎上，有所側重地進行了內容調整，一萬一千字左右，六個章節自成段落，各有小標題，實際上也是《禁錮的世界》第一稿的摘要。次年二月，中青社出版了《烈火中永生》，三位原作者進一步豐富了內容，四萬二千字左右，十二個章節各有小標題。提前發表的部分內容吸引了眾多出版社赴渝索取書稿，中宣部出面協調，中國青年出版社在一九五九年八月拿到第二稿，排印了六十本，再次廣泛徵求意見。

小說的寫作分工是由劉德彬寫江姐、老大哥、雲霧山和蔡夢慰。劉德彬一九三九年入黨，是湯溪特支和下川東的聯絡員，又是政委彭詠梧的部下，和江竹筠有深厚的戰鬥情誼，加上當過小學和中學的語文教師，較好的創作修養和文字功底，使得他寫起江姐來得心應手。在中青社約請作者數次到京修改書稿的過程中，劉德彬在反右運動中受到錯誤批判，留黨察看一年、撤銷行政職務，從《禁錮的世界》第三稿起未能參加繼續寫作，被剝奪了《紅岩》的署名權。他的冤案直到文革之後才得到平反。《紅岩》的第三稿完成於一九六〇年三月，七月完成第四稿並繼續修改，一九六一年十二月定稿。羅廣斌和編輯室的同志在十多個書名中取捨，最後一致商定給小說取名《紅岩》。小說的責任編輯張羽為作品傾注了很大心力，權威部門認定他對第四、五稿增補的文字有兩萬多字。小說出版後，羅廣斌深有感觸地說，張羽是《紅岩》這部小說不具名的作者。

《紅岩》初版本由宋廣訓設計封面，內頁的十二幅版畫插圖出自重慶美協的八位藝術家手筆，其中李煥民二幅、正威三幅、李少言二幅、徐匡、吳強年、宋廣訓、牛文、吳帆各一幅。版畫插圖只注明畫家姓名，沒有另外提示畫作名。一九六二年七月雲南人民出版社租型的第二次印刷本是一個非常罕見的版本，這個版本大三十二開土紙印刷，卻在內頁原插圖處另置一幅道林紙的活頁插圖，活頁豎向尺寸短一些，橫向尺寸略有縮小，畫面尺寸卻比書中原圖略有增加，這是為了方便夾在書中。這本來已經夠獨特了，殊知活頁插圖除了注明畫家姓名，還有每幅插圖的畫作名！而在所有的重印版本中均無畫作名，這個置活頁插圖的版本或許是獨此一種了。

活頁插圖十二幅畫作名依序是：李敬原與成崗、許雲峰赴「宴」、「給我一支槍！」、追悼會、「監獄之花」、魔窟——白公館、挺進報、「飛吧！你飛呀！」、小蘿蔔頭夢、江姐就義、「走！前面帶路！」、丁長發掩護突圍。版畫與小說《紅岩》同時創作，大部分小說人物原型在當年都處於保密狀態，畫家們是根據自己對人物精神的理解來進行創作。小說作者看到吳強年創作的「監獄之花」後，還專門為插圖上的人物和表現的情景又增添了章節。在陸續再版和重印中，藝術家不斷地為小說創作新的版畫插圖，二〇一一年是《紅岩》出版五十周年，四川美術出版社印行了《紅岩版畫：〈紅岩〉原著版畫插圖五十年》一書，首次完整地展出了各版《紅岩》小說中原有版畫和新增版畫共計二十八幅。

一九六一年十二月，中國青年出版社初版《紅岩》，土紙本印刷，大三十二開，定價一元七角六分，印數五萬冊。小說出版後不斷重印，先後被譯成英、法、俄、德、日、朝、越以及哈薩克文等二十多種譯本發行，一九六三年七月出版第二版，重印有增無減，中青社重印過程出過上下冊的「農村版」，各地租型也是多次印刷，雖然小說在文革中被誣衊為「叛徒文學」成為禁書，但其發行量至今累計發行仍逾千萬冊，與長篇小說《歐陽海之歌》的發行量平分秋色。《紅岩》問世以來，衍生的文藝作品琳琅滿目，如歌劇《江姐》、話劇《紅岩》以及多個出版社的連環畫版本等等。一九九九年，《紅岩》列入「百年百種優秀中國文學圖書」，入選「感動共和國的五十本圖書」。在當代中國文學史上，《紅岩》具有舉足輕重的地位，無愧於「革命的教科書」而躋身在紅色經典文學的前列。

小布頭奇遇記

——孫幼軍的第一本書

孫幼軍（一九三三），黑龍江哈爾濱人。《小布頭奇遇記》是他的第一本書，又是他的成名作，作品是新中國為低幼兒童出版的第一部長篇童話作品，同張天翼的童話《寶葫蘆的秘密》一樣，為孩子們的成長帶來無窮的樂趣。很久很久以前，即使無緣讀到這本書的孩子，也會聚精會神地按時收聽中央人民廣播電臺「小喇叭」節目，裏面播出的正是《小布頭奇遇記》的連載故事。

一九六〇年底，從北大中文系畢業後的孫幼軍開始開始創作童話小說《小布頭奇遇記》，故事寫的是小朋友蘋蘋得到一個小布娃娃，名字叫小布頭。小布頭想做一個勇敢的孩子，可是他勇敢的好笑：從醬油瓶上跳下來碰翻了蘋蘋的飯碗，蘋蘋批評他不愛惜糧食，他一生氣就從蘋蘋那裏逃了出來。小布頭在離家出走的日子裏遇到許多奇怪的事情，也認識了許多新朋友，經過一番奇遇，小布頭終於認識到自己的錯誤，變成一個真正勇敢的小布娃娃。

《小布頭奇遇記》由中國少年兒童出版社一九六一年十二月初版，採用二十八開本，定價五角，印數五萬冊。葉至善認為小讀者肯定喜歡這部童話，他建議設計黑色封面，耐髒，經得住孩子們翻閱。沈培作的一百多幅插圖切合作品內容，錯落有致地分佈在三十八個章節之中，情趣畢現，起首章節的小插圖頗具題花效果，使這部童話作品圖文並茂，受到讀者的喜愛就是很自然的事了。尤其值得提及的是，這部童話作品對一些難字還加注了拼音，以幫助小讀者更好的閱讀。

一九八〇年，《小布頭奇遇記》在全國第二次少兒文藝評獎中獲一等獎。孫幼軍一九九〇年獲國際安徒生文學獎提名，《小布頭奇遇記》獲國際兒童讀物聯盟（IBBY）頒發的「榮譽作品證書」。在將近半個世紀的歲月中，長篇童話《小布頭奇遇記》一直是少年兒童的優秀讀物，多次重印，累計發行幾近千萬冊，而且翻譯成多種外國文字行銷海外。二〇〇六年，湖北少年兒童出版社把《小布頭奇遇記》收入「百年百種中國兒童文學經典書系」，這個版本依據的是孫幼軍一九九四年對原作的修改本，修改本「刪掉了有關人民公社的一萬字，補寫了關於『老鼠洞』的一萬字」。

作為《小布頭奇遇記》的讀者，一直希望作者能為這部童話寫一句話，中國書店的王洪熱心助力，帶上我寄去的書去孫府拜訪。孫幼軍坦言該書的初版本現在真是難尋，高興地在版權頁鈐印題跋「我最大的快樂就是擁有一代又一代的小讀者」，同時簽贈他的另外兩部童話，一為二〇〇三年版的《小布頭新奇遇記》，仍為沈培先生插圖，春風文藝出版社二〇一〇年四月第九次印本。一為《孫幼軍名作精品集》，春風文藝出版社二〇一〇年二月初版，收入除《小布頭奇遇記》之外的其他童話作品。

原載《藏書報》二〇一〇年第二十四期

連心鎖

——克揚、戈基的第一部長篇小說

薛克揚（一九二六至二〇〇五）筆名克揚。安徽來安人。一九三九年參加新四軍。參加了長江、孟良崮、淮海等重大戰役，並擔任第一個解放軍入駐西藏的騎兵團團長。一九六一年開始發表作品，出版有《農奴戟》、《奪刀》、《獻禮》、《天干會》、《綠扳指》、《鐵血兒女》等作品。戈基（一九二七）原名杜承榮。浙江東陽人。一九四九年投筆從戎，歷任二十一軍一八三團美術幹事、志願軍一八三團通聯幹事、北京軍區政治部創作室專業作家等。一九五五年開始發表作品。出版有《暗渡》、《從金門歸來》、《新芽》、《龍虎鬥》、《英雄之歌》、《軍魂》等。《連心鎖》是克揚、戈基的第一部長篇小說。

《連心鎖》分為八章和尾聲，各章有標題並若干節主要內容是：淮北抗日民主政府在劉家郢的群眾大會上沒收周祖鎏的財產分給窮人。騎兵大隊長許哲峰率部隊在雙嶺子同鬼子和周祖鎏的偽軍激戰，新四軍勝利凱旋。許哲峰東進，朝鮮人安蓉淑留守休養所照顧傷病員，成為村裏領導工作的女幹部。安蓉淑帶民兵殺死搶糧的鬼子並消滅了鬼子的騎兵小隊。許哲峰回來打開局面，擴大部隊。劉家郢秋收結束，哲峰、方煒把敵佔區變成游擊區，粉碎鬼子的「掃蕩」計畫。周祖鎏帶偽軍火燒公糧被警衛班長發現，朴成模為了中國的抗日戰爭英勇犧牲。偽軍在劉家郢包圍了老百姓，追問藏糧的地方。周祖鎏在劉大娘家找到許哲峰和安蓉淑的合影照片，知道了朝華是他們的孩子，劉大嫂犧牲了自己的小喜保住了朝華。許方在三道溝消滅了敵人，俘虜了周祖鎏。祝捷大會上，朝華正式更名小喜成為許、劉兩家的孩子，方政委打開紅布包裏的「長命鎖」說，這是許、劉兩家的「連心鎖」，代表了中、朝兩國人民之間的血肉感情。

山西人民出版社一九六二年一月初版《連心鎖》，大三十二開本，版權頁漏錄定價，而在封底標示一元二角，印數十萬零七百冊。《連心鎖》共印行了三版，一九七二年六月第二版和一九七三年十月第三版。重版時值文革期間，小說「根據工農兵群眾的意見作了重要修改」，原作近二十五萬字，一九七二年六月第二版第一印只有二十二萬字，除了增加毛澤東語錄，刪除了一些真實生動的描寫，這在當時的歷史環境下也是無可奈何之舉。二版一印的大三十二開本印數不詳，一九七三年十月第三版起改為三十二開本印行，印數驚人。租型的遼寧印本一九七四年四月、一九七五年三月分別印行二十萬冊，湖北一九七四年四月印行十五萬冊，河南一九七四年十二月印行三十八萬冊等。山西一九七三年十月一次印行二百多萬冊，其中山西印刷廠印刷一百萬冊、山西七二五廠印刷一百二十四萬冊，這也造成版權頁的不規範記錄，同為一個版次，卻出現兩個不同的印數。所有版次均沒有累計印數。北嶽文藝出版社一九八七年再度重版《連心鎖》，一部省級出版社的長篇小說印行三百多萬冊，足見《連心鎖》的藝術魅力。

晉陽秋

——慕湘的第一部長篇小說

慕湘（一九一六至一九八八）原名慕顯松，文名慕松君、渤霖、白琳、白松等。山東蓬萊人。三十年代起歷經救亡運動、抗日戰爭、解放戰爭，建國後歷任北京軍區裝甲兵政治部主任、政委等職，是解放軍少將。一九三四年開始發表作品。主要文學作品是四卷本「新波舊瀾」，分為《晉陽秋》《滿山紅》《汾水寒》《自由花》以及與呂文幸合作校點的三卷本《晉祠志》（清末民初劉大鵬著）等等。生前捐獻的三萬七千冊圖書近一半是古籍善本，入藏蓬萊的慕湘藏書樓。《晉陽秋》是慕湘創作的第一部長篇小說。有山西黃河影視社等出品有同名多集電視劇。

《晉陽秋》副題「新波舊瀾第一部」，四十二萬字，分為四十章，各章分若干小節不等。小說的背景是抗日戰爭時期，主要情節是：年輕的共產黨員郭松分配到太原，以犧盟會特派員的身份開展工作，在縣立小學見江明波有看《解放》週刊，兩個年輕人興奮的交談起來，他們和女校的金玉秀、藍蓉、李凝芳等組織公演，宣傳抗日。商會會長楊守業不許二媳李凝芳和共產黨、犧盟會在一起，凝芳又被丈夫用刀威脅，跑回娘家告訴養父李雲軒要與楊洪文離婚，金玉秀、藍蓉支持她住在學校。楊守業以征車之名到處敲詐勒索，還捆了高世俊，馮維忠等人在廟台找員警論理，郭松以軍車徵購委員會委員的名義攔下被抓的世俊，號召在場的人們參加犧盟會。陳達平敏銳感到楊守業有官府的支持，秦子經出面拉攏特派員反被郭松找到揭露楊守業發國難財的突破口，楊守業派人暗殺郭松未逞。藍蓉愛上郭松，秦子經、梁龍經等人策劃解聘她，以孤立郭松，藍蓉決定到延安去。楊守業罪行確鑿，對他的鬥爭大會結束之後，郭松和江明波、金玉秀在包圍中接受了參加游擊隊的人們報名。從省裏回來的陳達平傳達上級組織武裝、堅持敵後抗戰的精神。郭松介紹江明波加入中國共產黨。在郭松的努力下，為選拔一批自衛隊軍官成立的訓練隊正式成立，陳達平、江明波、馮維忠、高世俊、金玉秀、李凝芳等都參加了，郭松阻止了馬縣長解散訓練隊，把訓練隊作為縣上的游擊隊整頓。上級派來軍事教官高永強和郭松一起領導游擊隊，藍蓉也分配來，高永強和高世俊兄弟兩個、郭松、藍蓉這對戀人為了抗戰又戰鬥在一起了。玉秀、凝芳入了黨。由於漢奸的活動，省政府放了楊守業，並被日本人委任為偽縣長，玉秀、凝芳看到他們連夜做歡迎日本人的準備而被綁架。太原失守了，玉秀在郭松去捉楊守業之前逃了出來，凝芳卻下落不明……

《晉陽秋》由解放軍文藝社一九六二年四月初版，大三十二開本，平裝定價一元五角五分，印數二萬五千冊，精裝定價二元六角，印數四百三十冊。封面設計吳建堃，精裝本護封彥涵設計。有瀋陽、哈爾濱、上海、南京、武漢、西安等地的租型印本，如瀋陽一九六二年八月第一次印刷六萬冊等等。解放軍文藝社一九六四年十二月十次印數累計逾四十萬冊，包括租型印數累計當在六十萬冊左右。一九七八年一月印行第二版，封面設計傅琳。一九九一年印行第三版多次重印，並有精裝本。人民文學出版社收入新中國六十年長篇小說典藏和中國當代長篇小說藏本兩種叢書多次重印，亦有精裝本。小說的總發行量逾百萬冊。

小兵張嘎

——徐光耀的中篇小說名作

徐光耀（一九二五），河北雄縣人。一九四七年開始發表作品。第一本書《平原烈火》一九五〇年出版，這部長篇小說是成名作。著有《小兵張嘎》、《冷暖災星》和五卷本《徐光耀文集》等等。他的名字註定與《小兵張嘎》連在一起，這部以抗日戰爭為題材的中篇小說尤其是同名電影成為一個時代符號。上世紀六十年代中期向讀者和觀眾調查心目中印象最深的抗日小英雄，無論老幼都會說出「小嘎子」的名字。

《小兵張嘎》是抗日戰爭時期發生在冀中白洋淀的故事。在一個叫「鬼不靈」的村莊，小男孩張嘎與唯一的親人奶奶相依為命，為了掩護在家養傷的八路軍偵察連長鍾亮，奶奶犧牲在日本鬼子的刺刀下，老鍾叔也被敵人抓走。替奶奶報仇和救出老鍾叔的信念，使嘎子歷經艱辛找到八路軍，當上了小偵察員。嘎子配合偵察排長羅金保執行任務時被捕，面對敵人的拷問，他勇敢反抗，堅強不屈。當部隊攻打崗樓時，他設法在裏面放火，最終裏應外合，全殲敵人，救出了老鍾叔，也替奶奶報了仇。小嘎子形象塑造非常成功，比如他摔跤咬人、堵煙囪、藏槍等一系列「嘎事」，既真實可信，展示出人物的鮮明個性，又具備人性的內涵，與幾年後按照「三突出」概念創作的小說不能同日而語。

《小兵張嘎》一九五八年誕生在保定，一九六一年投到《河北文學》雜誌，劉懷章時任小說組組長，一口氣讀完，連聲叫好，原稿基本沒有改動作，打破慣例一次性刊登在《河北文學》第十一、十二月的合刊號。作者附注「一九五八年六月九日於北京」。實際上，徐光耀也同時進行著電影文學劇本的創作，電影文學劇本於一九五八年五月十三日初稿，一九六二年十月二十五日北京二稿，北京電影製片廠根據二稿劇本於一九六三年十二月完成影片的拍攝。從實際效果看，電影的影響力超過小說，但是作者更看重小說原作。

中國少年兒童出版社一九六二年五月出版了中篇小說《小兵張嘎》，林楷為之插圖十五幅。這是該書的第一個版本，首印三萬冊，定價三角。小說較之電影文學劇本，對小主人公更具細節描寫，亦不乏大篇幅的抒情段落。小說還被翻譯成十多種外文向國外發行。初版之後，該社還出版過黃冑插圖的版本以及多家出版社的連環畫版本。幾十年來，《小兵張嘎》重印二十多次，發行了一百多萬冊，當之無愧列入百年百部中國兒童文學經典書系。同名電影文學劇本則由中國電影出版社一九六四年六月初版，首印三萬四千冊，定價三角五分。劇本中正面和反面人物的經典臺詞給當年的觀眾打下深刻烙印。這部名作無論小說還是劇本，在以抗戰為題材的文學作品中，小嘎子的故事必會繼續薰陶一代代新的讀者。

原載《溫州讀書報》第一百四十九期

線秀
——李廣田整理的傣族敘事長詩

李廣田（一九〇六至一九六八），山東鄒平人。一九三六年三月，商務印書館出版了李廣田、何其芳、卞之琳的新詩合集《漢園集》，在中國現代文學史上以漢園三詩人著稱。李廣田整理的撒尼族民間長詩《阿詩瑪》在一九六〇出版，次年，又整理出了傣族民間敘事詩《線秀》。

《線秀》是一部流傳在雲南德巨集地區的傣族民間敘事長詩，敘述了一個友誼與愛情的故事：線秀與罕坦、岩景萍水相逢，結為兄弟，「線秀要送禮物給線玲，表示他們的愛情，兩兄弟要送禮物給線秀，表示他們的友情。」兩個朋友為了線秀買到寶貴的象牙席傾其所囊，幫助線秀從希哇基國王那裏奪回了自己的心上人線玲。長詩的最後一節寫道，「真正的友誼像太陽，真正的愛情像月亮，真正的友誼和愛情啊，永遠在世間放光。」

與其他同類題材不同之處在於，這部敘事詩在歌頌線秀和線玲的愛情中，也歌頌了真正的朋友之間的友誼，甚至以愛情遭到嚴重挫折來烘托珍貴的友誼，讓人感到傣族人民是一個多麼善良、多麼講究情誼的民族。《線秀》分為七章二百多節，長的每節有十二行，短的每節僅有二行，故事性強，敘事風格也很有韻律。

一九六二年五月，上海文藝出版社初版發行了《線秀》，三十二開本，印數八千冊，定價四角二分，版權頁注明由雲南民族民間文學德宏調查隊搜集、李廣田整理。李廣田作序，時為一九六一年十二月十二日，長序對《線秀》的流傳過程和時代背景進行了說明，並分析了敘事長詩《線秀》的藝術特色。林曦明為本書作彩色彩圖五幅。《線秀》的另外一個版本由雲南人民出版社一九六四年一月初版，一九七八年十月第二版發行五萬二千冊，含精裝本一千五百冊。

原載《溫州讀書報》第一百五十三期

這一代人
——舒群的第一部長篇小說

舒群（一九一三至一九八九）又名李書堂。黑龍江哈爾濱人。一九三五年加入左聯，一九三六年五月發表第一篇小說《沒有祖國的孩子》，自此終生使用「舒群」筆名。曾援手蕭紅在哈爾濱臨產舉目無親之時。曾擔任朱德秘書、協助毛澤東籌備延座會議。創建新中國第一個電影製片廠東北電影製片廠首任廠長。一九五五年、一九五八年分別受到錯誤批判和處理。著有《這一代人》、《老兵》、《秘密的故事》、《毛澤東故事》、《舒群文集》等等小說。《這一代人》是他的第一部長篇小說。

《這一代人》共八章，有標題。主要故事情節是：工學院的技術員李惠良回到故鄉，老舍長認出這個當年的小玉，女工老魯領她去夏書記那裏借宿。小玉在窯場當童工時認識了老水鬼，黃主任給李惠良分配純事務性工作，總工程師鄭世通很不滿意他這個學生。老水鬼教李惠良擺弄水泵機械。黃主任要四號油庫趕進度，混凝土品質出現問題，李惠良和老水鬼要停止車停工。對三號油庫品質事故負有直接責任的黃祖安停職反省，李惠良接任三號油庫的工長。李惠良成為責任制中勇於負責的典型，洪燕和胡天雨採訪她。李惠良領蘇聯專家司留沙列夫到現場檢查五號油庫，羅曼柯提出三號油庫的返修方案。李惠良往油庫頂蓋雨布，小挑皮為保護女工長從天井掉下來摔死。李惠良晝夜守望三號油庫，黃祖安在儲水池發現了她，李惠良被送進醫院。何柳沒有按總工程師的圖紙實施第二套方案返修，推卸失敗責任，蘇聯專家肯定了總工程師的意見。黨委會通過第三套返修方案由李惠良負責，黃主任重新回到現場，老水鬼組織成特殊的混凝土隊，李惠良感受到成功的「快樂真叫人心跳得受不了」。李惠良被選拔去支援戰後朝鮮工業的恢復，看到送行的人們，心裏沸騰著一片感激之情。

作家出版社一九六二年八月初版長篇小說《這一代人》，分為三種裝幀，其中三十二開本定價八角，大三十二開本定價一元，印數一萬冊。精裝本定價一元四角五分。附注一九五四年到一九五七年創作於鞍山和本溪。文革之前，這部作品沒有重印過，春風文藝社一九八二年二月出版《舒群文集》，《這一代人》收進第四卷。

苦鬥

——長篇小說《一代風流》第二卷

歐陽山（一九〇八至二〇〇〇）著《三家巷》內容提要稱，《一代風流》將分五卷出版，《三家巷》以後的幾卷分別是《苦鬥》、《莊嚴與無恥》、《到延安去》、《大地回春》。實際上《苦鬥》之後的三卷重新擬定了書名，其中第三卷《柳暗花明》前五章一九六四年連載於《羊城晚報》，不久開始的文革中，《一代風流》遭到批判。粉碎「四人幫」後，歐陽山重新投入《一代風流》的寫作，第三卷《柳暗花明》一九八一年出版、第四卷《聖地》和第五卷《萬年春》一九八五年出版。花城版一九八八年印行十卷本《歐陽山文集》，其中收入《一代風流》。

《苦鬥》係《一代風流》第二卷，三十萬字，分四十一章至八十章，各章有小標題。小說的主要情節是：棲身在大表姐陳文英家的周炳一直得不到廣州的消息，並與表姐夫張子豪要他當出賣工人的諜報員發生衝突，陳文英讓他帶介紹信回到南方，周炳找到教會學校才知道校長是林開泰。周炳在佃戶胡源家講自己八年來的經歷和世界革命的大道理，感到相信共產黨的胡柳是他的知己。胡樹胡松等一百多人進了陳文捷、李民天公司的農場當工人，大家推舉華佗周炳分別擔任新成立的第一赤衛隊的隊長和政治指導員。赤衛隊舉行廣州起義紀念會上周炳講解廣東工農民主政府的施政綱領，何家把賣身五年重病纏身的胡杏推了出來，在周炳的照顧下胡杏的病情慢慢好起來。周炳救起落水的陳文雄、陳文婷、何守仁等五人的事一下子傳遍全村，胡杏找到周炳也要參加赤衛隊。來接頭的李子木要認識陳文雄討好處被周炳給打走，村子的災荒越來越嚴重，周炳動員赤衛隊打土豪，分糧食，抗稅捐，廢租債。周炳遇見周榕告訴他必須把一切鬥爭轉變成政治鬥爭。周炳在洋貨鋪同古滔、冼鑒接上頭彙報工作，冼鑒給他槍彈並讓他與胡柳住一起。何家帶人要搶回胡杏，周炳胡柳決定等打進廣州城再舉行婚禮。金端要求赤衛隊保存力量迎接最後的鬥爭。九江緝私隊扣押了赤衛隊的一批槍彈，周炳在省城找到李民魁放行這批軍火。何家再次派出特務班劫走胡杏，胡柳為救妹妹被槍殺，周炳指揮赤衛隊和所有農場的工人同兵士接上火。

《苦鬥》附注一九六二年魯迅誕辰，脫稿於廣州紅花崗畔。廣東人民出版社與作家出版社一九六二年十二月同時出版。廣東人民版大三十二開本，定價一元三角二分，印數五萬一千冊。作家出版社封面設計黃新波，大三十二開，平裝定價一元二角，印數十萬冊，精裝一九六三年三月印行，定價二元一角，印數二千冊。內置道林紙彩色插圖二幅，黑白插圖十二幅。一九六三年三月印行三十二開普及本，定價一元，印數九萬冊。七月第二次五三五工廠印刷的普及本版權頁所注平裝印數十一萬冊應屬誤植。此外，二次刷本及精裝本的印數均注一千冊，與大三十二開初版本版權頁所注差異比較大。精裝本一九六三年三月印行，一九六二年十二月的初版本標注二千冊，說明精裝本有印製二千冊的計畫，筆者傾向以精裝本版權記錄為準，即實際印數一千冊。人民文學出版社一九七九年五月印行新一版《苦鬥》，與《三家巷》同時發行，並列入「中國當代長篇小說藏本」「新中國六十年長篇小說典藏」「中國文庫」。

上海的早晨

——周而復的長篇小說第二部

周而復（一九一四至二〇〇四），原籍安徽旌德。生於南京。一九三六年出版第一本書《夜行集》。代表作《上海的早晨》「設想寫六部，後來我放棄了這個計畫，只寫四部：第一部寫民族資產階級倡狂進攻；第二部寫打退民族資產階級進攻，開展五反運動」。第一部首發《收穫》雜誌，作家出版社一九五八年五月初版。實際上，第二部在一九五四年就開始寫作了，到一九五六年九月即完成初稿。第二部進一步深化了資本主義工商業和資產階級代表人物在共產黨和工人階級領導下的和平改造過程。

《上海的早晨》第二部分為五十七章節，情節接續上部：朱延年行賄和賣假藥給志願軍的五毒行為被檢舉，他設陷阱讓舞女馬麗琳調戲青年團員童進，在鬥爭會上負隅頑抗。馬慕韓建議解散專門對付公私合營的星二聚餐會。徐義德為了逃脫「五反」運動，一方面藏匿財物，一方面交上避重就輕的坦白書。余靜做大太太林苑芝的工作，讓她幫助丈夫徐義德。紗廠的會計勇復基揭露徐義德如何偷稅，員工們都站到了工人階級陣營，徐義德徹底坦白了五毒不法行為，區委統戰部長楊健要他在五反之後繼續抓好生產。朱延年是徐義德二太太的弟弟，區五反運動坦白檢舉大會上，大家群情激奮檢舉朱延年的罪行，徐義德想起他騙取了自己多少錢財，忍不住也喊出「要求政府逮捕法辦這個敗類……」小說在描寫民族資產階級的倡狂進攻過程中，著墨於他們內心的奸詐和虛弱。從資產階級民主革命轉移到社會主義革命的具有歷史意義的進程中，展示出工人階級的團結力量和成熟進步。情節一波三折，具有連貫性，為讀者帶來很強的閱讀慾。

一九六一年前後，《上海的早晨》第二部的部分章節在一些文藝刊物發表和《北京晚報》連載。作家出版社一九六二年十二月初版《上海的早晨》第二部，大三十二開本，平裝本定價一元九角五分，印數十一萬五千冊。精裝本定價二元八角五分，與二月的修訂第二版配套。第一部修訂第二版和第二部初版均採用華三川的裝幀和彩色插圖。此外，作品陸續有英、日、俄、阿爾巴尼亞和越南文翻譯出版。第三部的二稿一九六二年四月就寫好，尚未修改好就爆發了文革，小說在全國範圍遭到公開批判。直到一九七九年第三部才在《收穫》分兩期連載完，同年，第四部在《新苑》雜誌首發。是年，《上海的早晨》由人民文學社初版一次推出全四部。

李自成

——姚雪垠的長篇歷史小說第一卷

姚雪垠（一九一〇至一九九九）原名姚冠三，字漢英，河南鄧縣人。一九三五年起陸續發表作品。一九五三年遷居武漢成為專業作家。有長篇小說《春暖花開的時候》、《長夜》、《戎馬戀》、《李自成》，中篇小說《牛全德與紅蘿蔔》，短篇小說《差半車麥秸》及二十二卷本《姚雪垠書系》等三十多部著作出版。五卷本的《李自成》是最負盛名的長篇歷史小說，這部史詩性作品成為姚雪垠最具廣泛影響的代表作之一。

《李自成》第一卷計三十二章，描寫崇禎十一年冬到第二年夏的農民戰爭，主要內容是：李自成在潼關附近陷入包圍，明軍「要把闖賊蕩平」。洪承疇、孫傳庭、曹變蛟、賀人龍等各路人馬在潼關附近設三道埋伏剿殺農民起義軍，農民軍的騎兵和步兵在慘烈的大戰中成片倒下，幾乎全軍覆沒。起義軍分兩路突圍，高夫人帶領老幼婦孺趁機突出重圍，李自成和將士到了商雒山。隱姓埋名的李自成在商雒山讀書、操練，重整旗鼓，並與高夫人會合。受到招撫的義軍領袖張獻忠、羅汝才重新起義。李自成解決了農民軍的糧食問題，緊接著遇到瘟疫流行，「商雒山中最艱苦的日子開始了。」

小說附注「第一卷完」，內容提要稱「全書共分五卷」。一九五七年十月到一九五八年八月，姚雪垠完成了《李自成》第一卷和第二卷的一部分，戴著「右派」帽子被監督勞動改造期間悄悄整理書稿，在武漢市委的支持下從地下轉到地上，一九六一年夏天整理完畢第一卷。江曉天徵得作家首肯拿到小說的版權，並請吳晗、阿英、李文治三位學者提出意見。第一卷出版後，中青社出版的王維玲《四十二年磨一劍：姚雪垠與〈李自成〉》一書詳細介紹了小說全五卷的出版過程，其中饒有興味的「瓜熟蒂落」、「落戶中青社」、「進京訪名家」等章節就是關於第一卷書稿的故事。坊間盛傳毛澤東助姚雪垠寫《李自成》的故事時值文革，一九七五年姚雪垠才調到北京進行第二卷的創作與修改，次年底才出版，同時印行了第一卷的修訂版。第一卷出版後譯成日文曾獲日本文部省、外務省頒發的文化獎。

中國青年出版社一九六三年七月初版《李自成》第一卷，大三十二開上下冊，定價二元四角，印數三萬冊。王緒陽、賁慶餘彩色插圖八幅。十月，第二次重印改為三十二開普及版，定價一元五角，印數七萬冊。黑白插圖則與正文紙張一樣。到一九六四年一月的第四次印刷，累計印數十九萬五千冊。一九七七年七月第二版印行，大三十二開彩色插圖本，增加朱育蓮繪製的地圖，定價二元四角，印數不詳。卷首是作者就修訂重版所作的長篇前言。各地租型的第二版均為黑白插圖印本，其中湖北在一九七八年、五月連續重印，包括一九七六年十二月初版上中下三冊的第二卷大三十二開本，均未記載印數。當薄凸版紙的小說印本有四種，即《青春之歌》、《鐵道游擊隊》、《苦菜花》和《李自成》。其中《李自成》一、二卷共五冊格外引人注目。新時期以來，《李自成》還有人民文學出版社的十卷本的初版本長江文藝出版社十六開的四卷初版本等等，並收入《姚雪垠書系》一至十卷。

時書荒嚴重，陸續重印的十七年文學作品供不應求，所以租型本使用字典專用的「薄凸版紙」印刷。

黑鳳

——王汶石的第一部長篇小說

王汶石（一九二一至一九九九）又名王禮曾、王仲斌、王蘊石。一九四二年在陝甘寧邊區創作有秧歌劇《抓壯丁》《邊境上》等早期作品。一九五三年在渭南、咸陽農村體驗生活，之後創作的「風雪之夜」、「新結識的夥伴」等短篇小說代表作具有廣泛影響。著有短篇小說《風雪之夜》、《大木匠》、《新結識的夥伴》、《盧仙蘭》、《沙灘上》、評論集《亦雲集》、四卷本《王汶石文集》等等。《黑鳳》是王汶石唯一的一部長篇小說

《黑鳳》二十三萬字，分為二十五章及尾聲。小說的主要情節是：青年突擊隊長黑鳳拉「飛差」讓找王芒芒相親的李月豔一起劈柴，李月豔發誓再不到這個村子來。芒芒批評黑鳳不講究工作方法搞強迫命令，與副隊長丁世昌研究抽調勞力支援大煉鋼鐵。黑鳳上門動員月豔一起進山參加煉鐵，石葫蘆以沒時間侍候姑娘娃反對她們分到猛虎連。黑鳳在土高爐煉鐵現場認真瞭解情況，貼大字報給連長石葫蘆提

意見引起反響。黑鳳月豔在砸石場自己動手蓋的窩棚抗不住山風，芒芒他們幫忙重新蓋起來窩棚。背礦石沒幾天的月豔情緒低落引起同志們的不滿，七晝夜的勞動讓黑鳳和芒芒各自心裏有了奇怪的感覺。保住流動紅旗的猛虎連要在第二個突擊周向各連挑戰，月豔受不了艱苦勞動鍛煉不辭而別回家去了。月豔要芒芒跟她一起去城裏當正式工人，兩人意見大相徑庭就此分手。黑鳳在工地成了熟練的加料工，三號高爐超齡生產的事蹟編印成教材傳遍各個煉鐵營。二號高爐發生堵塞，黑鳳不顧烈焰燒灼用鋼釺除掉爐喉的原料從棧橋跌下。芒芒在醫院遇到黑鳳母親給她介紹的對象薛佩印，葫蘆打發走了他。芒芒黑鳳雙雙回鄉開展冬季生產，路上見到薛佩印和李月豔結伴在等去城裏的火車……

中國青年出版社一九六三年九月初版《黑鳳》，大三十二開本，定價一元一角，印數四萬冊。封面設計：沈雲瑞。到一九六四年七月第三次累計印數十六萬三千冊，同期還有湖南人民出版社在長沙的租型印數七萬冊。

情滿青山

——碧野、彥涵的簽名故事

碧野（一九一六至二〇〇八）原名黃潮洋。廣東大埔人。著有中長篇小說、短篇小說《肥沃的土地》、《我們的力量是無敵的》、《風砂之戀》、《沒有花的春天》以及散文《在哈薩克牧場》、《情滿青山》、《月亮湖》、《情滿青山》、《藍色的航程》、《北京的早春》等等。其中《情滿青山》在鄂西北擁有最多的讀者，因為青山和漢江在這片神奇的土地被人們熱愛著，因為裏面的建設者和農民被人們熟悉著，因為在作家筆下，武當山的雄姿神農架的意韻無一不深深吸引著我們……

二〇〇四年，徵得美術家彥涵同意，先生為《情滿青山》所作的木刻插圖《武當山》被做成《民間書聲》一書的藏書票，並為我寄去的藏書票簽名。我遂有意求得作家碧野和畫家彥涵在《情滿青山》上的簽名，以成全璧。《情滿青山》先由譚宗遠為我求得彥涵簽名，之後請羅維揚找與他住處不遠的碧野簽名。碧野當時近九旬高齡，身體一直在休養調理之中，加上患眼疾，基本上不動筆了，與外界的聯繫全靠聽讀報、聽收音機、「聽」電視，看來只能耐心等機會了。二〇〇五年，羅維揚終於下了決心幫我去求碧野簽名。羅告訴我簽名時，碧野還記得二十多年前去竹山的情景，也記得我的名字，碧野的兩種散文集《北京的早春》和《願與青春做伴》當年在竹山發行得最多。碧野為《情滿青山》的題簽是：「友誼之樹長青／碧野／二〇〇五年夏」。這樣，《情滿青山》一書有作者和插圖者的簽名都如願以償了。羅亦如釋重負，在書中小跋云：「觀胡錦濤與連戰在螢屏握手後，攜此書至水果湖高知樓拜見碧野。受傳新之托，請碧老簽名，碧老年已九十，眼部手術後視力僅零六點零三，幾近失明。他說他是憑感覺寫字的，但力透紙背。碧老另贈新近出版的大著《晴光集》給傳新，傳新當喜出望外也／羅維揚附識／二〇〇五年四月二十九日十七時於東湖」。

所謂「慾壑難填」，碧野早期的長篇小說《鋼鐵動脈》，我明知勉為其難，還是請羅再為譚宗遠先生求得碧野簽名。羅以為這是「簡直近乎殘酷」的事情，但是終於還是去了。羅維揚在扉頁寫道，「丁亥正月廿七午後，余攜京都譚君此書（由十堰傳新老弟交），登水果湖碧老宅門，請求簽名。碧野已九十一歲高齡，眼疾幾近失明，他雙手摩挲著此書，憑感覺寫下自己的名字如左（正好左下方就是『碧野』兩字）翠柳街三觀居主人羅維揚附識」。碧野其實很久沒有給讀者簽名了，他與彥涵都是同齡人，而對於讀者的請求卻如此認真，充分體現出老作家的一種文化精神。

中國青年出版社一九六三年九月初版《情滿青山》，沈雲瑞封面設計。彥涵木刻插圖。三十六開本，定價五角五分，印數兩萬冊。版權記錄比較奇怪，次年八月第三次累計印數已達十七萬五千冊，精裝本兩千冊卻記錄為五月第四次印刷。碧野一九六〇年後在丹江口水利樞紐工程深入生活，到過鄂西北山區的大小溝壑，散文集收入的《山高雲深處》、《情滿青山》、《山川小記》、《武當山記》、《神農架之行》是他在這片土地生活的創作收穫。《情滿青山》，書名有一個「情」字，簽名的過程又何嘗不是體現出一個「情」字？在作家、畫家與書友之間，就這樣演繹出生動鮮活的一段故事。

原載《藏書報》二〇〇七年第四十五期

軍隊的女兒

——鄧普的第一部長篇小說

鄧普（一九二四至一九八二），廣東東莞人。一九四二年開始發表作品。著有長篇小說《軍隊的女兒》《情滿天山》、電影劇本《生命的火花》《軍墾戰歌》《天山牧歌》等等。《軍隊的女兒》是他的第一部長篇小說，根據真人真事改編創作，曾經影響並改變了一代青年人的生活軌跡。一九九八年在新疆的一次對話會上，女作家張抗抗直言當時那個年代讀了《軍隊的女兒》，就曾立志到新疆工作。

《軍隊的女兒》十七萬字，分為二十二章，描寫新疆建設兵團女戰士劉海英的故事。小說主要內容是：十五歲的劉海英報名來到梧桐窩大草原，新疆生產建設兵團要在這裏建設機械化大農場。在山洪爆發中為了保護水庫，小海英負傷失聰，她拒絕當供養人員，精心培育「八一棉」增產地。第二個秋收到了，海英為了「八一棉」造成關節炎發作。小海英在醫院不僅與病魔頑強鬥爭，還鼓勵幫助其他病員。媽媽來天山看望女兒，老場長告訴她小海英已經轉院治療。媽媽準備去北京時，小海英已經摔掉拐杖回到農場，周玉珍用海英拒絕領用的供養費從上海給她買來幫助聽器。團支部大會上，海英的入團介紹人老場長莊重發言，「劉海英是我們軍隊的好女兒……」

小說主人公的原型叫王孟筠，不滿十四歲就從湖南參軍到了新疆建設兵團，艱苦的環境和過累的勞動強度使她患了嚴重的風濕病，雙耳失聰。一九五六年秋，王玉胡把王孟筠的事蹟寫成通訊《生命的火花》發表在《新疆日報》，鄧普一九六二年改編為電影文學劇本，同名電影由西影廠搬上銀幕後感動了成千上萬的觀眾，王孟筠被譽為「中國的保爾」。次年四月，鄧普將一九六一年十二月開始創作的小說修改完畢，易名《軍隊的女兒》。

中國青年出版社一九六三年九月初版《軍隊的女兒》，大三十二開本，定價九角四分，印數三萬冊，十一月重印七萬冊。尹戎生封面設計並插圖六幅，用道林紙印刷分置正文，其中一幅插圖一木刻效果作為封面。一九六四年七月印行精裝本五千冊，定價一元四角。封面改為小說主人公的頭像。三十二開普及本取消插圖，封面書名由上移下。一九六四年三月上海租型的一次印數七萬冊。一九八〇年六月第六次印本改為高泉的插圖本，累計印數已達四十一萬六千冊。新疆青少年出版社一九六三年、一九八四年、二〇〇六年分別印行一版至三版。二〇〇八年，人民文學出版社列入「中國當代長篇小說藏本」初版。

兒童文學

——中國兒童文學第一刊

《兒童文學》是面向小學高年級到初中階段讀者的純文學兒童刊物，共青團中央和中國作家協會創辦，中國少年兒童出版社一九六三年十月創刊。葉聖陶、華君武、任虹、嚴文井、張天翼、金近、胡奇、袁鷹、謝冰心等組成編輯委員會，末頁「編者的話」實際上是創刊詞，說明「《兒童文學》是不定期叢刊，大概每年出四期，往後條件成熟了，準備增加期數，改為定期刊物。」一九六三年十月至一九六六年四月出刊十期，基本上達到了「大概每年出四期」。

《兒童文學》大三十二開本（第十期三十二開本），叢刊各期定價和印數不一，租型版次印數不詳，按版期排序分別是：

創刊號：一九六三年十月初版，定價三角，印數六萬冊。至一九六四年二月第四次重印，累計發行三十一萬冊。

第二期：一九六三年十二月初版，定價四角，印數五萬冊。
第三期：一九六四年四月初版，定價三角六分，印數三萬四千冊，七月重慶一印三萬四千冊。
第四期：一九六四年五月初版，定價三角六分，印數二十萬冊。
第五期：一九六四年十月初版，定價三角六分，印數十萬冊。
第六期：一九六五年四月初版，定價三角六分，印數十萬冊。
第七期：一九六五年八月初版，定價三角四分，印數十萬冊。九月二印累計十六萬冊。
第八期：一九六五年十一月初版，定價二角九分，印數十萬冊。次年一月二印累計十八萬八千冊。
第九期：一九六五年十二月初版，定價二角三分，印數十萬冊。次年二月三印累計二十九萬九千冊。
第十期：一九六六年四月初版，定價一角八分，印數三十萬冊。

《兒童文學》叢刊內容比較廣泛，包括小說、散文、通訊、報告文學、詩歌、兒歌、童話、故事、劇本、美術作品等二十多種體裁。刊物發表了大量的優秀兒童文學作品，小說有《在路上》（劉真）、《在火車上》（冰心）、《月牙兒初上》（茹志鵑）、《老少放牛》（菡子）、《向望》（鄂華）等等。小說《大肚子蟈蟈》（浩然）和童話《狐狸打獵人的故事》（金近）等名作都是在叢刊首發的。散文有《後代》（袁鷹）、《白石榴花》（任大霖）、《任小珠的謎》（秦牧）、《盲童》（劉厚明）等等。傳記和報告文學《劉文學傳》（賀宜）、《貧農的好兒子》（王路遙）、《歐陽海的故事》（段雨生等）中的劉文學、董雲良、歐陽海是當年少年兒童心目中的偶像，第九期大部分內容則是「向王傑叔叔學習」專輯，向英雄學習成為那個時代的主旋律。臧克家、聞捷、嚴辰的詩歌以及戈寶權的譯作等，讓小讀者的文學素養得到薰陶。科幻故事、民間故事情趣盎然、愛不釋手。第三期的「友誼之歌」和第五至七期的「英雄的越南人民戰歌」專輯，用小說、詩歌、通訊來描寫國際題材，反映出來一個時代的文學背景。

《兒童文學》一個非常鮮明的特點是重視美術作品。書中有大量的插圖，第一至五期的目錄，各篇目均注明了插圖作者。這種編輯方法在各種叢刊、期刊中絕無僅有，充分體現了對藝術家的尊重。在作者為兒童文學創作文學精品的同時，我們還看到大畫家為小讀者精心繪製的插圖，對他們敬業精神的感佩油然而生。叢刊封一至封四和插頁的美術作品包括木刻、油畫、國畫、雕塑、剪紙等等，插圖作者有黃永玉、古元、孫滋溪、楊永青、姚有多、劉繼卣、姚治華、劉勃蘇、阿老、華君武、吳文淵、陳永鎮、華三川、沈培、秦耘生、苗地、韓琳、丁午、繆印堂、趙延年、蔣兆和等等，第八期之後的封面木刻改為申沛農的剪紙。這些知名度頗高的美術家集中在兒童文學叢刊裏插圖作畫是一個奇跡，現在已很難複製了。

一九六五年四月初版的《兒童文學》第六期，插圖作者的標注開始從目錄移至各篇文後。叢刊辟「少年論文」專輯及刊登文藝評論，如「《『強盜』的女兒是一本壞書》」、「是地主就不是好人」等，文革前期的「預熱」似乎影響到了這個叢刊。一九六六年四月第十期改為三十二開本，封面風格完全變化，封底是書刊介紹，這是文革前的最後一期，「條件成熟了，準備增加期數，改為定期刊物」的設想一直到一九七七年才重新提到議事日程。

一九七七年八月，《兒童文學》復刊，「編者的話」簡單的一句「重新出版」，沒有提及文革前出了多少期，也沒有延續文革前的期數，而是標注叢刊第一期，十一月出第二期，三十二開本，定價三角五分，均未標注印數。幾十年來，多少叢刊、期刊逐漸淡出人們的視野，《兒童文學》仍然煥發出旺盛的活力，到二〇〇九年期發突破百萬冊，遠非叢刊時期所能相比，作為「中國兒童文學第一刊」名至實歸。

谷斯湧回憶《兒童文學》刊名是託人找康生題寫，「有小讀者曾將它誤念為『鬼童文學』」。一直到一九七八年三月第三期，刊名才換成華國鋒題字。一九八〇年十一月，華國鋒成了普通中央委員，雜誌社決定再次更換刊名題字。童話作家鄭淵潔找到書法家李鐸題寫了刊名，「領導給李鐸開了二十元稿費。李鐸為《兒童文學》題寫的刊名一直被該刊沿用至今，但幾乎沒人知道那是李鐸的字。這是一個頗具中國特色的黑色幽默。」

原載《藏書報》二〇一二年第五期

播火記

——長篇小說《紅旗譜》第二部

梁斌（一九一四至一九九六）原名梁維周。河北蠡縣梁莊人。大革命時期親歷了蠡縣人民反「割頭稅」鬥爭和保定「二師學潮」（七六慘案），一九五三年六月，梁斌開始多卷本長篇小說的創作，中國青年出版社一九五七年十一月初版《紅旗譜》第一部，這部反映中國農民革命鬥爭的史詩式作品立即在全國產生了影響。之後作者繼續創作了《紅旗譜》的第二部《播火記》。

《播火記》分為卷一至卷三，共五十四章節。故事緊接七六慘案：鬼子佔領了錦州，攻進關里，朱老明說抗日「就是面前的一件大事了！」國民黨大舉進攻蘇區壓服抗日，賈湘農回到鎖井鎮發動群眾，建立紅色政權。宋洛曙提出到處點火、四處開花的計畫，紅軍拿下了大竹鎮警察局，農民游擊運動四處開花，紅軍逐步擴大影響。朱老忠帶著紅軍打進馮家大院子，逮住馮老蘭，分了糧食收繳了槍，馮貴堂逃進青紗帳，鎖井鎮的群眾在歡呼聲中燒掉了紅契文書。陳貫義的衛戍司令部帶部隊移到蠡縣剿滅紅軍，賈湘農指揮高蠡游擊戰爭，紅軍向白軍衝殺，終因寡不敵眾，伍老拔犧牲，朱老星被捕，抗日武裝遭到嚴重損失。朱老忠對失散歸隊的嚴志和說「只要有這些吃人肉喝人血的東西們，我們就要幹下去！」陳貫義為助長馮貴堂的威風，趁弔孝之機，在馮家大院殺害紅軍祭靈，朱老星等紅軍戰士英勇就義。革命低潮來了，工作轉入地下，朱老忠帶著游擊隊繼續堅持鬥爭。嚴萍到監獄看望江濤，告訴他高蠡人民如何遭到殘酷的鎮壓，不管多麼長遠的道路，她必將「永遠在不停息地前進！」

百花文藝出版社一九六三年十一月初版《播火記》，郭沫若題寫書名，同時印行多種裝幀的版本：大三十二開平裝本上下冊定價二元，印數九萬五千套（內精裝一卷本五千冊）。三十二開直排本上下冊定價二元二角八分，印數一萬套。精裝本有幾種裝幀不確，筆者過眼的有三種，一種封面是燙金書名，「紅旗譜第二部」為暗花字樣，這個布面精裝應該還有護封才對。一種硬紙精裝封面與直排本封面有異，但色彩一樣。一種灰布面精裝書名沒有燙金，也沒有標注「紅旗譜第二部」字樣，定價三元四角七分，是唯一在版權頁標註定價的版本，其他兩種的定價二元三角四分，只印在下冊封底。各種版本是同樣的注明上下冊的版權記錄，精裝本實際是全一冊。《全國新書目》未列入精裝本著錄，疑為精裝本的五千套應為計畫數，精裝本的實際種類和確切印數有待查考。作家出版社一九六三年十二月初版《播火記》，大三十二開平裝本上下冊定價二元，印數十五萬套。精裝本全一冊定價二元五角，印數一千冊。次年初版三十二開普及本，定價一元六角五分，印數三十九萬套。

第二部《播火記》從一九五六年到一九六三年春創作完成，曾在《新港》文學月刊連載三年，《紅旗譜》出版後作者因稿費事宜與責任編輯蕭也牧發生誤會，將第二部《播火記》版權轉給百花文藝社和作家社。直到一九七九年九月，中國青年出版社才印行新一版《播火記》，大三十二開，定價一元四角，印數十六萬冊，次年十月印行三十二開本十一萬冊，此後多次重印。另外有大三十二開的租型本，瀋陽印五萬五千冊等等。一九八三年三月初版《烽煙圖》，《紅旗譜》全三部至此全部出齊。人民文學出版社在二〇〇五年列入「中國當代長篇小說藏本」出版了《播火記》。

墾荒曲

——白危的第一部長篇小說

白危（一九一一至一九八四）原名吳渤。廣東興寧人。上世紀三十年代開始發表作品。有編譯《木刻創作法》，魯迅為之作序雲「至今沒有一本講說木刻的書，這才是第一本。」抗戰期間寫有報告文學《延安印象記》。一九五一年在上海從事專業創作，出版有短篇小說和中長篇小說《渡荒》《過關》《青年拖拉機手》《沙河壩風情》等等，一九五七年在《人民文學》發表的短篇小說《被圍困的農莊主席》，一九七九年收入多人結集的《重放的鮮花》一書。《墾荒曲》是他的第一部長篇小說。

《墾荒曲》敘述一個開墾荒地、建立國營農場的故事，是第一部描寫黃泛區農民生活的長篇小說。主人公趙辛田在遼瀋戰役中受過傷，讀過機耕學校，解放初期分配到一漫坡工作。在這荒涼寥廓的黃泛區，以共產黨員趙辛田為首的人們來自四面八方，懷著要「辦個現代化的國營農場」的雄心壯志，自力更生、艱苦奮鬥，克服困難，戰勝災害，把墾區建設成了富饒的糧倉。農場內外的種種矛盾與鬥爭，耿長齡、石傳玉、董林、倪若蘭、紀秀蘭、小艾等不同性格、不同類型人物的工作、生活和愛情的描寫，樸實流暢，情節動人。全書洋溢的革命精神和革命意志，感召和激勵那個年代的年輕人創業需要，黃泛區一帶的讀者更是感同身受，因為建設者的身影與他們在一起，特別能夠從小說裏感受到一種真摯情感。

白危一九五〇年到豫東參加過土地改革運動，在黃泛區與那裏的人民甘苦與共，所以才有飽滿的激情塑造出《墾荒曲》裏那些栩栩如生的人物。小說裏嚮往的「現代化」早已變成現實，作者在後記中說，「《墾荒曲》裏所反映的歷史事件，只能說是建設社會主義黃泛區的第一個里程碑。」小說卷章節附註明「一九五九年六月二十七日初稿，一九六二年七月十一日清晨三稿，一九六三年二月十四日夜四稿」，實際上，白危是從一九五四年開始斷斷續續創作，歷時九年，其間「大拆大卸」，有十幾萬字是刪除重寫的，一九六三年七月最終定稿。「投機倒把」這個詞曾經是法律中的罪名，卻是第一次見之於這本小說裏的。

作家出版社分兩冊出版了《墾荒曲》，第一部一九六三年十一月出版，定價一元零五分，第二部一九六三年十二月出版，定價一元二角，均為大三十二本，印數五萬四千套。一九六四年七月，《墾荒曲》在北京仍分兩冊重印，印數七萬四千套，累計印數十二萬六千套。

大地的青春

——蔡天心的第一部長篇小說

蔡天心（一九一五至一九八三）原名蔡國政。曾用名蔡哲、君謨、白石。遼寧瀋陽人。一九三三年開始發表作品。歷任成都《新民報》副刊編輯、《東北文藝》主編、中國作協遼寧分會副主席等，一九七七年調外文出版社主管文藝書籍編審工作。著有短篇和中長篇小說《長白山下》《葦青河上》《初春的日子》《扶持》《蠢動》《大地的青春》《渾河的風暴》以及詩集、散文、文藝評論等等。《大地的青春》一九六〇年十一月十二日完稿，一九六三年五月二十六日晚改成，是他的第一部長篇小說。

《大地的青春》第一部三十九萬字，分為三卷六十章，故事發生在五十年代的農村：副支書高德剛告訴貧農卜慶奎區裏要在村裏試辦農業社，卜慶奎高興地跳了起來「那咱窮人可就真該得好了！」消息像春風一樣刮遍清河鎮的向陽村。老坐地戶之一的夏金旺放出風來組織串聯組，和周榮秘密計議阻撓農業社的成立。魏連成找到支書趙玉海要求入社。支委會上兩種意見針鋒相對，村長梁玉春說入社應該多要魏連成、周貴這樣的中農戶，高德剛則主張多吸收貧農入社，趙玉海要求黨團員對入社要按政策辦事，不搞強迫命令。楊殿林在朝鮮戰場負傷後養了三個月，縣裏派他回向陽村工作，他告訴趕車的黃順只要組織起來好好幹，也能像電影中那樣使喚機器種地。葡慶奎心裏落了底，楊殿林和高德剛「兩股繩擰到一塊，十個老牛也拉不斷哪！」楊殿林鼓動周貴、周富兄弟入社，「咱們有了社，有黨和毛主席領導，就萬無一失了！」楊殿林感到在依靠貧農的問題上趙玉海忘了立腳點在哪裡了，他決定支持卜慶奎、張海山、牛振芳這些貧農的要求，把社的架子搭起來。夏金旺在村裏散佈謠言說楊殿林強迫大家入社，今後連孩子都要集體，周永發牽走已經交給農業社的騾馬，一些富裕戶也把大車拉走。籌委會批准三十四戶入社，楊殿林全身心投進繁忙的工作。周永發跑到城裏，夏金旺和周榮拉他一起參與盜竊鐵工廠的鋼板被扣。縣委任命楊殿林為區委委員，向陽村進行全社生產備耕動員。區委書記來參加向陽村「東方紅農業社」成立大會，大地「閃耀著無限磅礴而又美麗動人的青春」……

《大地的青春》由春風文藝出版社一九六三年十二月初版，大三十二開本，平裝定價一元四角，印數五萬冊。精裝封面與平裝不同，定價一元九角，印數二千冊。一九七八年六月二十五日，作者對小說進行了修改，由初版的六十章增加到六十六章，卷首的「引端」就有修改等等。一九八〇年四月印行第二版，責任編輯楊麥、祝乃傑。封面設計和彩色插圖王秋。內容提要稱，全書共分四部，一些矛盾衝突和人物糾葛將在下幾部得到進一步的發展，如楊殿林和金素蘭的愛情等等。第二版封面署春風文藝出版社，版權頁署遼寧人民出版社，版期為一九八〇年四月第二版第二次印刷，累計印數五萬二千冊至十萬二千冊。租型本應該署遼寧人民出版社重印才是，所以第二版有一個比較奇怪的版本記錄。

霓虹燈下的哨兵

——風靡一時的話劇名作

《解放軍報》一九五九年七月二十三日在頭版頭條發表了呂興臣寫的長篇通訊《南京路上好八連》，好八連自此紅遍全國，也因此催生出享有盛譽的話劇《霓虹燈下的哨兵》。

話劇取材於「南京路上好八連」在新中國初期的一段故事：某部英雄連隊參加解放上海的戰鬥之後，奉命擔負南京路的警衛任務。三排長陳喜禁不住資產階級的「香風」薰染，扔掉帶補丁的布襪、嘲笑班長趙大大「黑不溜秋靠邊站」、嫌棄妻子太土氣，跟不上潮流；新戰士童阿男擅自去國際飯店吃飯、賭氣脫下軍裝揚長而去；暗藏的敵人進行種種破壞活動，要讓人民解放軍「趴在南京路上變黑、發黴、爛掉」……連隊黨支部通過政治思想工作，保持和發揚了人民軍隊艱苦奮鬥的優良傳統，身居鬧市，一塵不染，擊退了資產階級糖衣炮彈的進攻，肅清了帶槍的敵人和不帶槍的敵人。

一九六〇年春，時任上海警備區司令員的王必成把沈西蒙（一九一九至二〇〇五）領到「好八連」

當兵期間，沈西蒙搜集了大量素材，在一九六一年九月完成話劇《霓虹燈下的哨兵》初稿，筆者存有前線話劇團演出的列印劇本，列印本共十場，副題為「南京路上進行曲之二」，署名為沈西蒙（執筆）、漠雁、呂興臣。末尾注明「一九六一年九月十六日，蘇州，裕社。一九六二年十一月二十二日，南京修改」。根據這個列印劇本粗排練後，導演又提出一些修改意見，列印本的許多處留下鋼筆增刪修改字樣，如第五場的結束處修改甚多，乾脆另紙粘貼於此。一九六三年二月，《劇本》月刊發表了九場話劇《霓虹燈下的哨兵》，這個發表本明確列印本係「南京四次修改」，「一九六三年一月十四日五次修改」，第五次修改的發表本在列印本的基礎上把原十場調整為九場，人物對話進行了少量改動。《霓虹燈下的哨兵》從南京演到北京，反響強烈，以至毛澤東作雜言詩《八連頌》，其中「拒腐蝕，永不沾」、「軍民團結如一人，試看天下誰能敵」幾十年來成為人們非常熟悉的詩句。

解放軍文藝社一九六三年十二月出版了沈西蒙（執筆）、漠雁、呂興臣的《霓虹燈下的哨兵》，大三十二開，印數一萬冊，定價六角五分。這個話劇的單行本對《劇本》月刊發表本再一次進行微調，並把第九場分離出「尾聲」來。董辰生封面設計，姚有信根據前線話劇團演出所作的十二副劇中人物速寫置卷首，書尾附舞臺設計的八幅彩色效果圖。沈西蒙改編的同名電影劇本由天馬電影製片廠攝製完成，《大眾電影》雜誌一九六三年第八、九期合刊以四個彩色插頁給予推介。凡此種種，可見該劇在當年的轟動效應。

原載《藏書報》二〇〇九年第三十一期

幸福的港灣

——陸俊超的第一部長篇小說

陸俊超（一九二八），上海崇明人。一九五八年開始發表小說。著有《國際友誼號》、《驚濤駭浪裏的英雄》、《九級風暴》等等。一九六四年出版的《幸福的港灣》十九萬字被稱為中篇小說，不確。《幸福的港灣》當為其第一部長篇小說。作品大都與海洋生活為背景，與作者的經歷不無關係。陸俊超自幼隨叔父僑居國外，十七歲開始當海員，建國後在遠洋船任駕駛員、大副、船長等，豐富的經歷使他對海洋有難以割捨的情愫，這就不難理解他何以特別愛寫關於海洋題材的作品了。

《幸福的港灣》是第一部反映海員生活的長篇小說。小說題記「獻給為改變祖國『一窮二白』面貌的青年建設者」，敘述了年輕一代的海員去荒僻的海灣開闢新港的故事。主人公葉華山來到「出名的苦船」「勤儉」號，在小海輪上與船長朱煥明、鄭天威、陳飛鵬、費阿章……度過一段難忘的工作與生活。這個小集體主要由年輕人組成，天威師傅告訴大家「踩上船板就是一家人」，這「一家人」為航海事業艱苦奮鬥，遇到過重重艱難困苦，遭遇到觸礁、沉船的嚴峻考驗，天威師傅在險境中把牛的希望留給年輕的同志，自己卻光榮犧牲，這些都深深感動了葉華山，他與這個戰鬥的集體融為一體，英勇頑強地完成了上級交給的任務，同時也更清楚地知道大家為什麼對「勤儉」號有如此深厚的感情。葉華山十六歲回到祖國，二十歲抱定要當一個海員的理想，與小說的作者有相似的經歷，因此，小說特別注意描寫葉華山從思想到行為的一系列變化，真實自然，毫不雕飾，通過展現這個集體中人與人之間的矛盾、衝突，揭示出建設者與大自然的風暴鬥爭能夠取得最後勝利，與「勤儉」號上年輕一代海員的精神風貌是分不開的。小說的結尾意味深長，海員們要接受新船「青年」號，葉華山進到駕駛室實習生的位置，可能不久，他就能實現當水手長的理想了，這也正是小說寓意的主題：接班人在前輩的培育下，總要不斷地走向鍛煉成長的道路。

一九六四年三月，上海文藝出版社分兩種裝幀初版了《幸福的港灣》，均為大三十二開本，印數九萬一千冊，其中平裝本八萬八千冊，定價九角六分，精裝本一千冊，定價一元五角五分。文革結束之後，小說才有了重印的機會，上海文藝出版社一九七九年二月印行了「新一版」。作者在一九五九年出版的長篇小說《九級風暴》僅有八萬字實則為中篇小說，《幸福的港灣》將近二十萬字，初版和新一版均稱為中篇小說。坊間稱為長篇小說是正確的。

劫夫歌曲選

——李劫夫的第一本書

李劫夫（一九一三至一九七六）原名李雲龍。曾用名李捷夫。吉林農安人。聶耳、冼星海之後卓有成就的音樂家之一。歌曲代表作《歌唱二小放牛郎》、《我們走在大路上》、《革命人永遠是年輕》聞名於世。五六十年代以來，許多久唱不衰，甚至從世紀交替之際至今，溶入流行音樂節奏的老歌翻新演唱的曲目中，劫夫的音樂作品依然撥動著聽眾的心弦。《劫夫歌曲選》是他的第一本作品集。

《劫夫歌曲選》由當時的中國音樂家協會主席呂驥撰《在鬥爭中產生的歌曲》置於卷首，研討和肯定了劫夫歌曲的創作特點和藝術形式。劫夫近萬字的《前言》回顧了歌曲創作的經驗與時代背景，說明本書是「從一九三八年到現在和詞作家所共同創作的歌曲和歌劇選曲。」劫夫一生創作了兩千多首膾炙人口的歌曲，就其創作數量而言，在中國作曲家中也許是首屈一指。劫夫所創作的音樂作品體現了獨特的民族風格、群眾風格，在中國音樂史上佔有重要地位。

選入本書的劫夫歌曲共二百零五首，分為四輯。其中為毛澤東詩詞譜曲十五首；抗日戰爭時期作品七十三首；解放戰爭時期作品十首；建國後作品一百零七首。雖然只是劫夫作品中很少一部分，卻囊括了代表作曲家特點和風格的可以流傳於世的經典曲目。以彈詞開篇為毛澤東詞配曲的《答李淑一》（蝶戀花）創作於上世紀六十年代中葉，是劫夫唯一的可以用蘇州方言演唱的曲目，不僅仍然被聽眾所喜愛，四十多年來，也成為評彈藝術的代表曲目之一。抗戰時期作品的數量僅次於建國後作品，是劫夫在延安晉察冀邊區參加音樂活動和音樂創作的集中展示。傳唱了六十多年的《歌唱二小放牛郎》是歌唱抗日小英雄的歌曲，也是作曲家最負盛名的作品。劫夫在建國後創作的許多歌曲不但代表了他的藝術成就，也留下深深的時代烙印。被樂界推崇的《哈瓦那的孩子》（又名《美麗的哈瓦那》）寫於上世紀六十年代初，是配合當時中國人民聲援古巴人民革命鬥爭而創作的歌曲，把太強的政治意味題材創作成如此優美的抒情歌曲，在當時的樂壇並不多見。作曲家的作品為無產階級政治服務的主題意識突出，但並不妨礙作品的抒情性，在劫夫頗有代表的作品中，可以列出《我們走在大路上》、《革命人永遠是年輕》、《一代一代往下傳》……等等一大批既抒情又充滿革命豪情的曲目。劫夫作詞譜曲的《我們走在大路上》，歌詞主題鮮明，語句鏗鏘，旋律寬廣流暢，氣勢雄偉，表現了中國人民奮發圖強建設祖國的豪邁氣概。這首頗具頌歌風格的進行曲問世以來，在國內也在海外華人中產生了廣泛的影響。

傳唱劫夫歌曲更為廣泛的時期是在《劫夫歌曲選》出版兩年之後的文革中。作曲家為毛澤東三十七首詩詞譜寫的歌曲有四十多首，為毛澤東語錄譜寫歌曲是第一人，能把語錄體文字甚至長篇文章譜成歌曲的亦無出其右者。《祝福毛主席萬壽無疆》、《爹親娘親不如毛主席親》及一大批文革流行歌曲均系劫夫創作，「成也蕭何，敗也蕭何」，這位天才音樂家為「紅」所累，從一九七一年底之後，除非欣賞出版的唱片，劫夫的歌曲悄沒聲兒地從廣播電臺、電視臺消失的無影無蹤。劫夫一九七六年底猝死於心臟病，生命的最後幾年，與妻子咫尺天涯，不僅沒能見面，興許不知道他們其實同處一間屋簷下。時光荏苒，世事滄桑，作曲家的人生結局令人謂歎。

春風文藝出版社一九六四年三月出版《劫夫歌曲選》，二十五開本，分兩種裝禎，平裝本定價一元五角，首印兩萬冊，精裝本定價二元，僅發行了一千冊，兩種版本均未再重印。建國後出版的許多歌曲選集中都收有劫夫的作品，也有極少的劫夫作品編輯成集，或主要為教學使用，或只是編輯為一種演唱形式的集子。收入劫夫作品最早的集子是遼寧人民出版社在一九五六年初版的《歌劇「星星之火」選曲》，署為「李劫夫等著」，所選的五十四首曲目中，劫夫參與了其中四十二首的創作，而且絕大部分是劫夫作詞作曲。音樂出版社一九六四年十一月出版遼寧音樂學院編選的《劫夫獨唱歌曲選》（一）。以上種種嚴格說來，都不是劫夫真正意義上的獨立著作。由作曲家自己「加以取捨和修改」，並比較全面反映劫夫主要創作成果的結集，《劫夫歌曲選》才是作曲家生前的第一本書。

《劫夫歌曲選》是劫夫生前主要音樂作品的結集，作曲家逝世之後，其歌曲在八十年代初重新響在我們耳畔，優美的旋律獲得又一代聽眾和音樂人的青睞。劫夫在中國音樂史的地位得到肯定，更重要的是，作曲家的作品重新有了生命活力。二〇〇四年，中國音樂出版社出版了劫夫歌曲新編《我們走在大路上》，收入的一百多首曲目中，也包括了幾十年來沒有重新發表的「語錄歌」。

原載《藏書報》二〇〇八年第三十二期

豔陽天

——浩然的第一部長篇小說

浩然（一九三二至二〇〇八）原名梁金廣，祖籍河北寶坻（今屬天津），生於唐山。一九四六年起從事農村基層工作。一九五六年發表處女作《喜鵲登枝》，作家出版社一九五八年五月的同名短篇小說集出版，成為他的第一本書。一九六一年調任《紅旗》雜誌編輯，一九六四年成為專業作家。主要作品有長篇小說《豔陽天》、《金光大道》、《蒼生》及短篇小說。代表作《豔陽天》是他的第一部長篇小說，也是當代文學史及其研究的一部重要作品。

《豔陽天》是擁有最多讀者的長篇小說之一，三卷本超過百萬字的篇幅，描寫了東山鄔農業社在一九五七年夏收前後十多天裏發生的故事。小說第一卷分為五十一章，主要情節是：支書蕭長春同時收到兩封信，副主任馬之悅讓他在工地安心挖渠引水過程、團支書焦淑紅則說回來的越快越好。蕭長春連夜趕回東山塢，摸清了彎彎繞一些人在大豐收面前「懷念起過去單幹單收的日子」，要搞土地分紅。分配方案在幹部會上發生激烈爭論，村裏出現「鄉裏人要來人翻糧食」的謠言。王書記告訴蕭長春多分麥子少賣糧是「要不要社會主義的問題」，馬老四偷偷吃糠咽菜，叫喊餓死人了的彎彎繞藏的糧食被社員發現。預分方案的「紅榜」吸引了歡樂的人們。

一九六四年第一期《收穫》雜誌選載了《豔陽天》的第一至十五章，浩然附記稱，「為使主要人物與故事比較連貫和完整，又作了一番刪節、編寫」，「在出版單行本之前，作者要進行一番較大的修改」。初版單行本附注「此卷一九六四年四月三十日第三次重寫稿完於西山，七月十七日零時改畢，九月九日再次改畢」。一九六六年三月，小說的全三卷全部出齊，其持續的出版發行貫穿整個文革時期，坊間所謂「八個樣板戲，一個作家」之說即指浩然的《豔陽天》。評論家雷達稱浩然是「十七年文學」最後一個歌者不無道理。

一九六四年九月，作家出版社初版《豔陽天》第一卷，大三十二開本，平裝本上下冊定價二元，印數五萬冊，精裝本定價二元零五分，印數二千冊。郭沫若題寫書名，溪水封面設計，這個封面是流傳最為廣泛的版本，到全三卷出齊，統一改為紅底色。平裝本次年十月第二次印數二十萬冊。一九六五年一月初版三十二開普及本，定價一元四角五分，印數十萬冊，累計印數四十五萬二千冊。柳成蔭封面設計。同年十月，人民文學出版社第二版插圖本採用杜希賢封面設計，列入農村版圖書，上下冊三十二開，定價六角，印數四十萬冊。人文社一九七六年六月出版方增先彩色插圖本，一九七四年創作的《豔陽天》插圖還由上海人民出版社同年九月出版了選本。

伊藤克翻譯的《豔陽天》日文版一九七三年和一九七四年在日本印行一、二版。長影的同名電影一九七四年搬上銀幕。延邊人民出版社一九七五年出版朝鮮文版第一卷。新疆人民出版社一九七六年出版哈薩克文版。《豔陽天》一九六六年三月全三卷出齊後，文革開始，在長達十年之久的時間內《豔陽天》不斷重印，除了北京的印數外，還有廣東、重慶、湖北等地的租型印本，印數無法準確統計。一些評論研究文章有把《豔陽天》二、三卷稱為作家社出版，不確。第一卷的初版本才是作家版，一九六五年第二版及此後的二、三卷才開始由冠名人文社出版。

源泉
——丁秋生的第一部長篇小說

丁秋生（一九一三至一九九五），湖南湘鄉人。在安源煤礦認識毛澤東、劉少奇、李立三後，一九三〇年參加了紅軍。長征時與中央領導頗多接觸，毛澤東給予其不少關心與幫助。抗戰時任軍隊多種要職，解放戰爭時期率部參加萊蕪、孟良崮、淮海、舟沙群島等重大戰役，是軍隊的高級將領。參加了開國大典，一九五五年被授予中將軍銜。《源泉》是其創作的第一部長篇小說，中將寫小說引起注目，一時盡人皆知，傳奇生涯成為美談。

《源泉》分為四十二章和引子、尾聲各一節，描寫某部隊從洛陽戰役到開封戰役的一段戰鬥生活。小說主要情節是：解放戰爭時期，部隊向國民黨洛陽守軍發起總攻，江大忠俘虜的王啟新、李金鎖成了解放軍的新戰士。練兵場上交手王啟新勝了江大忠，向戰士傳授軍事技術受到班長表揚。指導員馬繼成啟發王啟新區別舊軍隊和新軍隊的不同，連隊接到配合兄弟部隊作戰的命令，在離李金鎖家不遠的曹家村駐紮下來，李金鎖得知大地主李金昆逼死了他的母親。敵人用一個兵團進攻曹家村，老孫負重傷，王啟新接過機槍同敵人勇敢戰鬥立了功，受到師長的表揚。訴苦教育動員大會激發了戰士們的階級覺悟，部隊進入開封，市中心展開激烈的巷戰，城門遭到敵機轟炸，連隊打開城門動員群眾疏散轉移。江大忠為了保護王啟新妻女負重傷，犧牲前同意當王啟新、李金鎖的入黨介紹人。消滅殘敵的戰鬥開始，尖刀班連闖兩關在龍亭頂同敵人白刃血戰，完全控制了制高點。看到妻子在碗套繡的「將革命進行到底」幾個紅豔豔的大字，王啟新緊握住槍，「在他面前，展現了一條寬闊平坦的大路。」

長篇小說《源泉》首刊《收穫》雜誌一九六四年第四期，題記是毛澤東《面前形勢和我們的任務》一段語錄。附記稱，一九五二年開始寫了一些片段故事，一九六二年四月「翻閱舊稿，補充了一些材料，又進行了一些改寫」，「王願堅、葉楠、孟凡丁、屈秉餘、王成才等同志作了大力幫助。」這個附記是單行本的後記，寫於一九六四年六月。」解放軍文藝社一九六四年九月初版《源泉》，大三十二開本，定價一元二角，印數六萬冊。高山封面設計，並為小說插圖四幅，用道林紙印刷置於正文。內容提要稱「本書由本社與山東人民出版社同時出版」，實際上，山東人民出版社是在十月初版，大三十二開本，定價一元三角，印數五萬冊。阿老封面設計並插圖。解放軍文藝社一九七九年六月印行修訂第二版，三十二開本無插圖，楊谷昌封面設計，租型的武漢、西安一印本分別發行十萬冊、十二萬四千冊。一九九一年印行了第三版。

前驅
——陳立德的第一部長篇小說

陳立德（一九三五），湖北天門人。十八歲時撰寫了電影文學劇本《北伐先鋒》，作品大多以革命戰爭的內容為主。著有《前驅》、《城下》、《翼上》、《長城恨》、《情仇》、《神州飛將》等長篇小說，《吉鴻昌》、《刑場上的婚禮》等作品被拍成電影，其影視文學創作有電影文學劇本《吉鴻昌》、《上海大風暴》等等。《前驅》是他創作的第一部長篇小說，是原計劃的「大革命三部曲」第一部。人民文學出版社一九八七年出版有《前驅》續集《城下》，即為「大革命三部曲」第二部。

《前驅》五十萬字，分上下冊共四十二章，描寫了一九二六年至一九二七由中國共產黨領導的、以共產黨員和共青團員為骨幹的一支武裝隊伍，在北伐戰爭中的一段鬥爭生活故事。作品至始至終表現了主人公青年連長萬先廷的成長過程，通過幾次戰役的描述，刻畫出共產黨員盧德銘、樊金標等一批士兵和連、營長的英雄形象，小說還通過對葉挺、蔣介石的描寫，展現誰來執掌革命領導權、革命與反革命之間的較量與鬥爭。在歡呼共和的時候，又能看到政治投機家如何搖身一變成了革命的元勳。此外，小說開頭「引子」的抒情敘述，末章對萬先廷的心理描寫，獨具一格，使讀者閱讀緊張的戰爭故事之餘，窺見作者的主觀感受，從而產生強烈共鳴。

《前驅》的創作歷時多年，數易其稿。初稿在一九五九年秋天完成後投給解放軍文藝社，當時某文藝界領導置詞年輕人寫歷史題材作品沒問題也要磨它三五年，陳立德只好要回書稿轉投作家出版社。侯金鏡看書稿後找他談話給予鼓勵，此後作者分別在廣州、長春修改，一九六二年八月完稿於福建。

作家出版社一九六四年九月初版《前驅》，溪水封面設計，以紅黑兩色為基調，寓意北伐戰士在黑雲壓城城欲摧的風暴中衝鋒向前。分三種裝幀，其中精裝全一冊二元六角五分；平裝本大三十二開上下冊二元一角五分；普及本三十二開上下冊一元五角六分。初版印數超過十五萬套，一九七八年六月，《前驅》經作者修訂後改由人民文學出版社出版，在內封標注小說系「大革命三部曲之一」。到一九八二年已累計重印四次。《前驅》另有大眾文藝出版社的版本，二〇〇八年列入人民文學出版社的中國當代長篇小說藏本。

英雄小姐妹

——瑪拉沁夫的報告文學

同時代人的故事中，龍梅和玉榮的事蹟成為一個符號，在當時的小學課本裏，這個集體主義教育的典型為小讀者留下深刻的印象。姐妹倆在建國六十年之際進入「百位感動中國人物」候選人之列。

《英雄小姐妹》是一個真實的故事：一九六四年二月九日中午時分，在內蒙古烏蘭察布大草原上，龍梅和玉榮放牧羊群，一場罕見的特大暴風雪驟然降臨，氣溫須臾間降至零下四十度。姐妹倆為了集體的財產，在厚厚的積雪中前遮後攔，拼命聚攏四散狂奔的羊群。積雪深達一尺的情況下，小姐妹艱難跋涉了一百多里路，戰勝了暴風雪，戰勝了黑夜，次日上午十一時左右，在白雲鄂博車站附近被人發現時，龍梅和玉榮幾乎凍僵了。姐妹倆雖然保住了生命，但由於凍傷嚴重，龍梅失去左腳拇趾；玉榮右腿膝關節以下和左腿踝關節以下做了截肢手術，造成終身殘疾。而這對英雄小姐妹放牧的三百八十四隻羊，僅有三隻被凍死，其餘安然無恙。

最先報導龍梅和玉榮事蹟的是新華社記者趙琦的通訊「暴風雪中一晝夜——記英勇保護公社羊群的蒙古族小英雄龍梅和玉榮」，這篇通訊刊登在《人民日報》一九六四年三月十二日第二版，同時刊發了小英雄受到政府和各地群眾關心、正在繼續治療的消息。瑪拉沁夫的報告文學完成於一九六四年四月，刊登於《人民日報》一九六四年五月十九日第六版，原題為「最鮮豔的花朵——記草原英雄小姊妹龍梅和玉榮」，九月，中國少年兒童出版社將報告文學易名《英雄小姐妹》發行初版，三十二開本，定價一角七分，印數五萬冊。姚治華先生為此書設計封面，並做十五幅插圖。

《英雄小姐妹》以八個小節再現了龍梅和玉榮的感人事蹟：楔子、風暴、黑夜、燈光、親人、黎明、生命、尾聲。姚治華先生的插圖形象逼真，讀者猶如身歷其境，特別是兩個小姐妹年齡加起來還不到二十歲，當時龍梅的氈靴和腳結結實實凍在了一起脫不下來，的確讓人感受到英雄小姐妹的力量。以英雄小姐妹為題的書籍，瑪拉沁夫這本報告文學之外，尚有年畫、宣傳畫、掛圖、連環畫、畫冊等等，並有英、法、德、日、烏、世界語等多種外文版本。

龍梅和玉榮的事蹟之外，還有那個時代的另外一個故事。《英雄小姐妹》一書中，瑪拉沁夫在「生命」一節中有這樣的一段描述，「扳道員、共產黨員王福臣冒著風雪打完進站的訊號，站在扳道房前等待火車進站。忽然，忽然，他看見有個小女孩正搖搖晃晃地橫越鐵道。王福臣急忙跨上幾大步，將那小女孩抱過鐵軌。……」幾十年來，誰最先施救了姐妹倆，似乎都以瑪拉沁夫的報告文學為準，然而實際上卻存在著另外一個事實。

巴義爾所著《蒙古寫意》（民族出版社一九九八年版）一書「龍梅玉榮：精神永存」中，第一次把施救龍梅、玉榮的哈斯朝祿介紹給讀者，公開了歷史的真實。內蒙古人民出版社的編輯哈斯朝祿被下放「勞動改造」，在那個階級鬥爭年代屬於「管制分子」，小姐妹的事蹟見報前，施救者不僅被偷樑換柱成了另外一個人，哈斯朝祿也因此升格為「偷羊者」、「反動牧主白音」。一九七九年，胡耀邦對此案作出批示，哈斯朝祿才終於被確認為搶救姐妹倆的第一人。如果不是遇到哈斯朝祿，小姐妹倆的生命就難以保障了，動人的歷史雖然能扭曲一時，最終還會還原本來面目。玉榮接受採訪談及此事曾經說過，「早點知道我們早點做證明，哈斯朝祿也不會受那麼多冤枉」，哈斯朝祿二〇〇五年逝世的時候，玉榮專程為老人送最後一程，草原小姐妹的少年時代成為人們的英雄偶像，其感恩之情現在也不失為英雄襟懷。

幾十年來，相繼改編的多種文藝形式，使龍梅和玉榮的事蹟家喻戶曉，影響了一代讀者、聽眾和觀眾。內蒙古京劇團成立不久，第一個用京劇的形式把草原英雄小姐妹事蹟搬上舞臺。以草原英雄小姐妹為名的還有上海美影的動畫片，主題音樂由巴・布林貝赫作詞，吳應炬譜曲，「天上閃爍的星星多呀星星多，不如我們草原的羊兒多。天邊飄浮的雲彩白呀雲彩白，不如我們草原的羊絨白……」這歌曲至今能使人回味當時那個崇敬英雄的年代。此外，還有冠名「草原英雄小姐妹」的舞劇、古箏曲、琵琶曲等等，這些藝術形式在謳歌草原小英雄的同時，也以其特殊的載體記錄了一個時代的縮影。

原載《藏書報》二〇〇九年第四十八期

三進山城

——賽時禮的第一本書

賽時禮（一九一九至二〇〇一），山東省文登縣人。抗日戰爭、解放戰爭時期身經百戰，九死一生多次負傷，以其戰功卓著，被授予「戰鬥模範」，名震一時。當時在膠東一帶，「賽瘸子」不僅讓日本兵和偽軍聞風喪膽，也成為婦孺皆知的傳奇式英雄。解放後，作為特等殘疾軍人的賽時禮克服了文化低、身體差的種種困難，創作出他的第一部小說，也是他的成名作《三進山城》。因此，賽時禮也被稱為「中國的保爾・柯察金」式的作家。

《三進山城》發生在一九四三年，小說以第一人稱敘述了這樣一個故事：獨立營某排奉命插入縣城除掉叛徒張得陰，營救被捕的十二位同志。戰士們在連長的帶領下，數次化裝入城，威逼王翻譯官送情報，製造並利用敵人與叛徒之間的矛盾，經過曲折的鬥爭，終於取得勝利。小說中的幾個班長於青山、週二虎、蕭雲增以及通訊員小畢給讀者留下難忘印象，孫鐵生作的插圖與作品相得益彰，吸引讀者一口氣可以看完這部小說。

與《三進山城》相映成趣的是同名電影《三進山城》。應長春電影製片廠之約，賽時禮把小說改編為電影文學劇本，與小說相比，人物、情節已經有了很大改變，為了取得反掃蕩的勝利，我們的隊伍是主動襲擾敵人。《三進山城》成為張鳳翔執導的第一部影片，為紀念抗日戰爭勝利二十周年，長春電影製片廠一九六五年攝製成影片後大獲成功，成為張鳳翔的成名作。應該說，《三進山城》的觀眾遠遠多於讀者，影片中劉連長把手榴彈捆在敵偵緝隊長刁得勝身上，脅迫他把部分隊伍帶進城裏的經典鏡頭，扣人心弦，為人津津樂道，這其實就是賽時禮在戰爭年代抓「舌頭」經常使用的手段。所以，《三進山城》源於生活的創作，是受到廣泛讚譽的重要原因之一。

小說《三進山城》一九六四年十月由山東人民出版社初版，定價一角八分，發行八萬五千冊。同名電影《三進山城》之後不久開始了文革，小說沒有再重印，一九七八年，山東人民出版社在第二版《三進山城》中增加了賽時禮另外一部小說《智闖威海衛》，而該書的初版本現在卻比較難得一見。

革命自有後來人

——從電影劇本到京劇

一九六二年第九期《電影文學》發表了《革命自有後來人》，署名「羅靜、遲雨」。作者遲雨、羅靜均為筆名，鮮為人知，他們是沈默君和羅國士。沈默君是江蘇常州人，原籍安徽壽縣。羅國士是湖南人。被打成右派的沈默君和曾在美軍戰俘營任翻譯的羅國士同在寶東中學任教，追求戲劇創作的共同志向讓他們在巧合中走到一起，從而創作出一部註定繼續發生影響的作品，雖然這部作品是與樣板戲發生聯繫的京劇《紅燈記》。沈、羅在當時都是有「問題」的人，所以劇本署筆名，尤其第一作者沈默君才摘掉「右派」帽子不久，排名只能在後。

沈默君一九六一年在哈爾濱收集到許多反映東北抗聯的創作素材，次年調長影廠任編劇，尹弋青導演說「如果能寫一個『一家人都很親、都不是親』的本，那就有戲了。」一句話觸發了沈默君的靈感，聯繫到印象非常深刻的北滿地下交通員的抗戰事蹟，構思出李玉和一家三代「都很親、都不是親」的故事，並與羅國士合作用兩個多月的時間創作出電影劇本《革命自有後來人》。劇本用一盞紅色號誌燈貫串全劇，以爭奪密電碼鋪設衝突和懸念，描寫了異姓一家祖孫三代為抗戰前赴後繼英勇獻身的故事。其中李奶奶痛說革命家史、李玉和赴宴智鬥鳩山、三代人刑場訣別等情節感人肺腑。一九六三年一月，長春電影製片廠易名《自有後來人》攝製成故事片公映，迅即在全國引起轟動，緊接著戲曲舞臺展現有《革命自有後來人》京劇，《紅燈記》崑劇、滬劇等。也有根據電影改名《紅燈傳》《三代人》《一份密電碼》等等一些其他文藝樣式。

《紅燈記》成書的第一個版本是京劇《革命自有後來人》。王洪熙、于紹田、史玉良根據電影文學劇本改編成哈爾濱市京劇院的京劇演出本，恢復《革命自有後來人》原名，中國戲劇出版社一九六四年十一月初版，定價三角五分，印數三萬二千冊。故事發生的地方是哈爾濱附近的龍潭城車站。一至九場無標題。附錄有開幕曲、第三場鳩山、第四場李奶奶、第七場李玉和、鐵梅選曲。卷首六幅劇照。前言稱是在原著基礎上對人物、情節作了一些增刪改動、半年多的演出實踐中產生的本子。

第一個京劇《紅燈記》的版本是中國京劇團的演出本，由翁偶虹、阿甲根據上海愛華滬劇團同名滬劇本改編。故事發生地與哈爾濱的京劇演出本有了明顯改動，是抗日戰爭時期的東北龍潭城車站附近鐵路扳道處。分救護交通員、接受任務、粥棚脫險、王連舉叛變、痛說革命家史、赴宴鬥鳩山、鑽炕藏密、刑場鬥爭、靠群眾幫助、懲罰叛徒、任務完成了共十一場。中國戲劇出版社一九六五年四月初版，定價三角五分，印數二萬冊。封面設計葉然。

中國京劇團的《紅燈記》演出本在單行本出版之前，先有《紅旗》雜誌一九六五年第二期刊登京劇現代戲劇本《紅燈記》，劇本末尾附注：根據上海愛華滬劇團同名滬劇本改編（場次標題同單行本）。《紅旗》雜誌第三期封三刊有「《紅燈記》的兩處修改」，李奶奶唱「李玉和救孤兒東奔西藏」改為「李玉和為革命東奔西忙」；「日寇兇暴更奸險」改為「日寇兇暴又奸險」。《紅燈記》從改編、演出以來，到《紅旗》雜誌登載時，作者根據各方面的意見先後作了八次修改。

《紅燈記》一九七〇年五月演出本刊於《紅旗》雜誌一九七〇年第五期，署名中國京劇團集體改編。各場標題分別為接應交通員、接受任務、粥棚脫險、王連舉叛變、痛說革命家史、赴宴鬥鳩山、群眾幫助、刑場鬥爭、前赴後繼、伏擊殲敵、勝利前進。電影劇本《革命自有後來人》為《紅燈記》的成功奠定了堅實的基礎。

凌大可、夏劍青看了電影劇本《革命自有後來人》改編了滬劇《紅燈記》，一九六三年春節（一月二十五日）在上海紅都劇場正式公演，一九六三年二月號《上海戲劇》即刊登沈鴻鑫文《革命的紅燈永放光華——評滬劇「紅燈記」》。哈爾濱市京劇院根據一九六三年一月公映的電影《自有後來人》改編了京劇《革命自有後來人》。從時間上看，滬劇《紅燈記》問世似乎更早一些。筆者尚無京劇《革命自有後來人》具體月份的佐證。《紅燈記》第一個展現在戲曲舞臺的是哈爾濱的京劇《革命自有後來人》，還是上海愛華滬劇團的滬劇《紅燈記》，只能根據詳實的資料才能斷定孰是孰非。改編成京劇則是江青一九六三年二月下旬看了滬劇《紅燈記》後，將劇本帶回北京交給文化部副部長林默涵之後的事情。

山村新人
——胡天培、胡天亮的第一部長篇小說

胡天培（一九四〇），河南沈丘人。一九六五年開始發表作品。著有長篇小說《山村新人》、《重逢》，短篇小說《雨過天晴》、《舅太爺》，傳記文學、散文等等。《山村新人》由胡天培、胡天亮合著，是兄弟二人的第一部長篇小說，《中國文學》刊載有英文譯本。

《山村新人》二十九萬字，分為六十章。小說發生在五十年代豫西的王莊村，主要情節是：王莊村新當選的支部書記李銘山要依靠農業社修堤開荒戰勝災害，副書記寶逵聽信孫滿昌的蠱惑主張讓社員分散出去搞副業。縣上來的羅自正認為自謀生計是個創造性建議而與銘山產生分歧，區委周書記告訴他要說服反對派不能做群眾的絆腳石。青年隊割荊條編筐、幫林業公司伐木以工代賑，紅英和慧芸到豬場走馬上任。李銘山參加堤上青年隊之間的競賽，寶逵帶其他人展開積肥和送糞任務。春生和秀芬新來到豬場怕苦怕累，紅英用自家的豬作「三割法」試驗。孫滿昌讓二弟滿達出面悄悄做買賣，煽動寶逵在聯席

會上提出中斷大堤工程。舅舅妗子給志成介紹秀芬作對象，李銘山支援紅英和志成訂婚。李銘山決定用山坡和大堤間的便橋取土縮短了運程，紅英的「三割法」試驗取得成功。「好心人」滿達讓老萬兩口子偷販糧食賺了錢，李銘山帶鐵牛、運良發現他和魏老五偷運的車上有孫滿昌的糧袋。區上召集支部領導開會，寶達把社裏的工作交代給副社長孫滿昌，孫滿昌趁機唆使六狗子等人在工地製造混亂，志成說服六狗子揭發了漏網富農孫滿昌的陰謀詭計。麥收之後的社員們勝利結束了抗旱鬥爭，當了飼養場場長的紅英和慧芸在村子搞起養豬的宣傳活動。地主王伯堂和孫滿昌破壞大堤被逮住，李銘山醞釀聯合其他村子建立大社，協力修好水庫，讓大家都能受益。

作家出版社一九六五年四月初版《山村新人》，定價一元二角，印數五萬冊。七月上海第二次印數十萬冊、累計十五萬冊，九月三次印數累計二十二萬冊，一九六六年三月長春租型印普及本八萬六千冊、累計三十萬六千冊。人民文學出版社二〇〇八年五月列入中國當代長篇小說藏本初版《山村新人》，印數一萬冊。

破曉記

——李曉明、韓安慶合著的長篇小說

李曉明（一九二〇年至二〇〇七年）原名李鴻升。河北棗強人。建國後曾任武漢市委宣傳部副部長、湖北省文化局局長，中宣部文化藝術局局長等職。一九五四年開始發表作品。著有長篇小說《歇官亭》、與苗冰舒合著長篇小說《風掃殘雲》、《暗線諜影》，中篇小說《追窮寇》、《小機靈和他的夥伴們》、《烽火紅纓》等等。韓安慶（一九三二年至一九六七年），建國後曾在武漢市總工會、中共武昌區委等單位工作。著有短篇小說《老青年》、《送行》等等。他們以合著的代表作《平原槍聲》名世，這部長篇小說被改編為評書、搬上銀幕，更有多種版本的連環畫冊，是影響深遠的一部作品。一九六五年，作家出版社又推出二人合著的又一部長篇小說《破曉記》。

作品採用章回小說形式，分為二十八回，主要內容是：一九四七年，晉冀魯豫野戰軍部隊變戰略防禦為戰略進攻，強渡黃河、挺進大別山，《破曉記》講述的就是一支小部隊奉命在金剛台一帶建立鞏固的根據地，與敵人的戰鬥故事。政委江峰率領游擊隊在山區機動作戰，發動群眾，善於鬥爭，歷經曲折，敢於勝利，最終建立了革命政權。小說反映了山區群眾與人民軍隊的階級感情，他們面對敵人的殘酷迫害，堅決革命，頑強鬥爭，情節跌宕起伏，故事引人入勝，如「江峰巧布疑兵計」、「懲首惡方克榮獨闖茶蚌埠鎮」極富傳奇色彩，「茶姐受刑倉房院」、「調虎離山李耀金中計」等章節展示出人民群眾不畏強暴、克敵制勝的鬥爭精神。小說塑造的江峰、方克榮、茶姐等一系列英雄人物的形象，可歌可泣，充分表現了軍民團結一致的魚水之情，謳歌了大別山人民用鮮血和生命為解放戰爭做出的貢獻。

作家出版社一九六五年七月初版《破曉記》，大三十二本，定價一元二角。北京新華印刷廠和一二零一工廠各首印十萬冊，北京新華印刷廠還分作上下兩冊印行了小三十二開的普及本。當年十月，累計印數已達七十萬冊。柳成蔭作封面，萬山峰巒的綠樹叢中，游擊隊戰士攀沿而上，山頂已有戰士迎著太陽揮舞紅旗，畫面很好地寓意出小說的主題。《破曉記》出版時為文壇蕭條之際，並隨後在文革中打入六十部「毒草小說」之列。

原載《溫州讀書報》第一百五十四期

綠竹村風雲

——王杏元的第一部長篇小說

王杏元（一九三七），廣東饒平人。五十年代末根據自身辦合作社的經歷，寫了潮州說唱《綠竹村的風雲》，這本印數為一千一百的小冊子成為他的第一本書。廣東人民社一九五八年七月出版後，王杏元受到重視，在潮州籍作家陳善文的輔導下，克服了唯讀過四年小學的種種困難，經歷多年的努力，終於完成了《綠竹村風雲》的創作。潮州說唱《綠竹村的風雲》可以說是長篇小說《綠竹村風雲》的雛形，作者在五十年代歷任鄉政府民政委員，村初級社、高級社副社長。當農民、愛農民、寫農民的特質，使小說語言通俗而具有地方特色，鄉土氣息濃厚。

《綠竹村風雲》（第一部）分二十二章，敘述的是解放初期我國農村組織互助組到成立初級社這一歷史階段的故事，集中反映了農村社會主義改造過程中兩條道路的鬥爭。以共產黨員王天來為代表的貧下中農堅持「合力把山開」、「窮苦日子從頭改」的自力更生、艱苦奮鬥精神，以阿獅為首的富裕中農則一心走資本主義道路，買下土改分給貧農王天賜的竹山、自立門戶的「發昌互助組」……兩條道路何去何從的「對臺戲」，通過情節和對人物性格的刻畫一一再現出來。書中描寫到阿獅最終也同意入初級社，「綠竹村到此大團圓」的結局，使人們看到小說真實地記錄了潮汕地區一個小山村的互助合作運動初期，「窮哥們」怎樣在尖銳複雜的兩條道路鬥爭中取得勝利。

長篇小說《綠竹村風雲》（第一部）由杜應強、李錦堂、陳政明裝幀並作木刻插圖。人民文學出版社上海分社一九六五年八月初版，三十二開本，印數八萬一千冊，定價八角六分。次年四月在上海重印累計達二十二萬六千冊，一九六六年七月，上海分社又初版了定價一元二角五分的精裝本。與一九六五年八月初版同步，廣東人民出版社也出版了《綠竹村風雲》（第一部），一九七八年還重印了這部小說。因此，在臨近文革之際，小說能有這樣的印數實屬不易。小說的第二部著重展開初級社建立後的矛盾，由於人所共知的原因，這個開始擬定的創作安排只能擱淺了。王杏元之後的創作亦盛，陸續有中短篇小說和影視劇本問世，但如《綠竹村風雲》這種純農村題材的內容已很鮮見。

古城春色

——林晞的第一部長篇小說

張東林（一九一一至一九九八）筆名林晞。山東掖縣（現萊州市）人。一九三八年入伍，歷任膠東軍區西海獨立團參謀長、東北民主聯軍團長等職，戰爭年代多次負傷，是二等傷殘軍人。建國後歷任四十一軍副軍長、二炮某基地副司令員。一九五九年，軍黨委將反映四十一軍參加平津戰役的創作任務交給了張東林，此時他已接到命令調總參工作。數年內用業餘時間完成了《古城春色》上集，以筆名「林晞」發表，這是他的第一部長篇小說。

《古城春色》是反映北平解放這一重大歷史題材的長篇小說，分為三十六章，故事梗概是：一九四八年冬，東北全境解放，四野的先遣兵團開進冀東根據地，團長周國華意識到要解放北平了。連長喬震山帶隊伍穿過敵佔區取回作戰地圖，得知敵十六軍正密集調防北平。步兵團「打響進關第一炮」，在楊家營與敵十六軍的騎兵部隊開戰，與此同時，主力部隊在桑乾鎮把增援的國民黨一零四軍殂擊的寸步難行。敵軍依靠沙土城的烽火臺進退自如，副連長王德率戰士捉來俘虜摸清楚敵人的軍事部署，擬定了詳盡作戰計畫，拿下了烽火臺。國民黨少將處長王經堂趁詐降之機突圍。周國華率部隊追擊潰逃的敵一零四軍，鏖戰之後成團的敵軍舉手投降，負傷的喬震山被民兵發現救出。部隊在德勝門外的土城奉命停止進攻。天津解放。北平和平解放。喬震山知道，五毒俱全的傢夥們還原封不動留在北平城，新的鬥爭又開始了！

人民文學出版社在一九六五年九月初版《古城春色》，大三十二開本，平裝本定價一元三角五分，印數十二萬三千冊，精裝本定價二元零五分，印數一萬冊。一九六六年一月平裝本重印十萬冊。一九八一年十一月人文社以作者本名張東林再度重印三十二開本，版權頁記載的印數從十萬冊算起，應為誤植。第二次重印的大三十二開本正好是十萬冊，所以，一九八一年版實際是第三次印刷本，含精裝本的累計印數應是三十一萬一千冊。小說附注「第一部完」，一九八六年十二月出版第二部，第一部亦陸續重印配套發行。此外，小說全二部收入人文社「中國當代長篇小說藏本」、「新中國六十年長篇小說典藏」系列，二〇〇八年起陸續再版，並有精裝本印行。

歐陽海之歌

——金敬邁的第一部長篇小說

金敬邁（一九三〇），江蘇南京人。一九五八年開始發表作品。著有長篇小說、話劇、電影文學劇本等，《歐陽海之歌》是他的第一部長篇小說。由於小說的巨大成功，使得歐陽海成為繼雷鋒之後又一座精神豐碑，影響了整整一代中國人。小說得到劉少奇、陶鑄等人首肯，彭德懷逝世後的遺物中就有《歐陽海之歌》，小說裏還做了不少批註。四十多年來，小說出版前後多次進行重大修改的過程，展現出一段歷史的陳跡。

《歐陽海之歌》描寫的是解放軍戰士歐陽海從童年到參軍、直到為搶救一列火車去推開受驚的軍馬而犧牲的成長歷程。田炳信在二〇〇五年二月曾經與金敬邁有過採訪記錄，二〇一〇年重慶電視臺的「口述」節目播出金敬邁的視頻，均證實了作者是在不足一個月的時間裏完成這部長篇小說，時為一九六三年五月，小說完成後一直沒有發表的機會。次年九月，《解放軍文藝》副主編魯藝在廣州約稿時發現了金敬邁，《歐陽海之歌》獲得轉機，按魯藝的要求，作者對小說進行了修改，先送給了上海的巴金，遂有《收穫》一九六五年第四期的首發稿。該稿注明「一九六四年五月二十三日初稿廣州，一九六五年六月十六日五稿上海」，同時，金敬邁附記云「特別應該提到的是，艾蒲、廖永銘兩位同志不僅為本書提供了大量的素材，而且親自參加了提綱的制訂和書中具體情節、人物的安排。」刊登的首發稿二十八萬字，共十章，各章以小標題分為四十七節。《收穫》發表前後，小說同時也送北京審讀，並由解放軍文藝社出版。與《收穫》雜誌首刊稿比較，小說仍為十章，小標題由四十七節改為四十八節，書末注明「一九六五年十月二十三日訂正北京」，附記與刊物首發稿基本一致，時間改為「一九六五年十月」。

《歐陽海之歌》的發行量成為一個奇跡，有資料說印數僅次於《毛澤東選集》，達到三千萬冊，這是讓當代其他文學作品望塵莫及的。但是《歐陽海之歌》的初版印數卻只有五萬冊。一九六五年十二月，解放軍文藝社的初版本，大三十二開本，定價一元三角六分，部隊建制的第二二零七工廠首印五萬冊，次年四月，該廠重印十萬冊，這就是所謂初版發行十五萬冊的由來。之後，各省均有租型印刷，印次頻繁，重印冊數不等，要弄清楚小說將近三千萬冊印數的來龍去脈其實並不是一件容易的事兒。以解放軍文藝社一九六六年的第二版為例，第二二零七工廠當年十一月印刷十七次累計一百五十萬一千冊、天津人民出版社一印三十五萬冊、吉林人民出版社一印五萬冊、黑龍江人民出版社一印十五萬冊、河北人民出版社二印累計七十萬冊、山西人民出版社一印十五萬二千冊、解放軍文藝社一九六六年四月發行的「農村版」一次印刷即達一百萬冊……此外還有人民文學出版社的發行數量。可以肯定的是，小說出版後迅速在全國引起了轟動，各地報刊紛紛選載之外，新華書店也出現排隊買書的長龍，一部小說短短幾年的印數之大至今難有望其項背者。

解放軍文藝社、人民文學出版社在一九六六年四月同時印行了《歐陽海之歌》，其中解放軍文藝社稱為第二版、人民文學出版社稱為第一版。《全國總書目》（一九六六年至一九六九年）記錄解放軍文藝社的版期為五月，有誤。《全國新書目》（一九六六年第十二期）記錄的版期為四月是準確的。這裏需要說明的是，版期同為四月，為什麼卻有第一版、第二版的版次之分？原因是，解放軍文藝社分作上下冊出版的「農村版」為「一九六六年四月第一版」，該版之外，又都是「一九六六年四月第二版」，解放軍文藝社不斷重印的版權頁均注明了第二版的版期是一九六六年四月。第二版較之初版本，更多地增加了毛澤東「老三篇」裏的語錄，以此發端，之後的文革小說無一例外採用大量加入毛澤東語錄的作法，例如《牛田洋》、《江畔朝陽》等等。

《歐陽海之歌》引用有劉少奇《論共產黨員的修養》裏「親切的聲音」和林彪在軍委常委擴大會上提出「四個第一」等段落，這就造成小說版本的變異。一九六六年八月五日，毛澤東寫了主要針對劉少奇的《炮打司令部──我的一張大字報》，中共八屆十一中全會繼而轉入對劉少奇、鄧小平的揭發批判。根據金敬邁的回憶，解放軍文藝社當時印的六十五萬冊小說還在倉庫，他不得不對小說改動，《修養》裏「親切的聲音」變成了「非常刺眼」的一句話，於是，黑《修養》被風刮到「裝垃圾的簸箕」

裏。這個改動導致二百多名新華書店的職工用好幾個月的時間，把改動的幾頁一本本粘貼在小說裏。是否確切尚未見到更詳實的資料，筆者存有這個有粘貼的版本，係河北人民出版社一九六六年十月第二次重印，印數三十萬冊，粘貼達十四個頁碼，其中尾頁六個頁碼，紙張明顯不同。以此推斷，或者六十五萬冊的粘貼本包括了所有的租型重印本，或者解放軍文藝社的六十五萬冊之外，竟然還有三十萬冊的河北邯鄲印刷本，粘貼本的勞動量之大可想而知了。《歐陽海之歌》還有不可考的缺版權頁的版本，即編號用阿拉伯數字三十號的印刷本，該書在舊書網站上偶有出現，內封均標一九六六年字樣，其版型顯然屬於小說的第二版，儘管當時還沒有版權一說，作品的版權當屬解放軍文藝社，按版型直接印刷成書供部隊的官兵閱讀其實也順理成章，甚至不需要給作者打招呼的。一九七六年「九．一三」事件之後，《歐陽海之歌》只能再度修改，刪除與林彪有關的段落，時為金敬邁拖著病弱身軀出獄的一九七八年。次年十一月，解放軍文藝社出版了《歐陽海之歌》修訂的第三版，附有作者一個簡短的再版後記，注明「一九七九年五月二十七日於北京」。

坊間不少讀者尋找《歐陽海之歌》的插圖本，但是中文版本是沒有插圖的。解放軍文藝社、人民文學出版社的版本之外還有英文、朝鮮文等外文版本，書畫家楊之光為《歐陽海之歌》作的插圖以銅版紙印刷用在精裝本的英文版之中。這個情況與《不怕鬼的故事》中文版的情況相似，程十發為該書的插圖也只收入英譯本中。《歐陽海之歌》書名係郭沫若題寫，封面由熾卉設計，採用了唐大禧的雕塑《歐陽海》，創作於一九六四年的這幅雕塑，既是雕塑家的第一部作品，也是雕塑家的成名作。一九九八年，花城出版社也出版了《歐陽海之歌》，封面將書名從下方移至上方。二〇〇五年，人民文學出版社將《歐陽海之歌》收入「中國當代長篇小說藏本」再次出版。

沸騰的群山

——李雲德的長篇小說代表作

李雲德（一九二九），遼寧岫岩人。一九五四年開始發表作品。著有長篇小說《沸騰的群山》、《地質春秋》和《探寶記》、《生活第一課》、《林中火光》等中短篇小說。一九六三年出版長篇小說《鷹之歌》，成為當時第一位創作地質勘探題材小說的作家。《沸騰的群山》是他的長篇小說代表作，是文革期間印行的少有的幾部長篇小說之一。

《沸騰的群山》四十一章，寫的是解放戰爭時期東北工業戰線上的鬥爭生活。小說的梗概是：一九四八年秋，副營長焦昆帶部隊來到遼南孤鷹嶺保護礦區，唐黎峴組織工人開始礦廠的修復工作，他們徹底改組了護礦隊，統一指揮和佈防。偽保安團長金大馬棒在酸棗嶺搶劫群眾，部隊連夜出擊擊斃了大部分匪幫，金大馬棒帶了一百多人逃走。焦昆和礦工們一起安好水泵通電，為坑道修復工程作好準備。魏富海勾結金大馬棒，陰謀破壞礦山修復、除掉焦昆和唐黎峴。匪幫趁除夕夜搞斷電路，唐黎峴提醒大家防備特務的暗殺活動。焦昆決定返工混凝土基礎，魏富海趁機挑唆邵仁展，唐黎峴從嚴浩那裏瞭解到具體情況，看好焦昆敢負責的作風。修復五號大井後礦山即將開工生產，牛家酒館的特務散佈災難臨頭的謠言，匪特炸了五號大井，薛輝受了重傷。部隊端掉了敵人的聯絡據點，孤鷹嶺礦開工典禮，荒涼的礦山變了樣，到了一個新的起點。小說附注「第一部完」，「一九六四年底初稿於鞍山。一九六五年五至八月修改於北京。」

人民文學出版社一九六五年十二月初版《沸騰的群山》，大三十二開本，平裝本定價一元三角五分，印數十萬冊，精裝本定價二元零五分，印數一萬冊。一九七二年一月印行第二版大三十二開本，改換了封面。附注「一九七一年再次修改於鞍山。」該版的租型印本封面底色各有不同。一九七三年五月第二部精裝本是大三十二開本，平裝本與一九七六年九月第三部初版本一樣，均為三十二開本。除了初版本以外，其他版次都沒有標注印數。第一部在二〇〇八年列入「中國當代長篇小說藏本」出版。

漁島怒潮

——姜樹茂的第一部長篇小說

姜樹茂（一九三三至一九九三）山東萊西人。曾任《海鷗》雜誌編委、主編。一九五四年在《青島文藝》上發表了第一篇短篇小說《牲口的風波》。著有長篇小說《漁島怒潮》、兒童故事集《園藝姑娘》、短篇小說集《捕魚的人》《姜樹茂中短篇小說選》等等。計畫中的「漁村三部曲」第二部《漁港之春》上下冊六十餘萬字，一九七八年出版。一九八九年完成十七餘萬字的《常樂島》，一九九一年二月出版。《漁島怒潮》是他的第一部長篇小說，將其改編為電影劇本後，西安電影製片廠一九七七年十一月攝製成故事片在全國上映。

《漁島怒潮》三十四萬字，分為二十一章及尾聲。小說的主要情節是：龍灣頭村支書兼漁救會長王四江和海生爺孫倆帶春栓出海，春栓把撿到的美國造煙捲盒送給海生，民兵隊長二虎告訴老會長在寡婦島發現有可疑船隻。李祖忠和遲龍章侄子二刁蛋散發傳單要村民返還漁霸遲龍章的財產。海生和鐵蛋商量監視二刁蛋暗中搗什麼鬼，爺爺說服鬧彆扭的正副兒童團長的這哥倆重歸於好。二刁蛋騙村長李慧生開路條偷偷跟遲龍章接頭，葉指導員分析煙捲盒是「小白鞋」家裏抽煙的男人隨手丟在海灘上的。麻子副官在村子被民兵圍捕的激戰中把二虎鐵蛋和三個民兵抓去寡婦島，爺爺和海生機智的在船上用鏢鉤砸死了兩個來捉他們的匪徒。龍王島學堂大院擺好要斬死匪徒家屬的鍘刀，被這陣勢嚇壞的遲老拐遊說侄子遲龍章放回人來。暗藏特務李祖忠的小白鞋被送到區上禁閉，海生發現自衛團長劉志山取走二刁蛋傳遞的消滅區委會情報，二虎在搜捕劉志山家時打死李祖忠，嚴陣以待的海防戰士和民兵一個小時就解決了與匪徒的戰鬥。最後一批人轉移時叛變的村長領匪徒逮住老會長和海生，村長領人挖埋藏的「財物」挨了地雷。鐵蛋用地雷炸死了麻子副官，動員地下少年獨立營的骨幹跟敵人鬥爭到底，同春栓、大貴一起繳獲了敵人的槍支和軍裝。遲龍章抓來春栓和他媽媽拷問葉指導員的下落，鐵蛋主動承認自己就是獨立營被關在爺爺和海生一起。遲龍章相信並要代替鐵蛋謊稱的到白雲洞跟獨立營接頭，葉指導員將計就計領武工隊狠狠打擊了匪徒們。遲龍章殺害了劉三嫂等黨員和革命群眾，大貴爹把負傷的海生送上小船去海北。指導員帶武工隊化裝救出老會長和鐵蛋，桂花和她姥爺救起落水的海生。海生與二虎接頭的路上救出蓮花村的張大嫂，二虎帶回縣委拖住敵人後腿配合解放龍王島的指示。葉指導員率武工隊炸掉海戰連的全部船隻繳獲了敵人的美式裝備武器，圍殲了遲龍章一幫匪徒，海生和鐵蛋參軍隨一批升級到主力部隊的戰士奔赴前線。

《漁島怒潮》一九六二年九月到十二月寫於青島，一九六五年五月十九日到八月一日改於北京。人民文學出版社一九六五年十二月初版大三十二開本，定價一元三角五分，平裝印數十萬冊，精裝定價二元零五分，印數五千冊。袁運甫封面設計。一九六六年三月上海二印十萬冊，標注累計印數二十萬五千冊。另有一九七二年一月的香港三聯版本，定價港幣四元。一九七二年九月和一九八六年四月分別印行二、三版，封面與初版本均不同。其中一九七二年二月二版一印、一九七三年六月二印，三十二開平裝定價九角，均無印數。一九八六年四月第三版定價一元四角，封面扉頁設計：竹青。責任編輯張家佩、趙水金。湖北租型的三印累計二十萬四千八百冊。二〇〇八年三月，人民文學出版社根據一九七二年第二版將《漁島怒潮》列入中國當代長篇小說藏本印行。

彝族之鷹

——楊大群根據真人真事創作的長篇小說

楊大群（一九二七）筆名大群。遼寧新民人。一九四八年開始發表作品，著有短篇小說集《劉排長和小金枝》、長篇小說《小礦工》、《西遼河傳》等等。根據新中國第一代空軍英雄楊國祥的原型創作的《彝族之鷹》，是描寫空軍戰鬥生活的長篇小說，出版後曾經喚起多少年輕讀者對當空軍戰士的憧憬與嚮往。

《彝族之鷹》共六十四章節，分為上下兩卷。主人公是彝族青年阿鷹。與奴隸主「龍霸南」有殺父之仇的阿鷹很小的時候就嚮往鷹的自由自在的飛翔，希望自己也能「飛上高高的藍天」做個自由的人，結果，連他自己也被抓去做了奴隸。阿鷹長大成人後，游擊隊的林隊長指引他走向革命道路，並在解放後選拔成為新中國飛行員。在抗美援朝戰爭中，目睹美軍的狂轟濫炸，阿鷹發誓「用我們的翅膀把空中強盜掃落下來！」他和同志們一起在朝鮮上空英勇作戰，擊落了美國王牌飛行員愛德斯。愛德斯傲慢地說「奴隸飛上天，不可能！」阿鷹蔑視地說出在空中的細節，這個飛行近三千小時的噴氣式能手不得不洩氣地承認「我敗了！」「天！我的翅膀斷了……」

小說的主人公阿鷹確有其人，他就是第一批少數民族飛行員中的彝族飛行員楊國祥。當年，楊國祥參加國慶閱兵式，知道他是彝族飛行員，朱德元帥給他敬酒，誇他是「彝族之鷹」。小說亦因此取名。楊國祥的傳奇經歷不只如此，他投下中國首枚實戰氫彈，曾經是七十年代初期的焦點新聞。一個有趣的插曲是，一九五八年，楊國祥接受了寫小說的任務來參加「大躍進」，不過，直到一九六〇年年他才寫成有三十八萬多字的小說素材，楊大群先生汲取楊著「我走過的路」中的素材，創作出長篇小說《彝族之鷹》。二〇一〇年九月，作者在電話中告訴筆者「彝族之鷹」的故事，並為筆者所存存《彝族之鷹》題跋「該書主人公是真實人物，本人叫楊國祥，作者加以創造。楊創造了飛機在事故發生時，能把飛機及飛行試驗資料保存。曾駕機帶氫彈著陸，此舉為世界所沒有之舉，成為共和國英雄。

《彝族之鷹》卷末附「一九六〇年十月構思於雲南玉溪，一九六〇年冬初稿於瀋陽，一九六五七月定稿於上海」。一九六六年年一月，人民文學出版社上海分社初版發行九萬五千冊，三十二開本，定價八角二分。四月重印九萬五千冊。一九六六年第五期的《全國總書目》作了版權記錄。《全國總書目》沒有記載初版本，只是在一九七三年度收入新一版的版權記錄。

原載《悅讀時代》二〇一一年第五期

鋼鐵巨人
——程樹榛的第一部長篇小說

程樹榛（一九三四），江蘇鄞縣人。曾任黑龍江省省作協主席、《人民文學》主編等。一九五一年開始發表作品。著作體裁廣泛，包括長篇和中短篇小說、詩歌、散文、電影劇本、話劇、報告文學、評論等等。著有《鋼鐵巨人》、《大學時代》、《人約黃昏後》、《生活變奏曲》、《勵精圖治》、《遙遠的北方》以及十卷本《程樹榛》等等。一九六四年八月二十九日初稿、一九六五年七月七日修改完成的《鋼鐵巨人》是他創作的第一部長篇小說。

《鋼鐵巨人》三十四萬字，分為二十一章和尾聲。主要內容是：一九六〇年六月，北方機器廠醞釀製造大型軋鋼機的生產任務。總工程師主持的會議上，各車間主任紛紛請纓，鑄鋼車間的技術副主任李守才的發言讓人驚訝，「主機架鑄造這一關，我們闖不過去！」他列舉「三無一缺」的困難，主張向國外訂貨。鑄造工段長戴繼宏和師傅張自立想到一起去了，「不大著膽兒邁開步子去踩，哪來現成的路？」車間主任王永剛帶回東方機器廠要在「五大皆空」的情況下自力更生製造萬噸水壓機的消息，戴繼巨集和技術員楊堅決心依靠群眾，採取土洋結合解決「三無一缺」的問題。楊堅詳細講解出戴繼宏接受大型機架鑄造的方案，在會議引起震動，「甚至李守才也感到出乎意料之外」，廠黨委作出了正式製造大型軋鋼機的決議，工人們展開了競賽比武大會。黨委書記劉魁告訴王永剛要提前完成任務就得領導、專家、工人群眾三結合。張自立發現藉故上門的梁君並非「請教」自己而是要靠近女兒秀岩，秀岩把梁君送的電影票撕的粉碎，卻接受了戴繼宏給她的話劇票。李守才接過戴繼宏、楊堅帶來的草圖，聽他們詳細解釋獨出心裁的革新，愧赧之心油然而生。梁君一開始接觸女文書朱秀雲就一見傾心，秀雲偶然看到一封情書才明白梁君在玩弄自己的感情。當上團幹部的楊堅做秀雲的思想工作，幫助她重新煥發出朝氣勃勃的革命精神。安裝天車時的一台主電機不能按時交貨，戴繼宏他們又一次拿出了合理化建議，李守才被王永剛的關心所打動，也參加了澆注試驗。李守才要求梁君親自安放測溫計的位置出現問題，眼看出現重大事故致時，戴繼宏不顧生命安全奮力搶救跑火，所有的人被這莊嚴的場面所激動。遠處，報捷的鑼鼓聲、鞭炮聲、歡笑聲響起來了……

《鋼鐵巨人》由人民文學出版社上海分社一九六六年二月初版，大三十二開，定價一元三角五分，印數五萬冊。封面設計葛書元、何和一。上海人民出版社一九七五年七月印行三十二開新一版，定價一元二角，封面設計署名上海鍋爐廠美術組。由初版的三十四萬字擴充為四十三萬字，分為二十六章和尾聲。內容提要稱，這次重版作了較大修改，如李守才改名李仲才、喜歡看《俊友》的梁君成了破壞生產的階級敵人等等。一九七四年有長影廠的同名電影，署名齊齊哈爾市文化局第一重型機器廠《鋼鐵巨人》創作組改編。

清江壯歌

——馬識途的第一部長篇小說

馬識途（一九一五）原名馬千木。四川忠縣（重慶現轄）人。祖籍湖北麻城。一九三五年開始創作，七十歲時開始使用電腦創作，成為作家中年齡最長的換筆人。著有雜文《盛世微言》、詩集《焚餘殘稿》、短篇小說《找紅軍》、長篇小說《清江壯歌》《夜譚十記》《滄桑十年》以及十二卷本《馬識途文集》等等。《清江壯歌》是他創作的第一部長篇小說。

《清江壯歌》的故事發生在國民黨掀起反共高潮，大肆捕殺共產黨人，國統區共產黨的地下活動遭到嚴重損失這一歷史時期。小說以這一歷史時期為背景，描寫地下黨組織被破壞後，被捕入獄的共產黨員和進步青年一次次揭露敵人和叛徒的無恥陰謀，同敵人進行了頑強的鬥爭，經受住了嚴峻的考驗。作品塑造的共產黨人形象，品質高尚，精神不屈，既有寫實的因素，也有創作的手法。賀國威作為足智多謀的地下黨負責人，面對高官厚祿不屑一顧；知識份子出身的柳一清是女性也是母親，在她身上看不到一絲嬌氣，有的是對革命的信仰和直至生命甚至親生骨肉的奉獻；而童雲、章霞等革命者，儘管曾有過這樣或那樣的弱點，都能夠在獄中的鬥爭中不斷成熟。這些有血有肉的英雄個體，比起全身完美、一塵不染的英雄更讓讀者感到真實和自然。

《清江壯歌》的創作起因，緣於烈士何彬（功偉）、劉惠馨的事蹟。他們是上世紀三十年代走向革命的知識份子，在清江河畔的鄂西恩施地區被叛徒出賣被捕，最終遭到敵人殺害。劉惠馨就是作者的妻子，烈士臨刑前失蹤的女兒被找到、作者見到何彬烈士的兒子，所有這些都讓馬識途先生心潮難平，發生的這一切本來也具備傳奇色彩，小說由此醞釀而成。一九六一年，《四川文學》雜誌第七期開始連載《清江壯歌》，至次年第七期連載完畢。連載的過程中，小說受到讀者熱情歡迎，作者也接到不少讀者來信，要求早日出版這部長篇小說。馬識途先生對連載的小說進行修改後，出版前，於一九六五年九月最終殺青。由於眾所周知的原因，《清江壯歌》初版之後，再沒有了重印的機會，一直到一九七九年，才由人民文學出版社出了第二版。

人民文學出版社一九六六年三月初版《清江壯歌》，大三十二開本，分平裝、精裝兩種裝幀，平裝本發行十萬零一千冊，定價一元三角五分，精裝本發行五千冊，定價二元零五分。初版封面出自王榮憲（別名溪水）先生手筆，第二版的封面則由宋廣訓先生設計。第二版重印後記中，作者說《清江壯歌》一九六六年四月出版，不確，應為三月初版。當年的半月刊《全國新書目》在五月一日出的第九期列入了《清江壯歌》，而一九八七年出版的《全國總書目》（一九六六年至一九六九年）卻漏列了這部產生過重大影響的長篇小說。初版後記中，作者坦言，《清江壯歌》「除部分素材取自何、劉兩烈士外，其餘都是虛構的」，第二版重印後記中，作者重申這一觀點，並且擲地有聲地說，「我以為喜歡拿一部小說中的人與事來比附實際生活中的人與事，並且無限上綱，引出莫名其妙的結論來，這絕對不是一種好風氣，甚至可以說是一種流毒。」

大甸風雲

——鍾濤的第一部長篇小說

符宗濤（一九二六）筆名鍾濤。湖南漢壽人。建國後任《解放軍文藝》雜誌編輯，多次赴朝採訪。一九五八年轉業到牡丹江墾區，是《北大荒文藝》社負責人之一，著有中短篇小說和大量散文作品。長篇小說《千重浪》在七十年代中期擁有大量讀者，《大甸風雲》是他的第一部長篇小說，也是為數不多的描寫北大荒題材的作品。

《大甸風雲》分為三卷十二章，敘述北大荒第一代拓荒人開發亙古荒原的故事。五十年代中期，洪廷烈從鐵道兵部隊轉業來到密山白樺林農場，師長龐柏泉之外，畢長河、遊致航、江猛林、郝世保、鄒志飛等一大批轉業官兵將「在一塊空白的地方建立社會主義的現代化農業」。空蕩蕩的草甸子上搭建起一個個灰帳篷，「荒原裏第一次聽到雄雞啼鳴，東方破曉了！」踏荒、燒荒、墾荒等一系列情節展示英雄群體戰天鬥地的過程，撂荒的爭論催生老頭梁子播種的七八百畝大豆變成綠豔豔的莊稼，「誰不是心裏喜滋滋的？」圍繞洪隊長周圍的各色人等，小說細緻刻畫了北大荒人的頑強拼搏以及他們雄渾、粗獷的性格，使人感受到北大荒人所具備的無私奉獻的精神。作品自始至終洋溢著一種革命激情和向上的樂觀主義精神，其中也不乏細膩的抒情描寫，通過一個全新的視角，讓北大荒人當年在黑土地上艱苦創業的事蹟藝術再現在讀者面前。

鍾濤的短篇小說集《靜靜的港灣》在一九五八年五月由作家出版社出版之後，他開始醞釀創作一部關於北大荒的長篇小說，初稿取書名《初醒的北大荒》。一九六四年第五期《收穫》首發了這部長篇小說，易名《大甸風雲》，范一辛插圖。末尾附「一九五九年八月至十月初稿於北大荒，一九六一年九月至一九六二年六月修改於北京，一九六四年六月至七月定稿於哈爾濱。」《收穫》係單月出刊，從時間推算，北京修改之後兩年多又定稿，應為刊物已經決定刊發這部作品了。

北方文藝出版社一九六六年三月初版《大甸風雲》，大三十二開本，定價一元四角五分，印數七萬冊。地方出版社的作品重印機會當時普遍較少，《收穫》雜誌和單行本都注明「第一部完」，因為接踵而至的文革，這部長篇小說第二部甚至更多部的發展至今難以為繼。北大荒題材的長篇小說除了《大甸風雲》，另有林予的《雁飛塞北》，作家出版社一九六二年底出版，都在當時引起廣泛注目。鍾濤曾掛職八五二農場機務隊副隊長，《大甸風雲》許多情節都源自農場的真實生活，作品從開始的十幾萬字充實到三十萬字，與作者這段經歷密不可分。驚鴻一瞥，二〇〇九年九月，黑龍江人民出版社將小說列入「黑龍江開發建設叢書」出版，《大甸風雲》在四十多年後重新進入讀者視野。

海島女民兵
——黎汝清的第一部長篇小說

黎汝清（一九二八），山東博興人。一九四五年開始寫作。創作體裁廣泛，以長篇小說成就最為突出，著有《海島女民兵》、《萬山紅遍》、《葉秋紅》、《生與死》、《芳茗園之夜》、《皖南事變》等等。《海島女民兵》是他的第一部長篇小說。一九六五年起，長篇小說的出版屈指可數、每況愈下，一九六六年只出版有《豔陽天》、重印《邊疆曉歌》、《綠竹村風雲》等極少的長篇小說，《海島女民兵》能在四月出版十分難得。一九七五年謝鐵驪根據小說改編的電影《海霞》由北影廠搬上銀幕，黎汝清、王酩詞、曲的插曲《漁家姑娘在海邊》更是唱遍大江南北。

《海島女民兵》出版前以「女民兵的故事」為題選載於《收穫》雜誌一九六六年第一期。小說根據福建一位女民兵優秀代表洪秀叢為原型創作，分為三十五章，每章均有題目，以主人公女民兵連長海霞第一人稱敘述的方式，描寫了一支女民兵隊伍成長的故事。小說生活氣息濃厚，既有練武和生產的情景，也有起伏跌宕的對敵鬥爭情節，尤其斷腿的客人「黑風」潛入海島侵擾，女民兵們粉碎匪徒、漁霸反攻大陸的陰謀，不但吸引讀者讀下去，也從中體會到即使在和平時期，也應該時刻記得保衛海防安全。

人民文學出版社一九六六年四月初版《海島女民兵》，大三十二開，分精、平兩種裝幀，平裝本印數十萬冊，精裝本印數一千冊。文革開始後，文學作品的政治審查極為嚴苛，出版品種少之又少，該書一直沒有重印。一九七二年，黎汝清對小說進行了修改，《海島女民兵》始在二月出了第二版，在文化饑荒的年代，小說自然掀起閱讀熱潮，《海島女民兵》亦由各省租型印刷以應讀者需求。小說的初版已經引起讀者矚目，並有多種外文譯本，第二版印數自然很大，除了北京印造外，各省的租型印數相當可觀，累計印數當以百萬冊計。第二版與初版相同，仍為三十五章，其修改點有章節的調整，如初版的第十一章內容安排在第十五章。少部分題目重新擬定，如初版的「太陽從西邊出來」易為「阿洪哥和阿洪嫂」、「四百年前的故事」變成「海上捷報」。較之初版，增加了少量內容，大多是一些豪言壯語，主要為了引用均以黑體字排印的毛澤東語錄。也有個別地方的語句或對話作了處理，如第九章關於趙一曼的故事一句在第二版被刪除……

兩個版本的《海島女民兵》內封沒有變化，封面分別採用兩位美術家的設計。初版本的封面由擅長書籍裝幀的王榮憲先生（別名溪水）設計，趙朴初的《片石集》、《康熙朝漢文朱批奏摺彙編》等書的封面均出自他手。第二版的封面係擅長電影美術設計的寇洪烈先生設計，創作有《槐樹莊》、《農奴》、《歸心似箭》等電影宣傳畫作品。第二版無論章節的題目還是封面的寓意都帶有強烈的時代印記，初版封面的女民兵是正面形象，第二版處理為背面形象，面對的則是海上日出，顯然是一種心向紅太陽（當時的領袖暗喻）的表達方式，而前述初版的題目「太陽從西邊出來」易為「阿洪哥和阿洪嫂」，則明確了任何藝術形式都不能涉嫌與「東風壓倒西風」、「東方紅」相悖，政治色彩之無處不在可見一斑。

原載《藏書報》二〇〇八年第四十六期

附錄：大陸「十七年文學」長篇小說書目（一九四九年十月至一九六六年五月）

按：「十七年文學」的長篇小說沒有統一的分類標準，本書目以十五萬字以上為界，並列入首刊《收穫》雜誌的期數，另將十萬字以上不足十五萬字的小說附錄於後，方便參考。個別小說，一是一九四九年十月前的初版本，收入時另行說明。一是未按參考書目的版期記錄，而根據初版本的版權記錄進行有訂正。整理過程得到譚宗遠先生的支持與幫助，首刊於《芳草地》二〇〇二年第一期。收入本附錄再次修訂，儘管如此，難免疏漏錯訛，請識者指正補充。書目依次為書名、作者、出版者、版期，排列按版期為序。

燕宿崖　周而復　新文藝　一九四九年十月
腹地　王林　新華書店　一九五〇年三月

（上海新華同時初版本、天津新華初版於一九四九年九月）
昆侖島上的囚徒　任嘯　三聯　一九五〇年四月
狼窟　艾明之　上海文化　一九五〇年五月
新兒女英雄傳　袁靜　孔厥　海燕　一九五〇年六月
（另有一九四九年九月海燕初版本）
走夜路的人們　冀汸　作家書屋　一九五〇年六月
平原烈火　徐光耀　三聯　一九五〇年六月
我們的力量是無敵的　碧野　中南新華　一九五〇年七月
黑石坡煤窯演義　康濯　三聯　一九五〇年十一月
在鬥爭的路上　夏陽　新華書店　一九五〇年十一月
無辜者　歐陽凡海　海燕　一九五〇年十二月
淺野三郎　哈華　新文藝　一九五一年一月
人的道路　王西彥　文化工作社　一九五一年一月
蘋果園　關露　工人　一九五一年三月
歷史無情　師陀　上海出版公司　一九五一年三月
鍛煉　陳恒非　上雜　一九五一年四月

僅僅是開始　郭光　人民文學　一九五一年八月
銅牆鐵壁　柳青　人民文學　一九五一年九月
風雲初記　孫犁　人民文學　一九五一年十月
（第二集一九五三年四月初版、第三集作家一九六三年六月初版）
地道戰　李克、李微　新文藝　一九五三年三月
風雲初記（二集）　孫犁　人民文學　一九五三年四月
鐵道游擊隊　知俠　新文藝　一九五四年一月
戰鬥在滹沱河上　李英儒　作家　一九五四年一月
走向勝利　周潔夫　新文藝　一九五四年四月
突破臨津　江海默　作家　一九五四年五月
保衛延安　杜鵬程　人民文學　一九五四年五月
真正的戰士——董存瑞的故事　丁洪、趙寰、董曉華　中國青年　一九五四年五月
龍潭波濤　黎白　中國少兒　一九五四年五月
這裏沒有冬天　冀汸　新文藝　一九五四年六月
工作著是美麗的　陳學昭　作家　一九五四年七月
（新中國書局一九四九年三月初版上卷）

春天來到了鴨綠江（《潛力》第一部）　雷加　作家　一九五四年九月
淮河邊上的兒女　陳登科　作家　一九五四年九月
一個普通戰士的成長・劉子林的故事　李南力、吳銳　中國青年　一九五四年九月
五月的礦山　蕭軍　作家　一九五四年十一月
高山大峒　韓北屏　華南人民　一九五五年二月
變天記　張雷　通俗讀物　一九五五年四月
鐵水奔流　周立波　作家　一九五五年五月
三里灣　趙樹理　通俗讀物　一九五五年五月
迎春曲　王希堅　中國青年　一九五五年六月
鋼鐵動脈　碧野　新文藝　一九五五年七月
在祖國的東方　馬加　作家　一九五五年八月
樺樹溝　李伯劍　作家　一九五五年十月
月夜到黎明　白朗　作家　一九五五年十月
東線　寒風　人民文學　一九五五年十二月
第一年　李方立　作家　一九五六年一月
歡笑的金沙江　李喬　作家　一九五六年二月

（重版改為《醒了的土地》：「歡笑的金沙江」第一部）
憤怒的鄉村　魯彥　文化生活　一九五六年三月
在田野上前進　秦兆陽　作家　一九五六年三月
人民在戰鬥　俞林　作家　一九五六年四月
在軌道上前進　白朗　人民文學　一九五六年六月
站在最前列（《潛力》第二部）　雷加　作家　一九五六年七月
水向東流（三部曲之一）　李滿天　作家　一九五六年八月
滄石路畔（《明媚的春天》第一部）　張慶田　新文藝　一九五六年八月
越撲越旺的烈火　楊明　新文藝　一九五六年八月
白浪河上　于良志　山東人民　一九五六年九月
燃燒的土地　韶華　中國青年　一九五六年十月
小城春秋　高雲覽　作家　一九五六年十二月
淮上人家　袁靜　中國青年　一九五六年十二月
三八線上的凱歌　和谷岩　人民文學　一九五六年十二月
賈魯河邊　蘇鷹　長江文藝　一九五七年一月
光輝的彼岸　一兵　山東人民　一九五七年一月

南河春曉　叢維熙　新文藝　一九五七年一月
農場女兒　梅汝愷　新文藝　一九五七年一月
竹妮　司仃　中國青年　一九五七年一月
站起來的人民　王林　中國青年　一九五七年二月
工地上的星光　張曉　中國青年　一九五七年三月
六十年的變遷（第一卷）　李六如　作家　一九五七年四月
在茫茫的草原上（上冊）　瑪拉沁夫　作家　一九五七年四月
汾河橋　范彪　火花文藝　一九五七年四月
過去的年代（上下冊）　蕭軍　作家　一九五七年六月
金橋　柯崗　新文藝　一九五七年六月
紅日　吳強　中國青年　一九五七年七月
寨上烽煙　林予　長江文藝　一九五七年七月
春茶　陳學昭　作家　一九五七年八月
大江南北　顧萍浩　新文藝　一九五七年九月
紅軍不怕遠征難　陳靖、黎白　中國青年　一九五七年九月
花崗河的風暴　洛澤　新文藝　一九五七年九月

林海雪原　曲波　作家　一九五七年九月
兒女風塵記　張孟良　中國青年　一九五七年九月
炭窯　于黑丁　作家　一九五七年九月
我們播種愛情　徐懷中　中國青年　一九五七年十月
新生代　齊同　人民文學　一九五七年十月
浮沉　艾明之　新文藝　一九五七年十一月
（首刊《收穫》一九五七年第二期）
紅旗譜　梁斌　中國青年　一九五七年十一月
英雄的柴米河　劉冬　新文藝　一九五七年十一月
海河春濃　王昌定　新文藝　一九五七年十二月
風雪兒女　張忠運、馬令勳　作家　一九五八年一月
苦菜花　馮德英　解放軍文藝　一九五八年一月
青春之歌　楊沫　作家　一九五八年一月
在昂美納部落裏　郭國甫　作家　一九五八年一月
藍色的青棡林（《潛力》第三部）　雷加　作家　一九五八年一月
（首刊《收穫》一九五七年第三期）

大波（第一部）　李劼人　作家　一九五八年三月
（首刊《收穫》一九五七年第二期）
百煉成鋼　艾蕪　作家　一九五八年五月
（首刊《收穫》一九五七年第一、二期）
上海的早晨（第一部）　周而復　作家　一九五八年五月
（首刊《收穫》一九五八年第二期）
屹立的群峰　立高　作家　一九五八年五月
山鄉巨變　周立波　作家　一九五八年六月
移山記　陳登科　中國青年　一九五八年六月
山河志　張雷　中國青年　一九五八年七月
水流千轉（《水向東流》第三部）　李滿天　中國青年　一九五八年七月
（首刊《收穫》一九五七年第三期）
第一犁　李方立　作家　一九五八年八月
戰鬥到明天　白刃　作家　一九五八年八月
烈火金鋼　劉流　中國青年　一九五八年九月
糧食採購隊　孫景瑞　新文藝　一九五八年九月

草原烽火　烏蘭巴幹　中國青年　一九五八年九月
戰鬥的青春　雪克　新文藝　一九五八年九月
紅旗插上大門島　孫景瑞　上海文藝　一九五八年十月
敵後武工隊　馮志　解放軍文藝　一九五八年十一月
監獄裏的鬥爭　茅珵　上海文藝　一九五八年十一月
小清河上的風雲　胡遠　作家　一九五八年十一月
石愛妮的命運　谷峪　作家　一九五八年十一月
（首刊《收穫》一九五八年第三期）
「夜鶯」部隊　哈華　上海文藝　一九五八年十一月
碧綠的湖泊　倪尼　北京　一九五八年十二月
踏平東海萬頃浪　陸柱國　解放軍文藝　一九五八年十二月
海上漁家　王安友　上海文藝　一九五八年十二月
（首刊《收穫》一九五八年第五期）
野火春風鬥古城　李英儒　作家　一九五八年十二月
（首刊《收穫》一九五八年第六期）
戰鬥在沂蒙山區　王安友　上海文藝　一九五八年十二月

楊根思　望昊　中國青年　一九五八年十二月
風雨的黎明　羅丹　中國青年　一九五九年一月
金橋　柯崗　上海文藝　一九五九年一月
靈泉洞（上部）　趙樹理　作家　一九五九年二月
陽光燦爛照天山　碧野　中國青年　一九五九年二月
在鬥爭的路上　夏陽　江蘇文藝　一九五九年二月
沱江的早晨　王松　中國青年　一九五九年三月
（首刊《收穫》一九五九年第一期）
萬古長青　辛雷　湖北人民　一九五九年四月
（首刊《收穫》一九五八年第四期）
寨上烽煙　林予　長江文藝　一九五九年四月
紅色交通線　袁靜　作家　一九五九年五月
水向東流　李滿天　中國青年　一九五九年六月
（分三部：水向東流、水流千轉、水歸大海，其中《水歸大海》單行本次月出版）
水歸大海（《水向東流》第三部）　李滿天　中國青年　一九五九年七月
風雪春曉　尹家成　江蘇文藝　一九五九年七月

西遼河傳　楊大群　解放軍文藝　一九五九年七月
東風化雨（第一部）　羽山、徐昌霖　上海文藝　一九五九年八月
太行風雲　劉江　山西人民　一九五九年八月
乘風破浪　草明　作家　一九五九年九月
（首刊《收穫》一九五九年第五期）
當烏雲密佈的時候（「高粱紅了」第一部）　蕭玉　廣東人民　一九五九年九月
三家巷（「一代風流」第一卷）　歐陽山　廣東人民　一九五九年九月
（另有作家一九六〇年一月初版本）
迎春花　馮德英　解放軍文藝　一九五九年九月
（首刊《收穫》一九五九年第四期）
平原槍聲　李曉明、韓安慶　作家　一九五九年十月
（首刊《收穫》一九五九年第二、三期）
金沙洲　于逢　作家　一九五九年十一月
紅路　扎拉嘎胡　作家　一九五九年十一月
碧海丹心　梁信　上海文藝　一九五九年十二月
太陽從東方升起　曾秀蒼　中國青年　一九五九年十二月

煉　蘇鷹　上海文藝　一九五九年十二月
人望幸福樹望春　李茂榮　作家　一九五九年十二月
蘭鐵頭紅旗不倒（上部）　文秋、柯藍　作家　一九六〇年一月
十月的陽光　周潔夫　作家　一九六〇年二月
山鄉巨變（續篇）　周立波　作家　一九六〇年四月
（首刊《收穫》一九六〇年第一期）
美麗的南方　陸地　作家　一九六〇年四月
創業史　柳青　中國青年　一九六〇年五月
（刊載《收穫》一九五九年第六期）
大波（第二部）　李劼人　作家　一九六〇年五月
（首刊《收穫》一九六〇年第二期）
紅色的果實　馬加　作家　一九六〇年五月
金色的群山　吳源植　中國青年　一九六一年二月
（首刊《收穫》一九六〇年第三期）
民兵爆炸隊　翟永瑚　山東人民　一九六一年六月
青春似火　吳夢起　少年兒童　一九六一年七月

黄水傳　馮金堂　河南人民　一九六一年八月
多浪河邊　周非　上海文藝　一九六一年十月
朝陽花　馬憶湘　中國青年　一九六一年十一月
六十年的變遷（第二卷）　李六如　作家　一九六一年十一月
黎明時刻　魯獲　百花文藝　一九六一年十一月
勇往直前　漢水　百花文藝　一九六一年十一月
紅岩　羅廣斌、楊益言　中國青年　一九六一年十二月
汾水長流　胡正　山西人民　一九六二年一月
（另有作家一九六二年六月初版本）
連心鎖　克揚、戈基　山西人民　一九六二年一月
逐鹿中原　柯崗　作家　一九六二年二月
早來的春天（「歡笑的金沙江」第二部）　李喬　作家　一九六二年三月
晋陽秋　慕湘　解放軍文藝　一九六二年四月
洮河飛浪　紀甯　吉林人民　一九六二年四月
虎踞秋峰　白嵐　廣西人民　一九六二年五月
浪濤滚滚　韶華　中國青年　一九六二年八月

山鄉風雲錄　吳有恆　廣東人民　一九六二年八月
（另有作家一九六三年七月初版本）
這一代人　舒群　作家　一九六二年八月
（首刊《收穫》一九五八年第一期）
在漫長的路上　王西彥　百花文藝　一九六二年九月
長城煙塵　柳杞　解放軍文藝　一九六二年十月
鼓山風雷　任文祥　百花文藝　一九六二年十月
雁飛塞北　林予　作家　一九六二年十一月
苦鬥（「一代風流」第二卷）　歐陽山　廣東人民　一九六二年十二月
（另有作家一九六二年十二月初版本）
上海的早晨（第二部）　周而復　作家　一九六二年十二月
東風化雨（第二部）　羽山、徐昌霖　上海文藝　一九六二年十二月
水晶洞（「陽光的季節」第一部）　鄂華　吉林人民　一九六三年二月
香飄四季　陳殘雲　廣東人民　作家　一九六三年三月
歸家　劉澍德　上海文藝　一九六三年三月
一層樓　尹湛納希　內蒙人民　一九六三年三月

破曉風雲　臧伯平　吉林人民　一九六三年五月
風雲初記（三集）　孫犁　作家　一九六三年六月
戰鼓催春（「高粱紅了」第二部）　蕭玉　花城春風文藝　一九六三年六月
春回地暖（上下冊）　王西彥　作家　一九六三年六月
李自成（第一卷）　姚雪垠　中國青年　一九六三年七月
玉泉噴綠（上冊）　賀政民　作家　一九六三年八月
黑鳳　王汶石　中國青年　一九六三年九月
軍隊的女兒　鄧普　中國青年　一九六三年九月
鷹之歌　李雲德　春風文藝　一九六三年九月
東方紅（上下冊）　康濯　作家　一九六三年十月
火種（「火焰三部曲」第一部）　艾明之　作家　一九六三年十月
墾荒曲（第一、二部）　白危　作家　一九六三年十一、十二月
播火記（上下冊、紅旗譜第二部）　梁斌　百花文藝　一九六三年十一月
（另有作家一九六三年十二月初版本）
山村復仇記（上冊）　劉玉峰　廣西人民　一九六三年十一月
大地的青春（第一部）　蔡天心　春風文藝　一九六三年十二月

戰鬥風雲錄　羅丹　春風文藝　一九六三年十二月
噴泉記　葛文　百花文藝　一九六三年十二月
大風歌（上下冊）　鄒荻帆　作家　一九六四年三月
（《收穫》一九六四年第二期選載）
幸福的港灣　陸俊超　上海文藝　一九六四年三月
楓橡樹（上下冊）　王英先　中國青年　一九六四年四月
風雷（上中下冊）　陳登科　中國青年　一九六四年五月
三輩兒　張孟良　中國青年　一九六四年七月
風雨桐江　司馬文森　作家　一九六四年八月
橋隆飆　曲波　作家　一九六四年九月
前驅（上下冊）　陳立德　作家　一九六四年九月
（首刊《收穫》一九六四年第一期）
豔陽天（第一卷）　浩然　作家　一九六四年九月
源泉　丁秋生　解放軍文藝　一九六四年九月
（首刊《收穫》一九六四年第四期）
（另有山東人民一九六四年十月初版本）

激流飛渡　張漢青　作家　一九六四年十二月
邊疆曉歌　黃天明　作家　一九六五年三月
呼嘯的山風（「歡笑的金沙江」第三部）　李喬　作家　一九六五年四月
水下陽光　王愷　中國青年　一九六五年四月
山村新人　胡天培、胡天亮　作家　一九六五年四月
劉文學　賀宜　少年兒童　一九六五年五月
山村復仇記（下冊）　劉玉峰　廣西人民　一九六五年七月
破曉記　李曉明、韓安慶　作家　一九六五年七月
綠竹村風雲　王杏元　人民文學　一九六五年八月
（另有廣東人民一九六五年八月初版本）
古城春色　林晞　人民文學　一九六五年九月
玉泉噴綠（下冊）　賀政民　作家　一九六五年九月
武陵山下（上下冊）　張行　湖南人民　一九六五年十月
大江風雷（上下冊）　艾煊　人民文學　一九六五年十二月
沸騰的群山　李雲德　人民文學　一九六五年十二月
歐陽海之歌　金敬邁　解放軍文藝　一九六五年十二月

（首刊《收穫》一九六五年第四期）

漁島怒潮　姜樹茂　人民文學　一九六五年十二月

彝族之鷹　楊大群　人民文學　一九六六年一月

鋼鐵巨人　程樹榛　人文社上海分社　一九六六年二月

大甸風雲　鍾濤　北方文藝　一九六六年三月

（首刊《收穫》一九六四年第五期）

清江壯歌　馬識途　人民文學　一九六六年三月

豔陽天（第二卷）　浩然　人民文學　一九六六年三月

海島女民兵　黎汝清　人民文學　一九六六年四月

（《收穫》一九六六年第一期以「女民兵的故事」為題選載）

豔陽天（第三卷）　浩然　人民文學　一九六六年五月

（首刊《收穫》一九六六年第二期）

附注：《收穫》雜誌首刊未列目長篇小說的說明

水滴石穿　康濯

一九五七年創刊號首刊。人民文學出版社一九八一年一月初版

燎原烈火（上下卷）　烏蘭巴幹

一九六四年第六期、一九六五年第一期首刊。故事緊接《草原烽火》（一九五八年九月中國青年版），江蘇文藝出版社一九九二年初版《燎原烈火》單行本，與《科爾沁戰火》組成「草原烈火」三部曲

江海奔騰　楊明

一九六五年第二、三期首刊。上海文藝一九八〇年五月易名《二龍傳》初版

大學春秋（上下卷）　康式昭、奎曾

一九六五年第六期首刊上卷，次年第一期下卷實未刊。人民文學出版社一九八一年十一月分上下冊初版

附錄：十萬至十五萬字的小說書目

江山村十日　馬加　群益　一九四九年十月
長白山下的自衛隊　李爾重　中南新華書店　一九五〇年三月
六十八天　韓希、梁華　東新華書店　一九五〇年三月
決鬥　陸柱國　國防　一九五〇年七月
領導　李爾重　作家　一九五〇年七月
老桑樹底下的故事　方紀　三聯書店　一九五〇年九月
鋼鐵的心　陸地　群益　一九五〇年九月
火車頭　草明　工人　一九五〇年十一月
大褲襠的故事　草沙　文化工作社　一九五〇年十一月
鍛煉　陳恒菲　上雜　一九五一年四月
光輝燦爛　任伍　晨光　一九五一年四月
珍貴的果實　力高　天下　一九五一年四月
換心記　望旲　華東人民　一九五一年四月
孤兒苦女　哈華　海燕　一九五一年五月

醫生　沙汀　海燕　一九五一年五月
劉瞎子開眼　秦瘦鷗　百新書店　一九五一年六月
戰鬥在長江三角洲　艾煊　新文藝　一九五一年六月
為了幸福的明天　白朗　人民文學　一九五一年七月
活人塘　陳登科　人民文學　一九五一年七月
韓營半月　俞林　人民文學　一九五一年八月
李村溝的故事　魯藜　新文藝　一九五一年十月
龍鬚溝的變遷　高參　天下　一九五一年十月
農民的兒子　文乃山　文化社　一九五二年一月
永生的戰士　立高　人民文學　一九五二年四月
我們的節日　雷加　人民文學　一九五二年四月
一把火　俞林　中南人民　一九五二年六月
三千里江山　楊朔　人民文學　一九五三年三月
不疲倦的鬥爭　艾明之　人民文學　一九五三年三月
春耕的時候　魯琪　新文藝　一九五四年三月
戰鬥在大清河北　葉一峰　中國青年　一九五四年三月

紅旗呼啦啦飄　柯藍　作家　一九五四年四月
（一九四五年在香港初版）
還差得遠呢　李爾重　中南　一九五四年五月
龍潭波濤　黎白　中國少兒　一九五四年五月
雪山英雄　樊斌　中國青年　一九五四年六月
領導　李爾重　作家　一九五四年七月
火車頭　草明　作家　一九五四年九月
紅河波浪　蘇策　新文藝　一九五五年四月
不死的王孝和　柯藍、趙自　工人　一九五五年四月
高玉寶　高玉寶　中國青年　一九五五年四月
無名高地有了名　老舍　人民文學　一九五五年五月
紅花才放紅　董均倫、江源　通俗讀物　一九五五年六月
黃金海岸　秦牧　廣東人民　一九五五年六月
陽光照破迷霧　林欣　河南人民　一九五五年七月
香港尋夫記　洛風　通俗讀物　一九五五年八月
盼望　王殿存　通俗讀物　一九五六年一月

開花時節　馬任寅　南方通俗　一九五六年二月
夏天　劉紹棠　新文藝　一九五六年四月
幸福門　程造之　文化生活　一九五六年五月
青蘆河畔殲匪記　向大　長江文藝　一九五六年六月
戰鬥在沂蒙山區　王安友　新文藝　一九五六年六月
西流水的孩子們　周而復　少年兒童　一九五六年七月
紅色的風暴　魏巍、錢小惠　工人　一九五六年七月
螺絲釘　于逢　中國青年　一九五六年九月
戈壁灘上的風雲　楊尚武　新文藝　一九五六年九月
行軍紀事　胡考　作家　一九五六年十一月
鐵傘記　田午　作家　一九五六年十一月
醒了的山莊　王松　作家　一九五六年十二月
扶持　蔡天心　作家　一九五六年十二月
祖國海岸　柯藍　新文藝　一九五七年一月
新四軍的一個連隊　胡考　作家　一九五七年一月
總有一天　黃遠　作家　一九五七年二月

第一個春天　李新民　山東人民　一九五七年九月
大青山的地下　張少庭　中國青年　一九五八年三月
在和平的日子裏　杜鵬程　東風文藝　一九五八年四月
祖國屏障　周潔夫　作家　一九五八年五月
移花接木　呂品　內蒙人民　一九五八年六月
老共青團員　常發　工人　一九五八年六月
辛俊地　管樺　中國青年　一九五八年七月
（首刊《收穫》一九五八年第一期）
王大成翻身記　于勝白　作家　一九五八年八月
山城　西虹　作家　一九五八年九月
為了革命的後代　陶鈍　作家　一九五八年九月
楊連第　輕影　工人　一九五八年十一月
紅色街壘　衍一　廣東人民　一九五九年一月
金沙江畔　陳靖　北京　一九五九年三月
寶葫蘆的秘密　張天翼　人民文學　一九五九年四月
雙喜臨門　李逸民　作家　一九五九年六月

金光燦爛　田濤　湖北人民　一九五九年七月
在獄中　家聲　安徽人民　一九五九年九月
盼望　王殿存　湖南人民　一九五九年九月
紅色鍋爐房　陳志銘　山西人民　一九五九年九月
這是發生在北京　柯崗　中國青年　一九五九年十一月
碧海丹心　梁信　上海文藝　一九五九年十二月
小馬倌和「大皮靴」叔叔　顏一煙　中少社　一九五九年十二月
銀色閃電　楊佩瑾　解放軍文藝　一九六〇年五月
黃浦春潮　程造之　上海文藝　一九六〇年五月
孤墳鬼影　高歌　江西人民　一九六〇年五月
我們並肩前進　崔雁蕩　中國少兒　一九六〇年五月
黑眉　應天士　江蘇文藝　一九六〇年六月
紅心向太陽　紀寧　吉林人民　一九六一年五月
沂蒙山的故事　知俠　山東人民　一九六一年八月
小布頭奇遇記　孫幼軍　中國少兒　一九六一年十二月
鐮刀彎彎　胡奇　中國少兒　一九六二年九月

枯井　郝雙祿　百花文藝　一九六二年十二月
未結束的戰鬥　趙洪波　江西人民　一九六三年七月
鄭師傅的遭遇　崔雁蕩　中國少兒　一九六三年十二月
三條石　任樸　百花文藝　一九六四年一月
開墾者的命運　葉君健　中國青年　一九六四年二月
野妹子　任大星　百花文藝　一九六四年五月
龍潭波濤　黎白　中國少兒　一九六四年五月
綠色的遠方　胡奇　作家　一九六四年五月
（另有中國少兒一九六四年十一月初版本）
隱蔽的戰鬥　子雲、蘇鷹　河南人民　一九六四年五月
躍馬揚鞭　王有為、賀朗　作家　一九六四年八月
（首刊《收穫》一九六四年第三期）
翠英　李爾重　作家　一九六四年九月
天亮之前　陳勇、紅耘、董成仁　人民文學　一九六五年九月
雄鷹　陳登科　中國青年　一九六五年十月
怒火　楊新富　人民文學　一九六五年十一月

珠碧江邊　張楓　廣東人民　一九六五年十一月

紅柳　張長弓　少年兒童　一九六六年五月

資料來源：

全國新出版圖書目錄（一九四九年十月至一九五〇年七月）第一屆全國出版會議籌委會編

全國文學作品目錄調查（一九四九年七月至一九五三年六月）中華全國文學工作者協會編

全國新書目（一九四九年十月至一九六六年七月）文化部出版事業管理局版本圖書館編

全國總書目（一九四九至一九六九）文化部出版事業管理局版本圖書館編　中華書局版

建國以來文藝作品專題書目　圖書提要卡片聯合編輯組一九六一年編印

中國圖書大辭典（第六、七、八冊文學編）宋木文　劉杲主編　湖北人民版

孔夫子舊書網版權頁貼圖

跋

大陸「十七年文學」係指一九四九年十月至一九六六年五月出版的作品，中國當代文學史有專門的章節論述這個時期的文學作品，其文學價值有頗多專傢和研究者評論，並有專著行世。余根據第一手資料梳理出一些文學作品初刊、初版、重版等版本源流，釐清有的當代文學史對十七年文學作品的版期誤植。值此秀威資訊出版之際，余將大陸版篇目進行比較大的調整，以饗臺灣讀者。

余很早有一睹初版本真顏之喜好，歲月流逝，看過的書即便忘記內容，如寓目熟悉的封面頓時可以喚起讀書記憶。因此，像上海十年文學選集之《短篇小說選》、黃雨石譯泰戈爾《沉船》等等，幾十年後得益於網絡淘來，即為了結重睹初版本之願。大陸從七十年代末期開始，陸續重版重印十七年文學為讀者「解渴」，余先樂於窺得版本異同，繼而對版本變遷產生興趣，零零散散寫成余稱之為版本史話的小文若干，竊以為對這段繞不過去的文學時期可以窺得一斑，是為選輯成書的初衷。

十七年文學的作品至今仍然列入大陸的文學選本，如大型叢書「中國新文學大系」（上海文藝版）「中國新文藝大系」（中國文聯版）均將一九四九年至一九六六年劃為一個時期加以遴選。文學成就突出的長篇小說不僅列入文庫重版，也有改編為電視劇推向熒屏，此外，作者的成名作和第一本書兼備情趣與可讀性，余亦特別重視這些初版本。重版的文學作品經過脩訂後與初版本存在一定的差異，對於版本研究和閱讀心理而言，初版本毫無疑問更具價值。

大陸近些年來已有識家關注十七年文學的初版本，分別專事小說、散文、詩歌、插圖本、少兒讀物、譯作等等類別的購藏。雖然初版本一定是「一版一印」，但一版一印卻不等於初版本，十七年文學的一版一印分別有版社的不同和租型刷本的區分，書中《創業史》、《太行風雲》、《連心鎖》等等篇什有初版本的梳理，這於讀者瞭解初版本不無裨益。

這些版本史話主要發表在《藏書報》、《上海新書報》、《溫州讀書報》、《出版史料》、《悅讀時代》等一些大陸公開出版和民間印行的報刊，因為體例需要沒有採用原載題目。《藏書報》十幾年來發表有大量十七年文學的版本史話，足資證明十七年文學的版本研究方興未艾，而釐清初版本的來龍去脈顯然是第一位的作業。附錄之「大陸十七年長篇小說書目」對於臺灣讀者瞭解十七年文學是難得的一份檔案。讀者對這些版本史話的興趣和批評可以通過余之xhlcx@163.com聯絡，籍以今後有機會在增補本中完善之。

青島薛原推介秀威資訊印行本書，讀有秀威版若干書籍之作者余均熟知，秀威傾力向臺灣讀者介紹大陸文學，為消除兩岸文化隔絕之舉善莫大焉。本書作業過程主要與責任編輯千惠君聯絡，其認真與敬業使余非常愉悅。湖北教育出版社牛紅和崇文書局黃成勇曾為《擁書閑讀》封面創意、設計，深合余意，故本書封面仍垂青二位操持。餘不一一，謹致謝忱。

壬辰六月於深圳

文學視界11　語言文學類　PG0816

大陸「十七年文學」初版本（一九四九-一九六六）

作　　者／李傳新
主　　編／蔡登山
責任編輯／林千惠
圖文排版／陳姿廷
封面設計／牛紅、黃成勇、李孟瑾

發 行 人／宋政坤
法律顧問／毛國樑　律師
印製出版／秀威資訊科技股份有限公司
114台北市內湖區瑞光路76巷65號1樓
電話：+886-2-2796-3638　傳真：+886-2-2796-1377
http://www.showwe.com.tw
劃撥帳號／19563868　戶名：秀威資訊科技股份有限公司
讀者服務信箱：service@showwe.com.tw
展售門市／國家書店（松江門市）
104台北市中山區松江路209號1樓
電話：+886-2-2518-0207　傳真：+886-2-2518-0778
網路訂購／秀威網路書店：http://www.bodbooks.com.tw
國家網路書店：http://www.govbooks.com.tw
圖書經銷／紅螞蟻圖書有限公司
114台北市內湖區舊宗路二段121巷28、32號4樓
電話：+886-2-2795-3656　傳真：+886-2-2795-4100

2012年11月BOD一版
定價：510元

國家圖書館出版品預行編目

大陸「十七年文學」初版本（一九四九-一九六六）/ 李傳新著. -- 一版. -- 臺北市 : 秀威資訊科技, 2012.11
面； 公分
BOD版
ISBN 978-986-326-003-5(平裝)

1. 中國當代文學 2. 中國文學史 3. 文學評論

820.908　　101019680

讀者回函卡

感謝您購買本書，為提升服務品質，請填妥以下資料，將讀者回函卡直接寄回或傳真本公司，收到您的寶貴意見後，我們會收藏記錄及檢討，謝謝！如您需要了解本公司最新出版書目、購書優惠或企劃活動，歡迎您上網查詢或下載相關資料：http:// www.showwe.com.tw

您購買的書名：________________________________

出生日期：________年________月________日

學歷：□高中（含）以下　□大專　□研究所（含）以上

職業：□製造業　□金融業　□資訊業　□軍警　□傳播業　□自由業
　　　□服務業　□公務員　□教職　□學生　□家管　□其它____

購書地點：□網路書店　□實體書店　□書展　□郵購　□贈閱　□其他

您從何得知本書的消息？

□網路書店　□實體書店　□網路搜尋　□電子報　□書訊　□雜誌
□傳播媒體　□親友推薦　□網站推薦　□部落格　□其他________

您對本書的評價：（請填代號　1.非常滿意　2.滿意　3.尚可　4.再改進）

封面設計____　版面編排____　內容____　文／譯筆____　價格____

讀完書後您覺得：

□很有收穫　□有收穫　□收穫不多　□沒收穫

對我們的建議：________________________________

____

____

____

請貼
郵票

11466
台北市內湖區瑞光路 76 巷 65 號 1 樓

秀威資訊科技股份有限公司 收

BOD 數位出版事業部

....

（請沿線對折寄回，謝謝！）

姓　　名：______________　年齡：________　性別：□女　□男

郵遞區號：□□□□□

地　　址：______________________________

聯絡電話：(日) ______________ (夜) ______________

E-mail：______________________________